Le lieutenant de Noël

*

Sous la neige avec un Lord

*

Le baiser du bal d'hiver

ANNIE BURROWS

Le lieutenant de Noël

Traduction française de
MARIE PASCAL

Les Historiques

HARLEQUIN

Collection : LES HISTORIQUES

Titre original :
INVITATION TO A WEDDING

HARPERCOLLINS FRANCE
83-85, boulevard Vincent-Auriol, 75646 PARIS CEDEX 13
Service Lectrices — Tél. : 01 45 82 47 47 - www.harlequin.fr
ISBN 978-2-2804-9279-9 — ISSN 1159-5981

Composé et édité par HarperCollins France.
Imprimé en octobre 2023 par CPI Black Print (Barcelone)
en utilisant 100% d'électricité renouvelable.
Dépôt légal : novembre 2023.

FSC
www.fsc.org
MIXTE
Papier issu de sources responsables
FSC® C159065

Pour limiter l'empreinte environnementale de ses livres, HarperCollins France s'engage à n'utiliser que du papier fabriqué à partir de bois provenant de forêts gérées durablement et de manière responsable.

1

Quelle aventure !

Clara Isherwood était en route pour se rendre à un mariage – un mariage qui aurait lieu le jour de Noël, qui plus est. Et elle avait été invitée à passer trois journées entières en compagnie de la future épouse, une ancienne élève de Heath Top, l'école où enseignait Clara.

Elle avait encore du mal à y croire. Elle ne resterait pas toute seule dans sa chambre à se morfondre, cette année !

Combien de fois avait-elle rêvé de pouvoir de nouveau passer Noël en famille ? De son enfance, il lui restait de lointains souvenirs de scènes de joie, d'extraordinaires repas, de parents et amis réunis dans des pièces surchauffées, en train d'échanger des cadeaux. À présent, tout ce qu'elle pouvait faire, c'était ignorer sa nostalgie et observer les autres gens préparer le beau Noël qu'ils passeraient en famille. Et, à la sortie de l'office du matin, regarder avec tristesse les visages ravis de ceux qui s'apprêtaient à retourner chez eux où les attendaient dinde rôtie, pudding et crème anglaise.

Mais peu importaient toutes les fois précédentes, car cette année elle était invitée non pas à une banale célébration de Noël des plus ordinaires mais bel et bien à un *mariage* de Noël, et dans une résidence ducale, rien de moins ! Car Bella Fairclough, qui en son temps avait été l'élève la plus dissipée que Heath Top ait jamais connue, avait ravi le cœur du duc de Braid qui, en échange, avait demandé sa main.

Miss Badger, la directrice, avait bien entendu été furieuse que ce soit Clara et non elle qui ait reçu une invitation. Elle avait même semblé si vexée que Clara avait d'abord craint qu'elle ne lui permette pas d'assister au mariage. Mais elle avait fini par soupirer et reconnaître que, puisqu'elle était la seule personne que Bella ait jamais écoutée, elle pourrait légitimement représenter Heath Top à ces noces. Elle avait donc autorisé Clara à s'y rendre, à condition qu'elle en profite pour convaincre la future duchesse de faire bénéficier son ancienne école de ses largesses.

Voici donc pourquoi elle était en ce moment même en train de monter dans une diligence - la troisième du voyage -, la tête courbée pour ne pas se cogner contre les lièvres et les dindes qui dépassaient des filets à bagages. Elle prit place à côté d'une fermière et n'eut pas d'autre choix que de poser les pieds sur un volumineux panier en osier, ce qui n'était pas grave d'après la paysanne, car il ne contenait rien de fragile, juste des bocaux de *pickles* et des cakes bien emballés qu'elle apportait à sa fille.

Alors que trois écoliers s'installaient à leur tour sur la banquette en face d'elle, Clara ne put s'empêcher de songer à quel point cette expédition différait du dernier voyage qu'elle avait fait en diligence.

Elle avait huit ans à l'époque, elle était terrorisée et essayait de toutes ses forces de se retenir de pleurer. Et les trois hommes en noir qui l'avaient accompagnée ne l'avaient pas beaucoup aidée. D'un air grave, ils l'avaient invitée à se montrer reconnaissante envers ces généreux bienfaiteurs qui allaient lui permettre de recevoir une éducation convenable malgré l'imprévoyance de ses parents. Bien entendu, ce n'était pas tout à fait ce qu'une enfant qui venait de perdre son père et sa mère avait envie d'entendre, ni ce qu'elle était capable de comprendre. Elle aurait voulu que quelqu'un la prenne dans ses bras et sèche ses larmes, et non qu'on la regarde sévèrement en lui recommandant de s'estimer heureuse.

C'était peut-être en partie pour cela qu'elle avait tout de suite éprouvé de l'indulgence et même une certaine tendresse envers Isabella Fairclough. Elle savait très bien ce que cela faisait d'être arrachée à son foyer douillet et envoyée dans un austère pensionnat lorsqu'on n'avait pas encore dix ans. Elle avait même été en mesure de comprendre pourquoi Miss Fairclough éprouvait une telle colère. Car si Clara était orpheline à son arrivée à l'école, le père de Bella était en revanche non seulement bien vivant, mais aussi confortablement installé. Pourtant, Heath Top était censé recueillir des jeunes filles issues de familles pauvres ou dont les parents étaient décédés...

Aujourd'hui, en revanche, nulle trace de gravité chez aucun des voyageurs qu'elle avait côtoyés. Clara ne put s'empêcher de sourire en regardant, en face d'elle, ces trois jeunes garçons en train de s'agiter dans tous les sens, incapables de contenir leur excitation à l'idée d'échapper pour quelques jours à leur école et de rentrer chez eux pour Noël. En tant qu'enseignante, elle aurait sans doute dû leur demander de se calmer. Mais comment aurait-elle pu faire une chose pareille alors qu'elle éprouvait la même excitation qu'eux ? Elle regrettait seulement de ne pas avoir, comme ces enfants, quelqu'un à qui raconter ce qu'elle avait prévu de faire une fois arrivée chez elle.

Mais elle était seule, et elle avait qui plus est une réputation à préserver. Par ailleurs, elle ne rentrait pas chez elle. Elle n'avait ni maison ni famille qui l'attendait. La chose qui pour elle s'apparentait le plus à un « chez-soi », c'était l'école, et c'était bien le dernier endroit où elle aurait eu envie de passer Noël. Elle ne savait pas à quoi ressemblait la vie dans une résidence ducale, mais elle était certaine que, cette fois, elle ne serait pas obligée, après la messe, de s'asseoir devant un feu malingre, un châle sur les épaules, pour y repriser du linge ou bien lire des sermons à un groupe d'écolières peu réceptives.

Connaissant Miss Fairclough, si celle-ci possédait des livres, ils devaient être frivoles. Et abondamment illustrés. Des magazines de mode, peut-être…

Mais le duc devait avoir une bibliothèque, même s'il ne lisait pas beaucoup lui-même. Une bibliothèque constituée par ses ancêtres. Clara pourrait aller s'y installer, et lire sans avoir à se sentir coupable de négliger les piles de draps qui attendaient qu'elle les recouse. Et puis sa demeure devait se trouver au milieu d'un immense parc parfaitement entretenu.

Elle n'avait pas eu le temps de se renseigner sur la résidence hivernale du duc de Braid, mais un duc digne de ce nom se devait de posséder un parc avec des cerfs gambadant en liberté, des labyrinthes, des plans d'eau et des points de vue à couper le souffle. Un parc si grand que personne ne remarquerait une insignifiante maîtresse d'école en train d'y déambuler.

Et même si elle ne mettait jamais les pieds dans ce jardin magnifique dont elle rêvait à l'avance, elle était assurée de se régaler à chacun des repas et de déguster tous les mets dont elle avait toujours rêvé pour Noël. Dindes, rôtis, tourtes… Et des gâteaux aux fruits confits, des *jellies,* des crèmes… Et une profusion d'oranges.

Il lui suffit d'y penser pour se mettre à saliver. Parfois, les pensionnaires qui restaient à Heath Top pour Noël recevaient une orange de la part des administrateurs en guise de cadeau. Malheureusement, depuis qu'elle était devenue enseignante, elle n'avait plus droit à cette attention.

Quand Clara, au terme de son long périple, descendit enfin de la diligence, elle ne s'étonna pas que personne ne se précipite pour l'aider à porter ses bagages. En effet, si Miss Badger s'était occupée de lui procurer tous les billets nécessaires à son trajet, elle ne lui avait pas donné d'argent supplémentaire pour les pourboires. Clara en prit son parti et, pendant qu'elle attendait, elle s'amusa à observer tous les gens en train de s'affairer dans la cour de l'auberge. Les employés, comme les palefreniers, occupés à dételer les chevaux fatigués et à les remplacer par d'autres, bien plus fringants. Les passagers qui descendaient pour se dégourdir les jambes. Et par les fenêtres de l'auberge elle voyait les serveurs qui allaient et venaient dans la salle, en portant des plateaux garnis de chopes et de pichets.

Elle sourit avec ironie quand elle constata que les trois écoliers étaient mieux traités qu'elle. Elle ne pouvait pas en vouloir au bagagiste de s'occuper de sa petite valise en dernier. Malgré tout, il finit par l'empoigner et alla la déposer sans ménagement au beau milieu de la cour, là où il y avait le plus de monde, sans se préoccuper de savoir à qui elle appartenait. Cela signifiait que Clara allait devoir se dépêcher d'aller récupérer ses affaires si elle ne voulait pas que quelqu'un les fasse tomber dans la boue ou bien trébuche dessus et se fasse mal.

Elle contourna la diligence par l'arrière, afin de ne pas gêner le palefrenier qui s'occupait de changer les chevaux à l'avant, et elle s'apprêtait à se pencher pour attraper son sac quand un bras masculin se referma autour de sa taille et la souleva de terre. Surprise, elle ouvrit la bouche pour protester… quand un cheval massif arriva au trot sous ses yeux effarés. Elle comprit alors. Si elle avait ramassé son sac comme elle comptait le faire, le cheval l'aurait heurtée. Et probablement piétinée.

Son estomac se contracta et son cœur se mit à cogner à

tout rompre dans sa poitrine, ce qui était stupide maintenant que le danger était passé.

— Que vous a-t-il pris de vous mettre à courir devant un cheval de cette taille, et portant des œillères, qui plus est ?

La voix provenait de juste derrière ses oreilles, et la bouche qui avait prononcé ces mots était si proche qu'un souffle d'air chaud lui caressa le cou.

— Ne l'aviez-vous donc pas vu arriver ? Ou bien ce que contient votre sac est-il plus précieux que votre vie même ?

Clara tourna la tête autant qu'elle le put, mais le bord de sa coiffe l'empêcha de voir autre chose que la joue de l'homme à la voix courroucée et au bras dur comme le bois.

Réfléchissez un peu avant de parler ! Il est évident que je n'ai pas vu ce cheval arriver, avait-elle envie de lui rétorquer.

Néanmoins, à cause de la pression du bras qui lui comprimait toujours le ventre et des battements erratiques de son cœur, elle ne parvint à émettre aucun son intelligible.

— Vous tremblez, fit remarquer l'homme, comme s'il était surpris que l'on puisse réagir de la sorte après avoir frôlé la mort et avoir été soulevée de terre par un inconnu aux manières brusques. Vous feriez mieux de vous asseoir.

Le bras autour de sa taille se desserra. Et alors que son propriétaire se trouvait jusqu'à présent derrière elle et totalement hors de son champ de vision, il se matérialisa d'un coup à côté d'elle. Il la tenait toujours fermement, mais à présent, il l'incitait à avancer. Vers l'auberge.

— Mon sac, parvint-elle à dire, d'une voix peu assurée, alors qu'il la laissait un peu mieux respirer.

— Laissez-le où il est, rétorqua-t-il sur un ton irrité. Il vous a causé suffisamment d'ennuis.

— Oh ! mais...

— J'irai le chercher une fois que vous serez assise quelque part, en sécurité.

— Oh ! Eh bien, merci, dit-elle alors qu'il la jetait presque sur le banc situé sous la fenêtre par laquelle elle avait jeté un œil un peu plus tôt.

Et avant qu'elle puisse regarder un peu mieux à quoi il ressemblait, il repartit dans la direction opposée, en se frayant un passage entre les gens, son lourd manteau bleu foncé balayant les pavés de la cour. Puis il se pencha, ramassa son sac et revint vers elle en un seul mouvement, ample et preste. L'image qui s'imposa à Clara fut celle d'un grand oiseau de proie. Quand elle le regarda mieux, ce qui était possible à présent qu'il lui faisait face, elle fut saisie par ce visage mince et tendu qui s'accordait à la perfection avec le ton agacé de sa voix.

— Voici, dit-il en déposant à ses pieds son sac de voyage usé et désormais boueux.

Puis il resta immobile un moment, à la regarder, la tête penchée d'un côté.

Sous le bicorne bleu marine qui coiffait sa tête brillaient deux yeux sombres et perçants dont la profondeur était accentuée par la noirceur des sourcils et des cils qui les bordaient. Néanmoins, malgré l'âpreté de son visage, il y avait quelque chose de très séduisant chez lui. Ce qui laissa Clara fort perplexe. Pourquoi diable ressentirait-elle de l'attirance pour un homme qui l'avait brusquée, l'avait traitée d'idiote, l'avait laissée choir sur un banc, et qui la fixait à présent d'un air réprobateur comme si elle était un contretemps dont il se serait volontiers passé ?

— Vous êtes-vous fait mal ? demanda-t-il.

Sa mine sévère s'accentua alors qu'elle gardait le silence. Ce qui lui fit songer qu'elle aurait dû le remercier de les avoir sauvés, elle et son sac, au lieu de le regarder sans rien dire.

— Voulez-vous que j'appelle quelqu'un ? Car, voyez-vous, je...

Il se tourna à moitié et parcourut des yeux le monde qui se pressait dans la cour de l'auberge.

— Je suis venu chercher une jeune femme et je ne voudrais pas la manquer parmi toute cette foule.

Le cœur de Clara eut un drôle de petit tressaillement. Il avait une amoureuse. Bien entendu. Un homme de son allure, qui portait des vêtements de cette qualité, avait *forcément* une amoureuse. Et évidemment, cela lui coûtait de devoir gâcher les moments précieux qu'il aurait pu passer avec elle pour secourir une simple maîtresse d'école stupide et maladroite qui n'avait eu que ce qu'elle méritait.

— Je vais tout à fait bien, dit-elle en levant le menton.

Et c'était la vérité. Elle allait très bien. Les battements effrénés de son cœur n'étaient qu'une réaction normale, causée par la conscience d'avoir échappé de justesse à un grave danger. Rien de plus. Et peu importait s'il était trop occupé pour s'attarder auprès d'elle. Il en avait suffisamment fait. Il l'avait sauvée. L'aventure était terminée à présent, et elle s'était bien terminée, fort heureusement.

Il l'observa de nouveau.

— Eh bien, si vous en êtes sûre... Mais c'est aussi que la jeune femme en question était censée se trouver dans la diligence dont vous êtes descendue, et...

Il s'interrompit et la regarda d'un œil scrutateur.

— Vous ne répondriez pas au nom de Miss Isherwood, par hasard ?

Seulement en semaine, eut-elle envie de répondre avec désinvolture. Parce qu'elle n'avait jamais l'occasion de se montrer désinvolte, et qu'il y avait quelque chose de particulier dans cette journée – l'improbabilité d'aller passer Noël chez un duc, se retrouver soulevée dans les airs par un bel inconnu – qui conférait une certaine irréalité à tout ce qu'elle était en train de vivre.

Mais la raison prévalut. S'il attendait une Miss Isherwood, il y avait de bonnes raisons de penser qu'il était là pour la conduire chez le duc.

— Je suis Miss Isherwood, en effet, dit-elle.

Il la regarda en fronçant les sourcils.

— Vous n'êtes pas...

Pas comme il se l'était imaginée, voulait-il sans doute dire ? Mais, au lieu de terminer sa phrase, il se reprit et remplaça l'incrédulité qui se lisait sur son visage par un air interrogateur quoique poli.

— Est-ce bien vous, l'invitée d'honneur de la mariée ?

Clara ne put masquer sa perplexité.

— Invitée d'honneur ? Cela, je n'en sais rien. Mais j'ai bien reçu une invitation au mariage de Miss Fairclough et du duc de Braid. Voulez-vous la voir ?

Sans attendre sa réponse, elle ouvrit son réticule et chercha le carton couleur crème bordé d'un liseré d'or. Elle se félicitait d'avoir eu la présence d'esprit de le prendre avec elle. Il n'avait pas bougé de l'endroit où elle l'avait rangé, entre deux pages de son livre de prières, afin que surtout il ne se froisse pas. Avant de partir, une sinistre prémonition l'avait saisie et elle avait craint qu'on ne laisse pas entrer chez un duc une personne d'aspect aussi modeste qu'elle. Mais l'invitation ne laissait pas de place au doute : son nom y était inscrit, et au verso figurait une note manuscrite rédigée de la main même de la future mariée. Avec ce précieux sésame, personne ne pourrait lui refuser l'accès à la résidence ducale.

L'homme jeta un œil à l'invitation qu'elle lui montrait. Ôta son chapeau. S'inclina devant elle.

Elle essaya de ne pas soupirer de soulagement.

— Je suis heureux de faire votre connaissance, Miss Isherwood. Je suis le lieutenant Warren.

Lieutenant ? Eh bien, s'il était dans l'armée, ou dans la marine, cela expliquait ses manières un peu brusques. Il avait sans doute bien plus l'habitude de donner des ordres que de faire poliment la conversation.

Clara se leva pour lui faire sa plus belle révérence.

— Je suis moi aussi ravie de faire votre connaissance, lieutenant. Sans vous, j'aurais pu finir piétinée par ce cheval.

Sur son visage passa quelque chose qui n'était pas exactement un sourire mais qui, néanmoins, adoucit ses traits.

— Si vous voulez bien me suivre par ici, dit-il en tendant le bras, une voiture nous attend dans la rue. Car je suis ici, comme vous l'avez sans doute deviné, pour vous conduire jusqu'à Saxony Palace.

— Merci, répondit-elle, fort aise.

Quand il prit son sac et se dirigea vers la sortie, elle dut se retenir pour ne pas se mettre à sautiller d'excitation à côté de lui. Car il ne suffisait pas qu'elle s'apprête à passer toutes les vacances de Noël hors de l'école. Il ne suffisait pas qu'elle vienne de faire un voyage très intéressant. Il ne suffisait pas qu'elle ait été sauvée d'un grave péril par un bel et ténébreux inconnu. Non, elle allait aussi passer un certain temps *seule en sa compagnie*, le temps nécessaire pour arriver jusqu'à Saxony Palace.

Quelle aventure ! Elle en aurait des choses extraordinaires à raconter à son retour à Heath Top !

2

Alors qu'il la conduisait jusqu'à l'endroit où il avait garé son nouveau carrick, Hugo regarda longuement la jeune femme mince et aux mouvements assez peu coordonnés qui prétendait être Miss Isherwood. Pouvait-il vraiment s'agir de la personne que la future épouse du duc de Braid avait décrite en des termes aussi élogieux ? La seule personne qu'elle aurait, selon ses dires, pu choisir comme demoiselle d'honneur ?

À présent qu'il connaissait un peu mieux la jeune écervelée qui s'apprêtait à devenir la nouvelle duchesse de Braid, il s'était attendu à ce que sa plus proche confidente soit sa copie conforme. Il s'était imaginé voir arriver une jeune femme vêtue de façon apprêtée, voire un peu tape-à-l'œil. Une jeune femme qui aurait minaudé, battu des cils et qui aurait soupiré ostensiblement devant lui, et ceci seulement après qu'il lui aurait adressé les compliments d'usage qu'elle attendait forcément de sa part.

Au lieu de cela, Miss Isherwood était si effacée qu'il l'avait à peine vue descendre de la diligence. Il ne l'avait remarquée qu'une fois qu'elle se fut avancée au milieu de la cour, pour récupérer le sac constituant son seul et unique bagage, manquant de se faire renverser par un cheval de trait lancé au trot.

Ce qui signifiait qu'elle était idiote elle aussi, mais pas de la même façon que la future épouse.

Quoique... Cette gaucherie pourrait-elle lui faciliter la tâche ? se demanda-t-il alors qu'il l'aidait à prendre place sur le siège passager. Au passage, il remarqua que son manteau, d'une austérité presque morose, était quelque peu râpé.

— J'espère, dit-il, pris d'un accès soudain de mauvaise conscience, que cela ne vous dérange pas de faire la route dans mon carrick. L'air est doux aujourd'hui, ajouta-t-il, autant pour se rassurer que pour se prémunir des reproches qu'elle aurait pu vouloir lui adresser. J'ai aussi pensé que vous apprécieriez peut-être le grand air après avoir passé toute la journée enfermée dans des diligences bondées.

Elle se tourna vers lui en lui adressant un sourire si adorable qu'il révisa complètement la première impression qu'il s'était faite d'elle. Elle était peut-être gauche et mal habillée, mais si l'on faisait abstraction de cela, et malgré cette coiffe qui semblait avoir été imaginée pour repousser la gent masculine dans sa totalité, elle possédait tout ce qu'il fallait pour faire tourner les têtes. Tout comme son amie et protégée.

Et après tout, auprès de qui la petite Miss Fairclough avait-elle appris tout ce qu'elle savait ? Auprès de sa rouée préceptrice, pardi !

— Oh ! c'était très aimable de votre part, répondit Miss Isherwood. Et je dois avouer que je me réjouis de voyager dans un bolide tel que celui-ci, ajouta-t-elle en se penchant pour inspecter la voiture d'un œil brillant et curieux. C'est la première fois que pareille chance m'est offerte, voyez-vous. Ce voyage, c'est vraiment tout une aventure !

— Le problème avec les aventures, fit-il remarquer, car il en avait connu bien assez à son goût au cours des dernières années, c'est qu'elles peuvent vite devenir pénibles.

Et s'il était vrai qu'elle n'était jamais montée dans un

carrick de sa vie, elle ne se doutait pas qu'elle mourrait de froid une fois les chevaux lancés à pleine vitesse.

— Tenez, ajouta-t-il d'une voix bourrue en attrapant une couverture sous le siège et en la dépliant sur ses genoux, ceci devrait vous empêcher d'être complètement transie.

— Oh ! merci, souffla-t-elle, comme s'il était extraordinaire qu'il se préoccupe de son confort.

Une préceptrice, se répéta-t-il alors qu'il faisait le tour du carrick. *Mieux vaut être prudent,* songea Hugo alors qu'il prenait place à ses côtés.

Néanmoins, puisqu'il devait la convaincre de lui venir en aide, il parvint à ne rien montrer de la méfiance qu'elle lui inspirait. Il avait l'habitude d'afficher un visage aussi impassible qu'insondable. Un homme ne pouvait pas se targuer de donner des ordres et d'être obéi sans apprendre à empêcher ses subordonnés de deviner ce qu'il ressentait ou pensait.

Elle sursauta lorsqu'il fit claquer son fouet pour lancer les chevaux. Il la regarda avec appréhension, craignant qu'elle ne se mette à hurler. S'il était vrai qu'elle n'était jamais montée dans un carrick jusqu'à aujourd'hui, elle allait peut-être trouver la hauteur et la sensation d'être en équilibre précaire sur deux roues un peu déstabilisantes. Et il ne voulait surtout pas qu'elle effraie les chevaux.

Mais il chassa vite ses craintes. Elle ne paraissait pas inquiète du tout. Au contraire, elle souriait avec une pointe d'allégresse.

— Je suis heureux de constater que l'expérience a l'air de vous plaire, dit-il après avoir négocié avec succès la succession des rues étroites et encombrées du centre-ville.

— Oh ! oui, c'est merveilleux, dit-elle. On voit si bien depuis là-haut. Et cette impression de vitesse est si grisante.

— Une fois que nous serons en terrain plus dégagé, je

vous montrerai jusqu'à quelle vitesse mes chevaux peuvent aller, si vous voulez, proposa-t-il.

Aussitôt, il se demanda ce qu'il lui avait pris. S'il avait entendu n'importe quel homme parler ainsi, à une femme qu'il venait à peine de rencontrer, il l'aurait accusé de fanfaronner.

— Oh ! je ne sais pas trop, dit-elle d'une voix hésitante. Je pourrais... enfin... vous ne prendriez pas de risques inconsidérés, n'est-ce pas ?

— Avec moi, vous ne risquez absolument rien, promit-il, avant de songer qu'il ne faisait qu'aggraver son cas.

Pourtant, c'était la vérité. Jamais il n'aurait mis en péril la vie d'un passager, quel qu'il soit, dans le seul but d'exhiber ses talents de conducteur ou la perfection sans pareille de ses deux étalons acquis dernièrement.

— Et si jamais vous aviez peur, il faudrait me le dire et je ralentirais aussitôt, ajouta-t-il.

— Merci, souffla-t-elle. Je ne voudrais pas passer pour une peureuse. En fait, je ne sais même pas si je suis quelqu'un de pleutre ou pas.

— Personne ne le sait avant d'avoir été mis en situation. Pour vous, c'est maintenant, dit-il quand ils eurent atteint une longue portion de route droite, juste après la sortie du bourg. Accrochez-vous à votre coiffe.

Elle prit son conseil au pied de la lettre et il donna aux chevaux le signal d'accélérer. Ce qu'ils firent, en douceur et sans à-coups.

Miss Isherwood ne dit rien, mais dès qu'il la regardait pour voir comment elle avait l'air d'aller, il la voyait sourire.

— C'était..., dit-elle alors qu'il ralentissait à l'approche du portail de Saxony Palace, c'était... fa-bu-leux !

— Je suis heureux que vous ayez apprécié, dit-il, avant de s'éclaircir la gorge. Miss Isherwood, il faut que je vous avoue une chose. Si je suis venu vous chercher au terminus de votre voyage, ce n'est pas seulement pour vous faire profiter du grand air.

Et pas seulement non plus pour étrenner le somptueux cadeau surprise qu'il venait de recevoir de la part de son oncle pour Noël. C'étaient les plus beaux chevaux qu'il ait jamais vus et il s'était empressé de saisir l'occasion de les faire atteler ensemble pour tester leurs capacités qui promettaient d'être exceptionnelles.

— Oh ?

Elle se tourna pour le regarder et il eut l'impression que ses yeux vifs et intelligents examinaient l'unique spécimen d'une espèce inconnue. À moins que cela n'ait été son sentiment de culpabilité qui le rendait mal à l'aise.

— Oui, répondit-il le plus fermement possible. J'espérais pouvoir avoir une petite discussion avec vous. Une discussion sérieuse. Évidemment, je ne vous le cache pas, parler aurait sans doute été plus facile si nous avions fait le trajet à l'intérieur d'une voiture, mais cela aurait été inenvisageable sans la présence d'un chaperon. Car voyez-vous, je ne sais pas pourquoi, même si nous sommes bien plus près l'un de l'autre que nous ne l'aurions été dans une voiture, personne n'a l'air de penser qu'il est inconvenant d'être assis à côté d'une femme non mariée dans un carrick.

— Vraiment ?

Il lui jeta un petit coup d'œil. Était-ce une pointe de sarcasme qu'il avait cru déceler dans sa réponse ? Mais non, elle semblait réellement et sincèrement surprise.

Il se racla de nouveau la gorge, et décida d'aller droit au but.

— Le fait est que nous – c'est-à-dire les membres de la famille du duc – sommes très préoccupés par ce mariage.

Lui en particulier. Il avait beau avoir de sérieux doutes sur les capacités intellectuelles de Miss Fairclough, il ne pouvait pas laisser cette écervelée commettre une erreur qu'elle pourrait regretter toute sa vie. Il ne pouvait pas non plus ne rien tenter pour l'en empêcher. Jamais il ne se le pardonnerait. Comme il n'avait jamais pu se pardonner de ne pas avoir réussi à sauver Julie, la fille de ses voisins, des griffes de l'affreux barbon que ses parents lui avaient imposé comme mari. Au début, à chaque fois qu'il y repensait, il regrettait de ne pas s'être enfui avec elle pour l'épouser en secret, comme elle l'avait supplié de le faire.

Le regard de sa passagère passa de la surprise à l'incompréhension.

— Que voulez-vous dire ? demanda-t-elle.

— Eh bien, c'est juste que Sa Grâce a au moins le triple de l'âge de Miss Fairclough et qu'il fait à peu près quatre fois son tour de taille. Ses filles sont toutes les trois assez vieilles pour être sa mère. Et elles espèrent toutes les trois que vous pourrez la convaincre... enfin la mettre en garde... que vous pourrez lui demander si elle est absolument certaine de pouvoir supporter... je veux dire, si cette union est vraiment ce qu'elle veut. Et si elle n'est pas sûre d'elle, lui dire qu'elle peut faire appel à moi pour quitter le palais ducal et la protéger des récriminations de sa famille.

Car les choses avaient changé à présent. Il n'était peut-être pas ce qu'on pouvait appeler quelqu'un de riche, mais il n'était plus un jeune homme sans aucun revenu. Il serait tout à fait capable d'aider une jeune femme qui n'aurait nulle part où aller ni personne d'autre sur qui compter. D'une façon ou d'une autre.

Très certainement, dès que la jeune femme assise à ses côtés verrait le duc de Braid de ses propres yeux, elle repenserait à sa proposition et aurait le bon sens de persuader Miss Fairclough de renoncer à cette union désastreuse.

Sinon... eh bien, il préférait ne pas y penser.

3

Pour la première fois depuis qu'elle avait pris place dans le carrick, Clara eut conscience du froid. Un long frisson glacé lui parcourut l'échine de haut en bas.

Le prétendant de Miss Fairclough avait *le triple de son âge* ?

Et il faisait *quatre fois* son tour de taille ?

Et toute la famille du duc souhaitait empêcher Bella de l'épouser ? Pas étonnant que celle-ci l'ait invitée, songea Clara. La pauvre enfant devait avoir désespérément besoin de soutien, quel qu'il soit.

Avant même qu'elle réponde au lieutenant Warren, ils prirent un virage à la sortie duquel elle aperçut enfin le palais ducal. La demeure était à couper le souffle, à tel point que personne n'aurait pu reprocher à Clara de rester bouche bée devant tant de splendeur.

Elle était tout bonnement immense. Avec des rangées et des rangées de fenêtres qui étincelaient comme de l'or sur une façade en pierre de taille qui se parait, elle aussi, d'un chaud éclat sous les rayons du soleil couchant.

Une femme se précipita dehors pour l'accueillir alors que le carrick s'arrêtait au pied d'un escalier flanqué de piliers et couvert par un portique.

— Je suis Mrs Cromwell, se présenta la femme. La gouvernante de Sa Grâce. Je vais vous conduire moi-même à votre chambre, ajouta-t-elle sur un ton semblant sous-entendre qu'elle faisait là un immense honneur à Clara.

Cette dernière se tourna vers le lieutenant Warren.

— Je crois que je ferais mieux de..., dit-elle, désolée, avant de se dépêcher de descendre du carrick.

Elle eut à peine le temps de récupérer son sac et de remercier le lieutenant que déjà Mrs Cromwell s'empressait de la faire entrer.

L'intérieur de la demeure était encore plus impressionnant que la façade. Même si Clara n'était pas familière de ce genre d'endroits, elle remarqua la pléthore de tableaux et d'ornements ainsi que la qualité et la finesse du bois de la rampe de l'escalier qu'elle était en train de gravir.

— Voici votre chambre, Miss Isherwood, dit la gouvernante en ouvrant la porte d'une pièce aussi grande que le dortoir dans lequel elle avait dormi à son arrivée à Heath Top.

Mais c'était la seule ressemblance avec un lieu qu'elle connaissait. Elle n'avait jamais foulé un tapis aussi doux et moelleux, elle n'avait jamais vu de murs tendus avec ce qui semblait être de la vraie soie. Elle n'avait jamais vu non plus une chambre avec une aussi grande cheminée. Cheminée dans laquelle brûlait joyeusement un feu magnifique.

Ce fut alors qu'elle remarqua une pile de ce qui semblait être des robes, des gants, des plumes, du velours sur le grand lit à baldaquin.

— Il doit y avoir erreur..., dit-elle.

— Non, c'est bien la chambre où Miss Fairclough a voulu que vous soyez logée. Elle a même insisté, dit Mrs Cromwell en se dirigeant vers la fenêtre pour écarter les rideaux, comme pour attirer l'attention de Clara sur la vue. Depuis ici, vous pouvez voir le jardin à la française – elle savait que vous apprécieriez.

— Oh ! mais alors..., poursuivit Clara en désignant le lit, à qui ces affaires appartiennent-elles ?

Mrs Cromwell s'apprêtait à répondre quand des bruits de pas se firent entendre, suivis d'éclats d'une voix familière.

— Vous voici enfin !

Miss Fairclough surgit dans la pièce et serra Clara dans ses bras.

— Je m'excuse de ne pas vous avoir accueillie en personne, mais je *jure*, dit-elle en posant la main sur sa poitrine, que je me suis précipitée dès que j'ai entendu que vous étiez arrivée. Avez-vous fait bon voyage ? Votre chambre vous plaît-elle ? Voulez-vous du thé ? Faire un brin de toilette ? Mrs Cromwell, soyez chou et allez chercher du thé et un broc d'eau. Ou plusieurs. Vous pouvez prendre un bain, Miss Isherwood, avant le dîner...

Clara serra les deux mains de Miss Fairclough dans les siennes tout en cherchant sur son visage des signes de détresse. Après ce que le lieutenant Warren lui avait dit et après cette curieuse invitation de dernière minute, elle s'était imaginé trouver son ancienne élève bouleversée.

Ce qui n'était pas le cas.

— Oui, j'aimerais beaucoup du thé et pouvoir me rafraîchir, répondit Clara. Et la chambre est très jolie. Je me demande seulement qui va la partager avec moi.

C'était la seule explication à toutes ces robes et autres affaires empilées sur le lit.

— Vous n'allez partager cette chambre avec personne, ma très chère Miss Isherwood. Ces affaires sont...

Elle se tourna vers la gouvernante en haussant un petit sourcil impérieux.

— Vous êtes encore là, vous ? Ma demoiselle d'honneur voudrait du thé et de l'eau en quantité suffisante pour prendre un bain.

Puis elle pouffa quand la gouvernante à l'air pincé quitta la pièce.

— Elle ne m'aime pas beaucoup, expliqua-t-elle. Enfin, personne ne m'aime ici, mais qu'est-ce que cela peut faire ?

Elle leva la tête avec cet air de défi qu'elle avait si souvent adressé à Miss Badger.

— Oui, j'ai entendu dire, commença Clara d'une voix hésitante, que la famille du duc s'inquiète. Elle craint que vous ne le trouviez trop vieux…

— Pfff ! Je me moque bien de son âge. Mon petit Bouton est un amour. Et, dit-elle en penchant la tête d'un air pénétré, vous ne pouvez tenir cela que de son neveu, étant donné que c'est lui qui est allé vous chercher à l'auberge. Et c'est *lui* qui fait grise mine, parce que si je donne un héritier à Bouton, cela le disqualifiera.

Clara marqua un temps d'arrêt.

— Attendez, êtes-vous en train de dire que le lieutenant Warren est *le neveu* du duc de Braid ?

Miss Fairclough acquiesça.

— Et son héritier, aussi, puisque pour l'instant il n'a eu que des filles.

Son héritier ? C'était donc par jalousie, ou même par méchanceté que le lieutenant Warren avait exprimé ces réserves au sujet du mariage imminent entre son ancienne élève et le duc de Braid ?

Tout à coup elle se remémora la rudesse avec laquelle il lui avait parlé avant de savoir qui elle était. La sévérité de son visage quand il l'avait presque accusée de s'être jetée sous les sabots de ce cheval de trait.

Et aussi son brusque changement d'attitude quand il avait appris qui elle était et découvert qu'elle était susceptible d'exercer une certaine influence sur celle qui était sur le point d'épouser son oncle et, peut-être, lui donner un héritier mâle.

Oh… elle n'avait pas ressenti une telle déception depuis… depuis… eh bien, c'était tout bonnement la pire déception de sa vie. Il lui avait pourtant semblé si parfait... L'incarnation des vertus viriles dans toute leur splendeur, depuis le moment où il l'avait enserrée de ses bras musclés et l'avait sauvée d'un terrible péril.

Quand elle avait réfléchi à la façon dont elle allait narrer ses aventures une fois de retour à Heath Top, elle avait prévu de faire de lui le héros de son récit. Après avoir raconté quelques anecdotes au sujet des gens amusants qu'elle avait rencontrés et sur la nuit qu'elle avait passée, seule, dans une auberge bondée, elle avait imaginé décrire ses premières impressions au sujet du beau jeune homme qui était venu la chercher. Comment il l'avait secourue, puis conduite au palais ducal dans un véhicule dernier cri tiré par des chevaux à la robe soyeuse, qui soufflaient de la vapeur par les naseaux tels des dragons pendant qu'ils galopaient à toute allure.

En revanche, elle n'aurait peut-être pas raconté comment elle s'était sentie... choyée quand il avait enveloppé ses jambes dans une couverture d'un geste protecteur et quand il lui avait demandé son avis avant de lancer ses chevaux au triple galop.

Personne ne s'était jamais montré aussi prévenant envers elle. Personne ne lui avait jamais demandé son opinion avant d'agir, même si cela la concernait. Et surtout, personne n'avait jamais renoncé à ce qu'il avait prévu juste pour lui faire plaisir. Et elle aurait bien entendu passé sous silence la vitesse avec laquelle son cœur s'était mis à battre quand il l'avait prise dans ses bras.

Mais en réalité, il était tout sauf un héros.

Il l'avait manipulée.

Ce qui montrait à quel point une femme était vulnérable aux duperies faciles d'un homme raisonnablement séduisant quand elle avait peu d'expérience et connaissait mal la vraie nature de la gent masculine.

— Voici pourquoi, dit Miss Fairclough, j'ai insisté pour que vous soyez ma demoiselle d'honneur.

Ah. Ainsi, la levée de boucliers que suscitait son mariage l'affectait tout de même.

— J'ai besoin de quelqu'un qui soit complètement de mon côté, poursuivit Miss Fairclough. Et je savais que vous comprendriez à quel point épouser Bouton représentait une chance que je ne pouvais pas laisser passer. Même s'il est plus âgé que mon père, ajouta-t-elle avec, de nouveau, ce menton levé en signe de défi. Il m'offre une maison, et un titre que personne ne pourra jamais m'enlever. Même si nous devions nous brouiller, même s'il mourait, je resterais duchesse douairière, et je jouirais d'une rente et d'une maison dont personne ne pourrait jamais me déposséder, conclut-elle sur un ton revendicatif.

À cet instant précis, elle ressemblait à s'y méprendre à la petite fille blessée et furieuse qu'elle était à son arrivée à Heath Top, lorsqu'elle ne cessait de clamer qu'elle n'avait rien à y faire puisqu'elle n'était pas orpheline. La petite fille qui pleurait de rage toutes les nuits en pensant à ce père qui avait osé la trahir en se débarrassant d'elle dès que sa nouvelle épouse lui avait donné un fils.

Clara lui tapota la main.

— Oui, je comprends très bien que l'on puisse aspirer à une certaine sécurité dans un monde si incertain. Et du moment qu'il est gentil avec vous…

— Oh ! mon Bouton est l'être le plus généreux de la Terre ! Il a insisté pour m'offrir une nouvelle garde-robe complète, commandée chez les meilleures modistes. Il a dit qu'il ne voulait plus me voir avec les vieilleries que j'ai portées pendant la Saison. C'est pour cela que je vous donne tout, dit-elle avec un regard triomphal, sans se rendre compte de l'insulte qu'elle venait d'infliger à Clara. Je savais bien, poursuivit Miss Fairclough, que vous n'auriez rien de convenable à vous mettre durant ce séjour, et que ces espèces de snobs guindées que sont les filles de Bouton se seraient moquées de vous.

Elle jeta un coup d'œil au petit sac de voyage de Clara.

— Et je vois que j'avais raison. Voyez-vous, je ne vais pas laisser ces méchantes femmes vous humilier. Vous aurez une nouvelle robe à porter à chaque repas. Et tous les accessoires qui vont avec, bien entendu. Oh ! je sais que nous n'avons pas exactement la même silhouette.

En effet : Miss Fairclough était plus petite que Clara, et bien plus ronde.

— Mais j'ai pensé à tout cela. Quand vous aurez pris votre bain, j'enverrai une domestique pour vous mesurer et pour reprendre une première toilette, afin que vous puissiez la porter au dîner ce soir. Parce qu'il est hors de question que je vous offre en pâture à ces soi-disant ladies aux langues de vipère pour une simple histoire de robe démodée.

Clara ne savait que dire. Son ancienne élève avait vu juste : son sac ne contenait que sa robe du dimanche la moins abîmée et, en effet, elle avait prévu de la porter tous les soirs, ainsi qu'au mariage lui-même.

Par ailleurs, quelle femme aurait pu résister à la tentation d'une nouvelle garde-robe ? Une tenue pour chaque soirée, et une autre pour la cérémonie, sans doute.

Même si Miss Fairclough considérait ses anciennes robes comme des « vieilleries », la montagne de tissus multicolores et somptueux évoquait pour Clara un trésor digne de la caverne d'Ali Baba. *Si Ali Baba avait été marchand de vêtements pour femmes*, songea-t-elle, amusée.

— Miss Fairclough, dit-elle, c'est vraiment très gentil de votre part...

— Oh ! mais il faut m'appeler Bella, vous savez.

— Dans ce cas, il faut m'appeler Clara, se sentit-elle obligée de répondre.

Avec un sourire rayonnant, Miss Fairclough quitta la pièce, laissant Clara étourdie comme après une rencontre avec une petite tornade blonde.

Ce qui la fit sourire.

Car même si elle était sur le point de devenir duchesse, Miss Fairclough ne semblait pas avoir changé le moins du monde.

4

Après que Hugo eut déposé Miss Isherwood devant l'entrée, il conduisit son carrick aux écuries et demanda à Steeple, son palefrenier, de seller sa jument, Remembrance. Il ne se sentait tout simplement pas prêt à aller faire le beau auprès de tous ses oncles, tantes, cousins et cousines, d'autant plus que les « satellites » qui tournaient autour d'eux étaient de plus en plus nombreux.

Depuis que la mort de son frère Malcolm l'avait encore rapproché du titre de duc, il s'était tout à coup mis à intéresser un certain type de femmes. Le type de femmes qui se voyaient très bien porter l'hermine. Le type de femmes prêtes à toutes les hypocrisies pour tenter de l'approcher. Ou tout du moins, c'était l'impression qu'il avait eue la veille au soir et de nouveau ce matin. Pendant le petit déjeuner, il avait été sans cesse dérangé par l'une ou l'autre de ses tantes qui souhaitaient lui présenter « une charmante jeune lady », la fille d'« une amie très chère à leur cœur ».

Il avait passé une ou deux heures très instructives à explorer les marges de la propriété et n'était rentré au palais ducal que parce qu'il craignait que Remembrance ne se blesse à cause de l'obscurité grandissante.

Après l'avoir conduite aux écuries et admiré au passage la superbe paire d'étalons qui lui appartenait désormais, il pénétra dans la demeure par une entrée dérobée conduisant directement aux quartiers des domestiques et, depuis là, il emprunta l'escalier de service pour rejoindre sa chambre.

Il n'avait pas encore atteint la seconde volée de marches qu'il vit quelque chose qui fit bouillir son sang. Sur le palier intermédiaire, une pauvre femme de chambre s'était fait coincer par Lord Baguley, l'époux de la fille aînée du duc. Elle était plaquée contre le mur et donnait l'impression de vouloir s'y enfoncer, sans doute pour échapper aux lèvres dégoûtantes du lord.

Du moins, il avait cru qu'il s'agissait d'une femme de chambre... Car, quand Lord Baguley se tourna à demi en l'entendant approcher, il aperçut le visage de la jeune femme. *Miss Isherwood* ?

— Qu'êtes-vous en train de fabriquer, au juste, Baguley ?

Hugo se précipita vers l'homme et, sans se préoccuper de leurs liens de parenté, il le repoussa sans ménagement, afin de libérer la pauvre Miss Isherwood. Elle était clairement terrorisée.

— Je prenais juste un peu de bon temps avec cette jolie petite servante, répondit Lord Baguley. Et ce ne sont pas vos affaires, Warren.

— Je doute que cette jeune femme s'amuse : elle a l'air terrifiée, rétorqua-t-il. Par ailleurs, il ne s'agit pas d'une femme de chambre. Elle fait partie des invités.

Ce qui ne changeait rien au problème, en principe. Cependant, Hugo ne connaissait que trop bien les hommes comme Baguley : ceux qui considéraient les domestiques de toute maison où ils résidaient comme du gibier.

Lord Baguley leva un sourcil.

— Vraiment ? Que fait-elle dans l'escalier de service, alors ? Vous seriez-vous perdue ? demanda-t-il en se retournant vers Miss Isherwood qui, dès l'instant où Hugo l'avait libérée, s'était mise hors de portée. Dans ce cas, laissez-moi vous montrer le chemin, dit-il avec un sourire huileux, en lui tendant son bras.

— Je peux conduire Miss Isherwood partout où elle le souhaite, déclara Hugo en s'interposant entre le bras de Baguley et la pauvre Miss Isherwood.

— Vraiment ? demanda Lord Baguley en examinant d'un œil narquois la tenue assez peu présentable de Hugo.

Sans attendre, Miss Isherwood prit elle-même l'initiative de se rapprocher de lui et d'agripper la manche de son manteau pourtant couvert de boue.

— Je vois, dit Lord Baguley, un sourire sarcastique aux lèvres. Dans ce cas, tout ce que je peux dire, c'est que j'ai hâte de faire plus ample connaissance avec vous dans les jours à venir.

Il fit mine de s'incliner avec ironie devant elle et descendit l'escalier. *En direction des quartiers des domestiques*, nota Hugo avec déplaisir.

— Un petit conseil, Miss Isherwood, si vous ne souhaitez pas être importunée, ne vous aventurez plus par ici à l'avenir.

— Oh mais... mais c'est honteux de dire une chose pareille ! Comme si une femme pouvait souhaiter être importunée !

Il prit mal cette remarque, étant donné qu'il était le premier à penser que les servantes avaient autant le droit que les invitées d'être traitées avec respect et qu'elles ne devraient pas avoir plus peur d'utiliser l'escalier de service que les ladies ne devraient craindre d'emprunter le grand escalier.

Alors, naturellement, il répondit avec une légère irritation.

— Mais vous n'avez rien à faire dans l'escalier de service. Que fabriquiez-vous, à fureter par ici ?

— Je ne furetais pas, protesta-t-elle en lâchant sa manche et en se redressant, ce qui la fit arriver à hauteur de son menton. Je voulais juste explorer un peu la maison en attendant que la couturière ait terminé de retoucher la robe que je suis censée porter pour le dîner. Je crois qu'il y a une très belle bibliothèque au rez-de-chaussée, et je voulais y jeter un rapide coup d'œil. Et puisque Miss Fairclough m'a dit que les vêtements que je portais m'attireraient des moqueries de la part de certaines personnes...

Elle désigna sa robe élimée et extrêmement peu flatteuse. Il était vrai que celle-ci ne déparait pas avec le vieux manteau qu'elle portait plus tôt, quand il était allé la chercher au terminus de la diligence.

— Peut-être devriez-vous rester dans votre chambre en attendant, suggéra-t-il. Je ne pense pas que vous soyez en sécurité seule. Vous n'êtes pas beaucoup plus raisonnable qu'une...

— Je vous demande pardon ?

Non seulement elle avait retrouvé des couleurs, mais ses yeux lançaient des éclairs. Pour la première fois, il comprenait que certains hommes puissent trouver belles les femmes en colère, car Miss Isherwood, en ce moment même, avait fière allure.

— Il faut que vous sachiez que je suis une femme intelligente et pleine de ressources. Je m'occupe quotidiennement de jeunes filles en leur apportant l'éducation, mais aussi les conseils et la compassion dont elles ont besoin. Ce n'est pas une tâche que n'importe quelle femme est capable d'accomplir, je veux que vous le sachiez !

— C'est possible, répondit-il. Et je veux bien croire qu'au sein de votre école vous vous débrouilliez très bien. Cependant, fit-il remarquer, c'est la deuxième fois aujourd'hui que je suis obligé d'intervenir pour vous sauver de votre inconséquence. Vous vous êtes précipitée devant ce cheval sans regarder, et ensuite vous êtes venue faire un petit tour dans l'escalier de service habillée comme une domestique sous les yeux d'un débauché notoire.

— Comment osez-vous sous-entendre que j'ai besoin d'un... d'une espèce de... d'un homme pour veiller sur moi ?

À l'auberge, j'essayais d'ôter un obstacle qui aurait pu faire chuter quelqu'un, protesta-t-elle. Et concernant l'escalier de service, comment aurais-je pu savoir qu'il était dangereux de s'y risquer ? Vous devez savoir que c'est la première fois que je réside dans une demeure de ce type. Mais d'ailleurs, ajouta-t-elle en plissant les yeux, vous êtes bien en train d'emprunter l'escalier de service vous aussi, non ?

— Certes, mais c'est parce que je suis couvert de boue après avoir monté à cheval. En outre...

— En outre, quoi ?

— Eh bien, avoua-t-il, tout comme les prédateurs font de l'escalier de service leur terrain de chasse, les prédatrices font le leur du grand escalier.

Elle fronça les sourcils.

— Que suis-je censée comprendre ? *Oh.* Que vous pensez être un bon parti et que n'importe quelle femme serait prête à tout pour attirer votre attention.

— C'est vrai, protesta-t-il. Un certain nombre de femmes feraient tout leur possible pour obtenir une invitation à un événement tel que celui-ci, dans le seul but d'avoir un prétexte pour obtenir le droit de m'aborder.

Elle se raidit.

— Êtes-vous en train de m'accuser de vous avoir *abordé ?* D'avoir quémandé une invitation à ce mariage parce que j'aurais des vues sur *vous ?*

De toute évidence, elle fulminait.

— Si j'étais en quête d'un homme, poursuivit-elle, ce qui n'est pas le cas, étant donné que je suis parfaitement autosuffisante, d'un point de vue financier et... de tout autre point de vue, alors vous seriez bien le dernier homme que je ciblerais.

— Ce n'est pas ce qu'il m'avait semblé, rétorqua-t-il.

Mais pourquoi diable renchérissait-il au lieu de prendre

congé et de passer son chemin – ce qu'il aurait fait, il en était certain, avec n'importe quelle autre femme ?

Elle paraissait abasourdie.

— Je veux juste dire, dit-il sur un ton provocateur, que vous m'avez semblé prompte à prendre mon bras, tout à l'heure, alors même que Lord Baguley avait l'air de vous faire horreur.

— Vous êtes, souffla-t-elle, sans aucun doute possible, l'homme le plus odieux, le plus arrogant et le plus prétentieux que j'aie jamais rencontré !

Sur ce, elle tourna les talons et se mit à grimper l'escalier. Vers sa chambre. Vers un endroit sûr.

Il avait donc atteint son objectif. Elle avait compris la leçon. Et elle ne s'aventurerait plus n'importe où sans réfléchir auparavant.

Quel dommage que pour obtenir ce résultat il ait dû se faire détester d'elle.

5

Un peu plus tard, Clara était en train d'observer son reflet dans un miroir en pied, un luxe auquel elle avait accès pour la première fois.

Elle n'aurait pas pu nier que ce qu'elle voyait dans la glace lui procurait un immense plaisir. La couturière avait répété à plusieurs reprises que la robe qu'elle avait retouchée pour elle et que Clara portait en ce moment même était parfaite pour dîner à la table d'un duc et de sa famille. Mais Clara ne pouvait s'empêcher de penser que cette tenue en dévoilait trop. Elle était si près du corps qu'elle faisait paraître sa poitrine beaucoup plus généreuse qu'elle ne l'était en réalité. Et le décolleté renforçait cette impression en plongeant jusqu'à des profondeurs que la décence ne pouvait en aucun cas cautionner. À tel point que, si peu couverte, Clara était surprise ne pas avoir la chair de poule. Mais il fallait croire que les sous-vêtements que lui avait aussi donnés Bella remplissaient bien mieux leur rôle que leur apparence légère et vaporeuse ne le laissait supposer.

Elle était en train de se demander comment elle allait trouver le courage de quitter sa chambre, avec ses seins offerts à tous les regards, quand, après un bref coup à la porte, Bella fit une entrée fracassante dans la pièce.

— Vous êtes prête ! Parfait, s'exclama-t-elle. Oh ! et quelle élégance ! J'étais sûre que cette nuance d'ambre vous irait à ravir, avec vos yeux et vos cheveux foncés. Et je me doutais aussi que vous n'auriez rien à assortir avec cette tenue, alors je vous ai apporté quelques babioles, au cas où. Tenez...

Elle plongea la main dans une petite pochette en velours que Clara n'avait pas remarquée jusqu'à ce moment et en sortit un collier de perles d'ambre.

— C'est un bijou sans grande valeur, je vous préviens, mais il ira à la perfection avec cette tenue. C'est mon oncle, M. Lyons, l'époux de la sœur de ma mère, Clarissa – vous savez, celle qui m'a aidée à faire mon entrée dans le grand monde quand elle s'est *enfin* souvenue de mon existence, dit-elle d'une voix acide, qui me l'avait acheté exprès.

— Dans ce cas, jamais je ne pourrais...

— Allons, vous n'allez pas gâcher ma soirée en faisant des manières ! Ce n'est qu'un prêt, après tout, afin que vous ne soyez pas la seule à table ce soir à ne pas être couverte de bijoux, rétorqua Bella en faisant la moue, tout en attachant le collier autour du cou de Clara. Voilà, dit-elle d'un air triomphal en contemplant leurs deux reflets dans le miroir. La touche finale !

— Je ne peux pas nier que... que d'une certaine façon je n'ai pas l'air aussi... déshabillée qu'avant.

Bella rit.

— Je vois tout à fait ce que vous voulez dire. La première fois que j'ai porté ce type de décolleté – très en vogue, je ne vous le cache pas – je me suis sentie très, très exposée. C'est toute cette peau nue. Une fois qu'elle est dissimulée sous plusieurs rangées de perles, tout cela paraît bien plus acceptable, n'est-ce pas ?

Clara n'était pas convaincue. Mais il était difficile de refuser un tel élan de générosité. Il aurait été grossier et malvenu de se plaindre soit de la robe, qui était la plus belle qu'elle ait jamais portée, soit du prêt du collier, qui s'accordait à la perfection avec cette tenue comme Bella l'avait prédit.

— Je... je...

Avant qu'elle ne puisse formuler une phrase cohérente, Bella la serra dans ses bras.

— Vous n'avez rien besoin de dire, ma chère Miss Isherwood. Clara. Je sais que vous n'avez pas l'habitude qu'on vous donne quoi que ce soit. J'ai moi aussi passé de nombreuses années dans cette école de malheur, n'est-il pas vrai ? Et c'est une joie immense de pouvoir vous gâter un peu, après l'amitié que vous m'avez témoignée pendant ma scolarité. Sans vous, je ne sais pas comment j'aurais survécu. Il est donc normal que je vous fasse profiter comme je le peux de la bonne fortune qui est à présent la mienne.

— Eh bien, si vous présentez les choses ainsi, alors...

— Tout à fait ! Maintenant, venez. Descendons. C'est le moment idéal. Pas trop en avance, pour ne pas laisser le loisir aux vilains matous de faire leurs griffes sur nous, mais suffisamment avant l'heure du repas pour que ce cher Bouton ne s'inquiète pas trop. Il n'y a rien, dit-elle en attirant Clara vers la porte, qui le contrarie autant que d'avoir à faire attendre un plat parce que quelqu'un est en retard. Il a toujours peur que telle ou telle sauce tourne, ou se fige, ou... ou... enfin ce genre de choses, dit-elle sur le ton de la confidence tout en se dirigeant vers le grand escalier.

L'escalier que, un peu plus tôt, Clara ne s'était pas sentie en droit d'emprunter. La faute aux somptueux tapis, à la rampe finement ciselée, à toutes les œuvres d'art ornant les niches, à tous les portraits si bien exécutés que les personnes représentées avaient l'air d'être réelles et de surveiller d'un œil sévère les petites maîtresses d'école qui auraient l'effronterie de se faire passer pour leurs invitées.

D'un pas décidé, Bella conduisit Clara jusqu'à une vaste pièce, qui ressemblait surtout à un immense couloir. Elle était remplie de sièges sur lesquels aucune des élégantes personnes qui s'y trouvaient ne daignait s'asseoir. À la place, elles se tenaient debout, en petits groupes, et murmuraient entre elles tout en la regardant de travers – elle, ou peut-être Bella, puisque ce n'était un secret pour personne que la future épouse était loin de faire l'unanimité.

Comme toujours, à chaque fois qu'une de ses élèves était menacée, Clara se sentit en devoir de la protéger. Furieuse, elle leva le menton et rendit regard pour regard, tout en tenant un peu plus fermement le bras de Bella. Elle ne devait pas la tenir suffisamment fermement, toutefois, car celle-ci se libéra, en poussant une petite exclamation.

— Mon cher Bouton !

Bella traversa la pièce en trottinant jusqu'à la seule personne assise. Un homme, qui était de toute évidence le duc de Braid, puisque Miss Fairclough couvrait son visage de baisers et qu'elle n'aurait jamais fait cela à quelqu'un d'autre que son fiancé. Par ailleurs, il correspondait à la lettre à la description que lui en avait faite le lieutenant Warren. Ledit lieutenant se tenait d'ailleurs debout derrière le siège et regardait Clara approcher avec une immobilité digne d'une statue antique.

Même s'il lui était impossible de savoir ce qu'il pouvait penser, Clara était heureuse de porter la tenue prêtée par Bella. Car la robe soyeuse et dorée tourbillonnait autour de ses jambes pendant qu'elle marchait et scintillait tout autant que celle des autres femmes devant lesquelles elle devait passer.

Si elle avait porté sa tenue du dimanche, comme elle avait au départ prévu de le faire, elle n'aurait jamais été capable de soutenir les regards dédaigneux adressés par les autres femmes. Elle se serait encore moins sentie à sa place parmi cette foule miroitante dans les vêtements d'une maîtresse d'école sans le sou, c'est-à-dire du genre qui avait conduit ce débauché à la prendre pour quelqu'un dont il pouvait abuser en toute impunité.

Ce fut alors qu'elle remarqua le débauché en question. Il était appuyé contre le mur, entre une luxuriante plante verte posée sur un piédestal et un tableau représentant des nymphes s'ébattant en forêt. Il avait l'air d'un satyre tapi dans un buisson, prêt à bondir sur une pauvre jeune fille sans défense. Ce qui la fit penser, une fois de plus, à la profondeur de son décolleté. Et elle allait devoir passer juste devant cet homme pour atteindre la chaise du duc.

Ses joues s'embrasèrent. Ce fut alors que le lieutenant Warren vint à sa rencontre.

— Miss Isherwood, dit-il, en se positionnant de telle façon qu'il bouchait la vue de Lord Baguley, avant de s'incliner devant elle.

Elle aurait dû lui en savoir gré, mais l'initiative du lieutenant eut pour effet de lui rappeler qu'il avait été témoin de cette horrible scène dans l'escalier. Et qu'il s'était senti obligé de lui venir en aide. Comme il venait *encore* de le faire à l'instant.

— Permettez-moi, dit-il, de vous présenter mon oncle, Sa Grâce, le duc de Braid.

Clara essaya de ne pas s'arrêter sur le fait qu'il avait dû se substituer à Bella pour les présentations. Et elle fit de son mieux pour ne pas rougir quand elle surprit le regard lourd de reproche que lui adressa une femme à l'air très hautain. *En tant que préceptrice, elle avait échoué à inculquer la bienséance et l'étiquette à Miss Fairclough.*

Elle leva le menton tout en posant la main sur le bras que le lieutenant Warren lui avait si galamment proposé et, pour la première fois, prit le temps de regarder le promis de Bella. Ce premier regard lui suffit pour qu'elle se mette à douter du fait que son élève puisse sérieusement envisager d'épouser un homme à ce point plus âgé qu'elle. Même pour la sécurité que son titre lui garantirait.

Tout en espérant que son expression soit aussi impénétrable

que celle du lieutenant Warren, Clara exécuta sa plus belle révérence devant l'illustre vieillard.

— Pardonnez-moi de ne pas me lever pour vous saluer, dit le duc d'une voix sifflante. Mes vieilles jambes ne sont plus ce qu'elles étaient.

— Je... je vous en prie, murmura Clara, qui avait conscience de devoir répondre quelque chose.

Elle ne pouvait en effet pas se permettre de rester bouche bée devant cette montagne de chair enveloppée de satin, comme si elle s'était trouvée dans un musée. Tout en le regardant, elle ne put s'empêcher de se demander pourquoi Bella s'était mis en tête de l'appeler Bouton. Tous ceux qui ornaient l'avant de son large veston étaient soumis à une pression telle qu'ils semblaient sur le point d'exploser et de jaillir au visage de quiconque se serait trouvé sur leur trajectoire.

— Mon neveu peut vous présenter aux personnes les plus importantes, dit le duc en faisant un vague signe de la main, avant d'accorder de nouveau toute son attention à Bella.

Le lieutenant Warren la conduisit aussitôt vers un couple d'âge moyen. L'homme et la femme se tenaient le bras, comme pour se prodiguer l'un l'autre un soutien aussi bien moral que physique.

— M. Lyons, et son épouse, la tante maternelle de Miss Fairclough, dit le lieutenant sur un ton inexpressif.

Le couple la regarda, examina sa robe, puis, d'un œil de plus en plus noir, le collier qui lui ornait le cou. Clara se souvint soudain de ce que lui avait dit Bella : c'étaient eux qui avaient été obligés de payer pour tout ce qu'elle portait, et à l'évidence ils n'étaient pas *du tout* ravis de la voir dans les vêtements qu'ils avaient achetés pour leur nièce. Mais avant qu'ils puissent dire quoi que ce soit de désagréable ou que Clara puisse bredouiller des excuses pour dédouaner Bella, le lieutenant Warren la conduisit vers un autre petit groupe. L'homme avait un visage rouge et luisant de sueur. La grande femme mince qui se tenait à ses côtés était en revanche pâle comme la mort. Quant aux deux jeunes gens dodus qui complétaient ce portrait de famille, ils avaient l'air très imbus de leur personne.

— Je ne sais pas si vous avez déjà eu le plaisir de rencontrer le père de Miss Fairclough, dit le lieutenant Warren, ou son épouse.

— Non, répondit Clara en exécutant, pendant qu'il la présentait, la petite révérence dont elle ne pouvait faire l'économie.

Elle aurait été bien en peine de répondre que le plaisir était partagé, cependant, puisqu'elle savait à quel point ils avaient mal traité la pauvre Bella.

Puis, à l'autre bout de la pièce, une double porte s'ouvrit. Comme s'il s'agissait d'un signal pour qu'ils passent à l'action, deux laquais se dirigèrent vers le fauteuil du duc, le prirent chacun par un coude et le levèrent.

— Mon neveu !

Le mugissement du vieux lord fit sursauter tout le monde, à l'exception du lieutenant Warren lui-même, qui se contenta de se tourner vers son oncle, un sourcil levé.

— Vous allez accompagner Miss Isherwood jusqu'à la salle à manger, déclara le duc. En tant qu'invitée d'honneur, bien entendu, elle prendra place à ma gauche à table. Elle sera entre nous deux, puisque vous la connaissez déjà. Et puisque vous êtes le seul membre de la famille capable de vous conduire en gentleman.

Le lieutenant Warren s'inclina. Puis il proposa son bras à Clara.

Alors qu'un autre laquais tendait au duc une canne en ébène ornée de rubans rouge et argent, Clara ne put faire autrement que d'entendre plusieurs personnes murmurer d'un air outré. Ni s'empêcher de remarquer que le père et la belle-mère de Bella n'auraient pu afficher une mine pire s'ils avaient été éclaboussés des pieds à la tête par une voiture roulant à vive allure dans une flaque d'eau devant eux.

Le duc, indifférent à tout cela, adressa un sourire bienveillant à Bella pendant qu'il posait sa main potelée sur le pommeau de la canne. Elle lui répondit à son tour par un sourire rayonnant quand elle posa sa petite main sur la sienne et qu'ils se mirent lentement en route vers la porte.

— Nous avons reçu des consignes claires, dit le lieutenant Warren d'une voix calme mais ferme, alors que Clara marquait un temps d'hésitation. Et quoi que nous puissions en penser, mieux vaut nous contenter d'y obéir.

Quoi qu'ils puissent en penser ? Que voulait-il dire par là ? Qu'il n'avait pas envie d'être assis à côté d'elle ?

Eh bien, elle non plus, elle n'avait pas envie d'être assise à côté de lui ! Si Bella n'avait pas été la seule personne qu'elle connaissait, elle aurait...

Non. Elle n'aurait pas pris la poudre d'escampette, le nez en l'air, pour aller s'asseoir à côté de quelqu'un d'autre. Elle manquait de cran pour cela.

Contrariée par la conscience de sa propre faiblesse, elle posa néanmoins la main sur la manche du lieutenant Warren, afin qu'ils puissent suivre le duc et sa pétillante promise jusqu'à la salle à manger. Elle qui n'était pas du genre à se faire des idées pour rien, elle sentait les regards glacés des gens qui marchaient derrière eux lui transpercer le dos tels des couteaux.

À son tour, elle déversa un peu de sa propre contrariété en fusillant du regard Bella et le duc tandis que ces derniers les précédaient. Après tout, elle avait fait ce long voyage pour soutenir son ancienne élève, et cette dernière l'avait allègrement abandonnée en plein milieu de l'arène sociale pour se comporter comme si « son » duc était la seule personne présente dans la pièce.

Clara prit une grande inspiration. C'était stupide de sa part de se sentir délaissée. Elle connaissait très bien le caractère… versatile de Bella.

Et au moins, le duc avait agi concrètement pour la protéger, en demandant à son neveu de l'accompagner jusqu'à la table.

Il avait peut-être tort de faire à ce point confiance au lieutenant, cependant, étant donné que ce dernier avait avoué à Clara être opposé à ce mariage.

En revanche, le duc avait raison de le tenir pour un vrai gentleman. Le lieutenant l'avait prouvé en la sauvant des griffes d'un de ses proches, qui pour sa part était tout le contraire de ce qu'une dame était en droit d'attendre d'un homme bien éduqué. Quoique… Il ne fallait pas oublier que le lieutenant Warren s'était montré assez grossier lorsqu'il avait sous-entendu qu'elle était incapable de se débrouiller seule.

En même temps, il s'était racheté par ses actes un peu plus tôt, quand Bella l'avait laissée au beau milieu d'une pièce pleine d'inconnus.

Elle pinça les lèvres.

Le lieutenant n'approuvait peut-être pas le mariage de Bella et de son oncle. Il ne l'appréciait peut-être pas non plus, songea Clara. Mais au moins il possédait un réel sens moral. Si elle l'avait rencontré dans d'autres circonstances, ils auraient sans doute été d'accord sur beaucoup de choses.

Quel dommage que leur relation ait pris un si mauvais départ !

6

Quelle transformation ! Hugo en croyait à peine ses yeux. Envolée la robe informe et élimée qui avait donné l'impression à Lord Baguley que Miss Isherwood était une femme de chambre. À la place, elle portait une tenue dorée qui lui donnait un air royal.

Surtout avec ce menton levé et cette froideur vis-à-vis de tous les occupants de la pièce à l'exception de Miss Fairclough. Et avec cette façon condescendante de poser la main sur sa manche quand elle avait accepté qu'il la conduise jusqu'à la salle à manger.

L'attitude altière ne perdura que jusqu'à ce qu'ils arrivent à la table. Alors qu'il l'amenait à la chaise située à côté de celle de son oncle, il surprit un regard nerveux chez elle lorsque ses yeux balayèrent la pièce. Une fois qu'il eut pris place à côté d'elle, il suivit la direction de son regard, en se demandant ce qui avait bien pu causer cette réaction apeurée.

Était-ce la vue de Lord Baguley, en train de prendre place à côté de sa femme qui, puisqu'elle était l'aînée des filles du duc, tenait le rôle de maîtresse de maison ? Certainement pas. Il avait eu l'impression que s'il ne s'était pas précipité vers elle au moment où elle avait aperçu Baguley, dans la salle de réception tout à l'heure, elle serait passée devant lui en l'ignorant superbement. Pour autant, elle était en train de toucher l'un après l'autre tous ses couverts, puis jetait des regards inquiets aux verres en cristal alignés derrière son assiette, comme si elle n'avait aucune idée de ce qu'elle devait en faire.

Ah. C'était peut-être cela.

Il regarda d'un œil neuf la table longue comme le pont d'un bateau et recouverte de mètres et de mètres de toile de lin blanche comme neige, sur laquelle étaient disposés des centres de table en argent contenant des compositions de fruits, ainsi que les nombreuses œuvres d'art culinaires créées dans les cuisines de son oncle à base de génoise, de glaçage et de pâte d'amande. Son regard s'attarda ensuite sur les invités, tous plus titrés et couverts de bijoux les uns que les autres, qui jouaient des coudes pour obtenir les meilleures places. Et enfin il passa en revue le véritable bataillon de laquais, en livrées rouges et perruques poudrées, en train de disposer prestement sur la table plats recouverts de couvercles et soupières.

Miss Isherwood paraissait peut-être à sa place en ce lieu, dans sa robe en soie, mais il l'avait vue arriver avec pour seul bagage sa minuscule valise à laquelle elle avait l'air de tenir comme si elle renfermait la totalité de ses possessions terrestres, alors qu'elle ne pouvait en réalité contenir que ses affaires de nuit et quelques accessoires du type brosse, peigne et brosse à dents. Ce qui signifiait que Miss Fairclough devait lui avoir prêté cette robe. Personne d'autre n'aurait pu avoir cette idée. Et malgré son attitude hautaine, sous cette robe d'emprunt Miss Isherwood savait pertinemment qu'elle n'était qu'une maîtresse d'école sans argent ni relations, jetée dans un monde auquel elle ne connaissait rien.

Cela lui rappela ce qu'il avait ressenti quand il avait été en âge de prendre place à la table des adultes, dans cette même pièce. La première fois que cela s'était produit, les circonstances étaient à peu près similaires. Il avait été très impressionné par la grandeur, le caractère formel et l'opulence du repas, alors qu'il avait grandi dans un environnement beaucoup plus simple.

De nouveau, comme lors des occasions précédentes où il avait soupçonné Miss Isherwood de se sentir faible et vulnérable, il éprouva le besoin irrépressible de l'aider à se sentir moins mal à l'aise.

Il s'éclaircit la gorge.

— La première fois que j'ai dîné à la table de mon oncle, dans cette même pièce, dit-il, j'avais si peur de me tromper de fourchette ou de me rendre coupable d'un grave manquement à l'étiquette que je n'ai rien réussi à avaler.

Elle tourna le buste pour le regarder. Dans ses yeux capables de lancer des éclairs de mépris ou de colère – il l'avait appris à ses dépens ! – il ne décela que de la panique. Il eut envie de lui tapoter la main. Ce qui n'était pas envisageable en public, néanmoins. La seule chose qu'il pouvait faire, c'était essayer de trouver les mots qui la rassureraient.

— Il ne faut pas craindre de faire quoi que ce soit qui déplairait au duc. Une fois qu'il commence à manger, des pirates pourraient tirer un boulet de canon dans la pièce qu'il ne s'en rendrait même pas compte.

Qu'est-ce que les pirates venaient faire dans cette histoire ? Perplexe, elle se demandait pourquoi il avait abordé un tel sujet de conversation quand elle crut distinguer une once de préoccupation dans le regard du lieutenant Warren.

Oh ! il essayait de la distraire !

Ou de l'amuser, ou quelque chose comme cela.

Comme c'était… comme c'était charitable de sa part.

Elle se força à sourire.

— Je me demandais en effet ce que j'allais bien pouvoir dire à un duc, avoua-t-elle, même si ce n'était pas là sa seule inquiétude. Donc, c'est un soulagement d'apprendre que je ne serai pas obligée de dire quoi que ce soit, en fin de compte.

Il acquiesça brièvement, puis se cala sur sa chaise avec l'air satisfait d'un homme ayant accompli son devoir.

Elle essaya de ne pas s'arrêter sur le fait qu'il semble songer à elle comme d'un devoir à accomplir. Après tout, être assise entre la masse énorme et muette du duc et le lieutenant, qui était prompt à intervenir dès qu'une femme était menacée, était la meilleure place qu'elle ait pu espérer. Les ladies présentes à cette table pouvaient toujours lui décocher des regards assassins, elles seraient bien obligées de garder pour elles leurs commentaires blessants. Quant à l'homme qui l'avait abordée dans l'escalier, qu'il continue de lui adresser des regards concupiscents par-dessus la soupière, si cela lui chantait ! Elle comptait bien l'ignorer.

Elle allait donc pouvoir se concentrer sur l'expérience qu'elle attendait depuis toujours : déguster le repas de ses rêves.

Elle commença par se laisser servir un verre de vin d'un magnifique rouge rubis par un laquais plein d'empressement, et encouragea les autres à disposer dans son assiette une sélection de mets tous plus appétissants les uns que les autres. Ensuite, quand elle eut terminé le tout, elle reprit des plats qu'elle avait le plus aimés.

Elle aurait bien demandé à être servie une troisième fois, mais il fallait qu'elle garde suffisamment de place pour une orange. Elle avait vu toute une superposition de ces fruits, artistiquement disposés dans un plat un peu plus loin sur la table.

Elle était en train de poser ses couverts et de chercher le courage de demander au lieutenant s'il pouvait lui en donner une – une orange entière ! – quand un laquais ôta tous les plats de la table pendant qu'un autre apportait un assortiment de viande, de gelées, de gâteaux et de tartes.

Elle fixait les oranges d'un air mélancolique tandis qu'un laquais les emportait et qu'un autre déposait un pot de crème anglaise devant son assiette.

— Vous n'êtes pas obligée de continuer à manger, murmura une voix à son oreille. Cette crème anglaise n'est pas un défi, ajouta le lieutenant Warren sur un ton amusé.

— Je sais, répliqua-t-elle, avant de soupirer tristement. Oh ! mais si seulement je le pouvais. Je n'ai jamais vu autant de mets délicieusement appétissants. Et la crème anglaise me fait rêver. Mais...

Elle plaça une main sur son ventre.

— ... j'ai trop mangé d'entrées, avoua-t-elle. En fait, je n'avais pas compris qu'il ne s'agissait que des entrées.

Le sourire du lieutenant disparut et il lui adressa un curieux regard.

— Ne mangez-vous donc pas à votre faim, d'habitude ?

Clara hésita. Devait-elle lui répondre de ne pas poser de questions aussi personnelles, car c'était fort gênant ? Ou au contraire lui confier, comme elle en avait très envie, que non, elle n'avait jamais l'impression de manger à sa faim, et que cette table si somptueusement garnie représentait un rêve pour elle.

— Mon seul regret, lui glissa-t-elle, en optant pour ce compromis, est de ne pas avoir eu le réflexe de prendre une orange avant que les laquais ne les emportent. Je pourrais *toujours* trouver de la place pour une orange.

— Sa Grâce s'enorgueillit de l'abondance et de la qualité des mets qu'il propose à ses hôtes, dit le lieutenant Warren. Il suffit de formuler vos désirs, et ils seront exaucés. Vous, dit-il à un laquais dont la seule tâche semblait consister à tourner autour de la table pour remplir les verres de vin de chacun.

Comme le domestique s'approchait, Clara posa la main sur son verre. Le vin était peut-être d'une couleur très attrayante, mais le goût ne lui plaisait pas et elle n'était pas prête à retenter l'expérience.

— Pourriez-vous aller chercher une orange pour cette lady ? demanda le lieutenant Warren au laquais.

— Bien entendu, sir, répondit ce dernier, avant de s'éclipser.

Clara cligna des yeux, surprise. Elle pensait que le lieutenant avait appelé le domestique afin qu'il lui resserve du vin, et non pas pour qu'il aille lui chercher une orange. Par ailleurs...

— En réalité, et contrairement à ce que je viens de dire, je ne pense pas que je parviendrais à manger une orange, avoua-t-elle.

— Emportez-la dans votre chambre, alors, dit le lieutenant Warren en haussant les épaules. Vous la mangerez plus tard. Ou demain, en vous réveillant.

Une orange en guise de petit déjeuner ? Quelle idée merveilleuse !

— Merci, souffla Clara, submergée par un puissant afflux de gratitude.

— Ne me remerciez pas, dit le lieutenant Warren, qui semblait légèrement mal à l'aise. Je vous ai dit que Sa Grâce se targuait d'être un hôte très généreux. En particulier en ce qui concerne la nourriture. Si vous avez envie de quelque chose, à n'importe quelle heure de la journée, vous trouverez une sélection de mets dans une pièce dédiée. Le matin, dans la salle du petit déjeuner, bien entendu. Et ensuite, plusieurs tables sont constamment réapprovisionnées dans l'un des salons, au cas où vous auriez un petit creux entre le petit déjeuner et le déjeuner, qui est servi vers 14 heures. Et après cette collation, du thé et des pâtisseries sont toujours disponibles dans la serre jusqu'à l'heure du dîner, c'est-à-dire 18 heures. Si vous en aviez envie, vous pourriez passer toute la journée à grignoter, en passant de pièce en pièce.

Toute la journée ? Elle pourrait passer toute la journée à manger ? L'idée était merveilleuse.

Elle était si abasourdie que, sans y prendre garde, elle versa un peu de crème anglaise dans sa coupelle.

— Oh ! mais..., dit-elle en reposant le pot de crème avec détermination. Non, il ne faut pas.

Ne pas se servir de crème anglaise maintenant, ni manger toute la journée.

— J'avais tellement d'autres projets pour mon séjour ici.

Le lieutenant Warren la regardait d'un air perplexe, comme s'il n'arrivait pas à croire ce qu'elle venait de dire. Elle non plus, d'ailleurs. Pourquoi se confiait-elle à lui ? Et à personne d'autre ?

— Des projets ? Quel genre de projets ?

— J'avais espéré pouvoir aller feuilleter quelques ouvrages dans la bibliothèque, si...

Elle rougit en repensant à l'horrible rencontre qu'elle avait faite dans l'escalier quand elle avait eu l'idée de s'offrir un petit tour à la bibliothèque avant le dîner.

— Ou bien, si le temps le permet, continua-t-elle en chassant vite de son esprit gestes et paroles déplacés, j'aimerais me promener dehors. Car je ne pense pas que l'occasion se représentera pour moi d'être invitée dans une si vaste et si belle propriété.

— Vous pourriez faire les deux, répondit-il, à sa plus grande surprise. Commencer par vous promener dehors, et ensuite revenir prendre une boisson chaude et une part de gâteau, que vous apprécieriez d'autant plus que votre marche rapide vous aurait ouvert l'appétit.

— Oh ! je n'avais pas forcément l'intention de marcher vite. Je comptais plutôt flâner, en admirant les jardins, et profiter de n'avoir rien à faire pour prendre tout mon temps.

Il hocha la tête.

— J'oubliais. Vous savez ce que c'est de devoir travailler pour gagner sa vie.

— Que voulez-vous dire par là ?

Était-il en train d'essayer de lui rappeler qu'elle n'avait pas sa place ici, parmi tous ces gens issus de l'aristocratie ? C'était inutile. Elle le savait très bien.

Mais il tourna son buste vers elle et la regarda droit dans les yeux.

— Eh bien, c'est quelque chose que peu de gens parmi ceux qui sont assis autour de cette table comprennent, tout simplement. En fait, il n'y a sans doute que vous et moi qui avons fait la rude expérience de devoir travailler sous les ordres de quelqu'un ou de connaître la faim. La plupart des personnes ici présentes ignorent que le reste de l'humanité doit lutter pour survivre. À chaque fois que je viens ici et que je suis témoin de tous ces... excès...

Il pinça les lèvres, comme s'il voulait empêcher les mots de sortir de sa bouche, et ne finit pas sa phrase.

— Mais... je pensais que vous étiez l'héritier de ce duché ?

Son visage se durcit.

— Eh bien, oui, c'est vrai. Mais en mon for intérieur, je me sens toujours comme un officier de réserve en attente de sa prochaine affectation. Sa Grâce essaie de me convaincre d'abandonner ma carrière militaire en me proposant une rente pour que je ne prenne plus jamais la mer. Il tente de me soudoyer, en quelque sorte...

Il tordit les lèvres comme si un goût amer lui avait envahi la bouche.

Cela fit bizarre à Clara de constater que le lieutenant avait le sentiment de devoir travailler pour gagner sa vie. Et qu'il ne se sentait pas à sa place ici non plus. C'était comme s'ils étaient faits de la même étoffe, tous les deux. Mais c'était absurde. Toute cette opulence n'était peut-être pas à son goût, mais il avait passé le plus clair de son temps en mer, à se comporter de façon héroïque et virile. Elle, en revanche, occupait ses journées à donner des cours dans une salle de classe poussiéreuse ou à essayer d'aider de pauvres enfants à survivre aux années les plus dures de leur existence.

Le duc choisit ce moment pour poser ses couverts et se caler contre le fond de son siège. Et, comme si elle attendait ce moment, la lady assise en bout de table se leva. C'était le signal convenu pour que les femmes se retirent. Clara fut tout d'abord surprise que ce ne soit pas Miss Fairclough qui l'ait donné, mais elle finit par comprendre que tant que celle-ci n'avait pas épousé le duc en bonne et due forme, elle ne pouvait pas se comporter en maîtresse de maison.

Alors qu'elle se levait, le lieutenant Warren posa la main sur son bras.

— Demain, si vous voulez toujours vous promener dans le parc, je pourrai vous servir de guide. Seulement si vous en avez envie, bien sûr... Mais vous savez, je connais de beaux itinéraires, avec des points de vue magnifiques, et...

Il s'interrompit, l'air quelque peu décontenancé, comme s'il était lui-même surpris d'avoir fait cette proposition.

— Ne vous sentez pas obligé de m'accompagner. Vraiment, cela ne me fait rien de me promener toute seule.

— Avec des prédateurs comme Lord Baguley tapis derrière les buissons ? Êtes-vous bien certaine que c'est ce que vous voulez ?

— Non. Bien sûr que non.

Elle suivit du regard les autres femmes, qui étaient en train de reposer leur serviette, de se lever de table et de se diriger vers la porte par laquelle la fille aînée du duc était déjà sortie.

— C'est juste que je ne veux pas vous imposer cette contrainte. Oh ! mon Dieu, que dois-je faire ?

Elle regarda Lord Baguley, qui observait la procession des femmes avec un intérêt clairement malsain.

— Acceptez de me rejoindre, après le petit déjeuner, bien chaussée et bien couverte, et laissez-moi m'occuper de vous.

S'occuper d'elle ? Il aurait tout aussi bien pu lui jeter un verre d'eau en pleine figure.

— Je n'ai pas besoin qu'un homme, quel qu'il soit, s'occupe de moi, rétorqua-t-elle.

Le visage du lieutenant se ferma.

— Faites comme bon vous semblera, grinça-t-il.

À ce moment précis, Miss Fairclough passa derrière la chaise du duc et saisit le bras de Clara en souriant.

— Venez ! Il est temps de cesser de flirter avec l'homme le plus convoité de la pièce et de venir avec moi affronter l'armée des gorgones.

— Je ne flirtais pas ! protesta Clara.

Peine perdue. Toutes les personnes encore présentes dans la pièce devaient avoir entendu la remarque déplacée de Bella. Et toutes devaient penser que c'était effectivement ce qu'elle était en train de faire. Même si rien n'aurait pu être plus éloigné de la vérité.

7

Clara avait attendu ce moment avec la plus grande impatience toute la journée. Elle était certaine que Bella avait prévu toutes sortes de divertissements et de jeux auxquels elle pourrait participer, après le dîner, avec l'esprit pour une fois totalement libre, elle qui d'ordinaire avait toujours ses élèves sous sa responsabilité.

Et au début elle s'amusa vraiment avec les plus jeunes, qui avaient suivi Bella à une extrémité de l'immense salon tandis que les invités les plus âgés avaient pris la direction des tables de jeu, pour jouer aux cartes à l'autre bout de la pièce. Clara ne prit pas mal que tout le monde rie quand elle perdit la première partie de *bullet pudding*[1] et finit le visage tout enfariné. Et elle fut agréablement surprise quand, ensuite, Bella proposa de jouer aux devinettes. Enfin, jusqu'à ce qu'elle se rende compte que le but de la manœuvre n'était pas d'exercer son esprit mais plutôt de s'autoriser toutes sortes de plaisanteries licencieuses en abusant de mots à double sens…

Mais le pire restait à venir. Un grand mouchoir en soie à

1. Jeu très en vogue dans l'Angleterre du XIXe s., dans lequel le perdant devait extraire à l'aide de sa bouche une balle de fusil d'un dôme de farine. Ce jeu se pratiquait beaucoup au moment des fêtes de Noël, lors des grandes réunions familiales. Il est notamment décrit par Jane Austen dans son roman *Emma*. (Toutes les notes sont de la traductrice.)

la main, un jeune homme déclara qu'il était temps de jouer à colin-maillard. Clara trouva étrange que des adultes aient envie de prendre part à un jeu si enfantin, jusqu'à ce que la partie se transforme en une espèce de... mêlée générale, où les hommes attrapaient toutes les femmes sur lesquelles ils parvenaient à mettre la main, avant de brandir des branches de gui et de réclamer des baisers en guise de gage si elles se trompaient de nom.

Finalement, Clara fuit ces jeux de plus en plus tumultueux et de moins en moins convenables en plaidant la fatigue après une longue journée de voyage.

La première chose qu'elle vit, une fois arrivée dans sa chambre, fut une orange dans une soucoupe en porcelaine, posée sur sa table de nuit.

Elle eut aussitôt un accès de mauvaise conscience. Le lieutenant Warren avait gentiment demandé au laquais d'aller lui chercher une orange, mais ce dernier n'avait pas encore réapparu au moment où les femmes avaient quitté la table. Donc le lieutenant Warren devait avoir donné l'ordre au domestique de monter l'orange dans sa chambre. Malgré les mots durs avec lesquels elle avait coupé court à leur conversation à la fin du repas. Et bien qu'elle ait passé la fin de la soirée à l'ignorer. Ou à *essayer* de l'ignorer, plutôt.

Elle n'avait pu s'empêcher de remarquer les regards désapprobateurs qu'il n'avait cessé de lui adresser pendant les jeux. Ni de regretter qu'il soit témoin de tous ces moments gênants qui avaient rendu la fin de la soirée quelque peu pénible pour elle.

Elle s'était sentie si... bête.

Et pour couronner le tout, il avait fait en sorte qu'elle puisse déguster l'orange qu'elle lui avait avoué tant convoiter.

Après ceci, impossible de trouver le sommeil, malgré cette longue et épuisante journée. Une pensée la torturait :

comment allait-elle faire pour aller le trouver le lendemain matin, afin de lui adresser ses remerciements pour l'orange ?

Et pour accepter sa proposition de l'accompagner en promenade, alors qu'elle l'avait si grossièrement éconduit ?

Oh ! comme elle regrettait ne pas avoir répondu « oui », tout simplement. Si tel avait été le cas, elle n'aurait pas été obligée de donner l'impression de faire machine arrière. Pourquoi cet homme la rendait-il si susceptible ? Pourquoi, en sa compagnie, faisait-elle preuve d'une fierté déplacée ? Elle qui n'était *personne*. Et qui aurait dû s'estimer heureuse que quelqu'un comme lui accorde un peu d'attention à quelqu'un comme elle.

Quoi qu'il en soit, se diriger droit vers la place où il était assis, à la table du petit déjeuner, fut une des pires épreuves de sa vie.

— Bonjour, dit-elle.

Il se figea et lui adressa un regard soupçonneux. Elle ne pouvait pas lui en vouloir. Pas après qu'elle eut tout fait pour l'ignorer la veille au soir.

— Je dois vous remercier, me semble-t-il, d'avoir veillé à ce que j'aie mon orange.

Il lui adressa un rapide hochement de tête, avant de reprendre son repas en silence.

Le cœur de Clara se serra. Il n'avait pas l'intention de lui faciliter les choses, visiblement.

— Et, continua-t-elle, en mobilisant tout son courage, vous avez dit que si je voulais que vous m'accompagniez en promenade ce matin, il fallait que je vous le dise au petit déjeuner. Donc…

Elle écarta les mains et haussa les épaules, pour feindre le détachement et donner l'impression que cela ne lui posait aucun problème de conscience d'aborder un homme et de lui demander une faveur après avoir passé toute une soirée à se comporter de façon extrêmement impolie vis-à-vis de lui. Elle avait les joues en feu, néanmoins.

Il avala sa bouchée. Et tourna la tête vers la table où étaient disposés des dizaines de plats en argent.

— Vous feriez mieux de prendre un bon petit déjeuner dans ce cas. Et d'aller vous couvrir un peu mieux. Car même si le soleil brille, dit-il en tournant le visage vers les fenêtres inondées de lumière, il ne nous réchauffera guère. Par ailleurs, le baromètre est à la baisse et le vent se lève. Je ne serais pas surpris que nous ayons des averses un peu plus tard dans la journée. Je vous prie de m'excuser, ajouta-t-il, l'air un peu contrit, c'est une de mes habitudes de surveiller constamment les conditions météorologiques.

— J'imagine que cela vaut mieux quand on est en mer, répondit-elle, comprenant totalement la fascination qu'il pouvait éprouver pour le temps qu'il faisait.

— Oui. En mer, il faut, par exemple, se tenir prêt à réduire la voilure à tout moment, dit-il.

Il était soulagé qu'elle ne l'accuse pas d'être bizarre parce qu'il connaissait précisément la pression atmosphérique et les phénomènes météorologiques susceptibles de se produire dans la journée, alors même qu'il n'aurait pas pu se trouver dans un endroit du pays plus éloigné des côtes. C'était en tout cas ce qu'auraient fait remarquer toutes ses tantes d'une voix acerbe, s'il avait osé leur tenir des propos aussi saugrenus.

Mais Miss Isherwood ne devait pas être aussi méprisante que ces dernières, songea-t-il, alors qu'elle se dirigeait vers le buffet. Oh ! il l'avait mise hors d'elle, à chaque fois qu'ils s'étaient parlé, mais c'était sa faute, pensa-t-il, pendant qu'elle soulevait tous les couvercles les uns après les autres, avec sur le visage une expression d'émerveillement et d'indécision mêlés. Il avait du mal à se départir de ses manières d'officier de marine. Il avait l'habitude de devoir aboyer des ordres et d'être obéi sur-le-champ, ce qui, il en convenait, n'était pas la meilleure façon de se comporter avec une femme.

La vie à terre, avec des civils, n'obéissait pas aux mêmes règles, comme ne cessait de le lui répéter son oncle, le duc. S'il était appelé à lui succéder un jour, il allait devoir apprendre à faire preuve d'un peu plus de diplomatie. En particulier vis-à-vis des femmes.

Quand Miss Isherwood revint à table, il constata qu'elle avait résolu son problème épineux en choisissant de goûter à tout ce qui était proposé, sans exception. Son assiette débordait de nourriture.

— Je vous retrouverai ici même, à la porte de cette pièce, dans une demi-heure, déclara-t-il.

Puis, étant donné qu'il venait de prendre la décision de faire des efforts de diplomatie, il ajouta :

— Une demi-heure, cela vous suffira-t-il ?

Elle le regarda, puis regarda son assiette, puis le regarda de nouveau et se mordilla la lèvre. Elle finit par sourire poliment, et se contenta de dire : « Oui, merci » avant d'attaquer sans attendre la montagne d'œufs, de saucisse, de riz, de rôti, de jambon, de pommes de terre frites, de tomates, de champignons et de fromage qui occupait son assiette.

Il constata non sans satisfaction que ses tentatives pour se montrer diplomate avaient plutôt porté leurs fruits, puisqu'elle semblait dans de meilleures dispositions à son égard. Il examina de nouveau le contenu de son assiette, néanmoins. Et constata qu'elle se dépêchait de manger. Non, décidément, en conclut-il, avec tout ce qu'elle avait à avaler, une demi-heure ne lui suffirait jamais pour être prête, d'autant plus qu'il ignorait combien de temps il lui fallait pour se changer.

— Mieux vaut dire une heure, annonça-t-il.

Et il fut récompensé par un sourire soulagé.

De son côté, il ne fallut pas une heure à Hugo, bien sûr, pour aller chercher un manteau, enfiler des bottes et redescendre vers la salle du petit déjeuner. Ce qui signifiait que, lorsque Miss Isherwood le rejoignit, il avait presque creusé un sillon dans le sol à force d'aller et venir devant la porte.

Elle portait ce qui semblait être un manteau neuf, auquel était assorti un chapeau bordé de fourrure. Elle y porta la main d'un air gêné quand elle remarqua qu'il la regardait.

— C'est Bella qui m'a donné ce manteau, dit-elle avec une certaine agitation. Elle s'est montrée très généreuse. Même si elle ne cesse de répéter qu'elle n'avait plus besoin de toutes les affaires qu'elle m'a données, je ne peux pas m'empêcher de me sentir un peu... un peu...

Elle s'interrompit, les sourcils froncés.

— Elle dit que c'est Noël et que je dois accepter ses cadeaux. Le problème, c'est que je n'ai rien à lui offrir en échange. C'est...

Elle eut un rapide sourire.

— ... assez humiliant, avoua-t-elle.

— Je comprends tout à fait, dit-il d'une voix sincère. Mon oncle ne cesse de me faire des cadeaux, comme les deux chevaux que vous avez vus hier, et il insiste pour que j'accepte une rente de sa part, sous prétexte que je suis son héritier. Mais je... je m'étais habitué à devoir gagner ma vie. Le problème, c'est qu'avec la défaite navale de Napoléon, il y a en ce moment même beaucoup trop de jeunes lieutenants dans ce pays, et je ne peux pas espérer monter en grade prochainement. Vous, au moins, vous avez fait quelque chose pour mériter les largesses de Miss Fairclough, que vous soutenez, alors que toute ma famille est opposée à ce qu'elle épouse mon oncle et ne s'en cache pas.

Elle leva le menton.

— Oui, c'est vrai, dit-elle en lui adressant un regard qu'il ne sut interpréter. Merci de me le rappeler.

En silence, ils se dirigèrent vers la porte qui donnait sur la terrasse côté jardin, par où il avait décidé de commencer la visite.

— Qu'est-ce qui vous a fait changer d'avis ? demanda-t-il quand il ne parvint plus à contenir sa curiosité. Au sujet de ma proposition de vous servir de guide ?

— Je n'ai pas tout à fait changé d'avis, dit-elle en humant l'air extérieur, le nez en l'air, alors qu'il tenait la porte pour qu'elle sorte la première. Je n'ai pas précisément refusé votre proposition, si ?

Il essaya de se remémorer les mots exacts qu'ils avaient échangés. Il lui semblait se souvenir qu'elle avait dit « ne pas avoir besoin d'un homme pour veiller sur elle », ou quelque chose d'approchant, et ensuite que Miss Fairclough l'avait accusée de flirter avec lui.

Il fronça les sourcils. Dans ce cas, il ne fallait peut-être pas s'étonner qu'elle ait montré des réticences à accepter sa proposition. Il lui avait parlé de son aversion pour les femmes prédatrices. Ce qui rendait son revirement encore plus surprenant...

— Pas la peine de me regarder de cette façon, dit-elle.

— De quelle façon ? demanda-t-il, sincèrement surpris.

— Comme si vous me soupçonniez d'avoir des intentions malhonnêtes à votre égard. Si vous voulez tout savoir, la vérité c'est que...

Elle mordilla sa lèvre inférieure.

— Vous ne pouvez pas vous interrompre après avoir parlé d'intentions malhonnêtes, protesta-t-il, alors qu'elle ne disait plus rien.

— Ce que je veux dire, répondit-elle, l'air contrarié, c'est que mes intentions sont tout sauf malhonnêtes. C'est juste que, comme je l'ai dit hier soir, il se peut que je n'aie plus jamais l'occasion d'avoir accès à un parc comme celui-ci, en tant qu'invitée du propriétaire des lieux, et donc avec le droit d'aller où je le souhaite sans être accusée d'intrusion. Bien sûr, j'aurais préféré ne pas accaparer votre temps, alors que je sais pertinemment que vous avez des choses bien plus importantes à faire, mais vous êtes la seule personne à bien vouloir m'accompagner !

— Ah, je vois. Je suis votre dernier recours !

— Oui, avoua-t-elle, sans avoir l'air de se rendre compte du caractère insultant de ses propos. Voyez-vous, après ce qui s'est passé hier soir, j'ai compris que je ne pouvais pas me promener toute seule. Et pas seulement à cause de Lord Baguley. Aucun des hommes présents n'a l'air de penser que cela ne se fait pas de se précipiter sur une jeune femme, de tendre une branche de gui et de réclamer un baiser. Et en ce qui concerne les jeux auxquels ils s'adonnaient ! Eh bien, pour la plupart d'entre eux, ils n'étaient qu'un prétexte afin que les hommes puissent... prendre des libertés avec les femmes.

Il avait remarqué, depuis la table de jeu où il avait passé la soirée à jouer au whist, qu'elle s'était montrée de plus en plus mal à l'aise au fur et à mesure que le temps passait et que le comportement de certains devenait inconvenant. Il avait failli intervenir, à une ou deux reprises, avant de se souvenir qu'elle avait affirmé n'avoir besoin d'aucun homme pour lui porter secours. Et il s'était félicité de s'être contenu quand elle avait réussi à s'extraire toute seule de cette situation.

— Je pensais que Bella - enfin, que *Miss Fairclough* - pourrait m'accompagner, mais ses frères, ou plutôt ses demi-frères, ont dit qu'ils avaient l'intention de sortir pour ramasser de quoi faire les décorations de Noël pour la veillée de ce soir. Elle a alors déclaré qu'elle n'irait nulle part où elle risquerait de les croiser et donc d'être obligée de leur témoigner de la politesse.

— Elle ne s'entend pas avec ses demi-frères ?

Miss Isherwood sembla marquer un temps d'hésitation. Puis elle leva les yeux vers lui.

— Je suppose que je peux vous le dire, puisque vous allez devenir parents et que c'est quelque chose que vous auriez fatalement fini par découvrir vous-même. Ils ont été la cause d'une grande partie de ses malheurs. Oh ! pas volontairement. Je suis certaine qu'il s'agit de garçons charmants. Enfin, ils n'ont pas l'air de se conduire plus mal que les autres jeunes gens de leur âge présents ici.

Ils avaient commencé par emprunter une allée gravillonnée pour faire le tour de la maison, mais à présent ils avaient rejoint un chemin plus large qui menait aux jardins. Miss Isherwood admira en poussant un petit soupir d'aise les buissons de buis, impeccablement taillés et disposés de façon géométrique.

Hugo la laissa s'attarder à sa guise, tout en la guidant vers les pelouses à l'apparence plus sauvage qui, espérait-il, lui plairaient tout autant.

— Vous m'expliquiez, lui rappela-t-il après un interlude durant lequel il avait observé les expressions changeantes de son visage au fur et à mesure qu'elle examinait les diverses plantes et l'environnement dans lequel elles poussaient, pourquoi Miss Fairclough ne s'entendait pas avec ses frères.

— Oh ! eh bien, commença-t-elle en s'arrêtant d'un air intrigué devant un immense chardon, c'est juste que dès le moment où il a eu un fils, son père l'a envoyée au pensionnat. Le pensionnat où je travaille. Et qui est, normalement, un endroit réservé aux orphelines, même si grâce à la réputation d'excellence de l'enseignement que nous proposons nous recevons parfois des demandes de… oh, mais je m'éloigne de mon sujet. Bref, quoi que ses frères fassent ou disent, elle ne peut le supporter, car le seul fait qu'ils existent est une souffrance pour elle.

Il fronça les sourcils.

— J'avais bien remarqué qu'elle ne passait pas beaucoup de temps avec son père et sa mère.

— Sa *belle*-mère, corrigea Miss Isherwood, en s'écartant une fois de plus du chemin.

— Sa belle-mère, oui. Je m'étais demandé pourquoi. Je pensais que c'était peut-être parce qu'elle subissait une certaine pression de leur part, parce que c'étaient eux qui la forçaient à épouser mon oncle…

Exactement comme les parents de Julie l'avaient contrainte à épouser Lord Waring.

— Non. En fait, je serais même tentée de dire que le fait que cette union les ravisse pourrait être la seule chose susceptible de la faire changer d'avis.

— Vraiment ?

— Ne me regardez pas avec ces yeux pleins d'espoir. Je n'ai pas dit que cela allait se produire. Elle ne changera jamais d'avis. Ne comprenez-vous pas ? Une fois duchesse, elle jouira de la sécurité dont elle a toujours été privée, depuis que son père a épousé une femme qui ne voulait pas de la fille de sa première épouse dans ses jambes. Et elle deviendra enfin maîtresse de son destin. Sans avoir besoin de dépendre du bon vouloir de sa famille et de ses proches, qui l'ont lancée dans le grand monde plus par sens du devoir envers sa défunte mère que par sincère affection pour elle.

— C'est admirable de votre part de la défendre comme vous le faites. Votre loyauté et votre affection évidente pour Miss Fairclough vous honorent. Mais ne vous aveugleraient-elles pas aussi ? Certes, épouser mon oncle lui apporterait de gros avantages financiers, mais pensez-vous qu'elle puisse être heureuse à ses côtés ? Vous avez dû le constater vous-même : hier pendant que son promis jouait aux cartes, elle semblait ravie de chahuter en compagnie des petits-fils de celui-ci.

Clara se mordilla la lèvre. Elle ne pouvait nier qu'elle avait été surprise, voire choquée, de constater la différence d'âge entre les deux fiancés. Et par la façon dont Bella et les autres jeunes femmes laissaient les hommes les attraper et les embrasser sur les joues ou même sur la bouche. On aurait même dit qu'elles les y encourageaient. Heureusement pour elle, leur enthousiasme lui avait permis de se dérober et de rester à l'écart sans trop de mal. Hors de question pour elle de se laisser embrasser ou même attraper.

Même si cela ne l'avait pas gênée quand le lieutenant Warren s'était jeté sur elle et l'avait saisie par la taille...

Oh ! mais ce n'était pas du tout la même chose. C'était pour la sauver des sabots d'un cheval.

Elle lui adressa un petit regard méfiant. Et elle dut reconnaître que s'il avait joué à colin-maillard la veille au soir, elle aurait sans doute montré moins d'application à rester hors d'atteinte. Parce qu'elle ne pensait pas que cela l'aurait gênée qu'il ait envie de l'embrasser.

En fait, elle aurait assez aimé que ce soit bien le cas. Il lui suffisait de repenser à la façon dont l'ensemble de son corps avait été parcouru de frissons quand il l'avait prise dans ses bras dans la cour de l'auberge. Et à la façon dont ces sensations lui étaient revenues, la nuit dernière, avant de s'endormir, quand elle réfléchissait aux excuses qu'elle allait devoir lui adresser.

Seigneur, mais à quoi pensait-elle ? Elle était censée soutenir Bella et l'aider à épouser son cher « Bouton ».

Ce vieil homme ventripotent qui ne semblait pas gêné de voir sa promise s'amuser en compagnie d'hommes beaucoup plus jeunes et beaucoup plus sveltes que lui.

Ah ! Voilà ce qu'elle allait pouvoir répondre au lieutenant Warren.

— Le duc lui-même n'a pas l'air de se plaindre du comportement de Bella. Hier soir, à chaque fois que je le voyais la regarder, il lui souriait. Avec amour !

— Vous pensez donc qu'il fera un mari complaisant si elle décide de le tromper, c'est cela ? Vous pensez que c'est le secret d'un mariage solide ? Que le mari ferme les yeux devant les infidélités de sa femme ?

— Ce n'est pas du tout ce que je sous-entendais ! Comme je vous l'ai dit, elle a besoin de sécurité, et le duc semble bon et compréhensif...

— Seigneur Dieu, Miss Isherwood, vous êtes-vous entendue ?

Le lieutenant Warren fit quelques pas pour s'éloigner d'elle, puis se retourna. Il ne semblait pas en colère, comme elle l'avait craint, mais agité.

— Je fais ce que je peux pour empêcher cette petite idiote de commettre une terrible erreur ! Pourquoi refusez-vous de l'aider ? Pourquoi refusez-vous de voir que tout l'argent du monde ne pourra jamais rendre une jeune femme heureuse si elle est indéfectiblement liée à un homme qui est à l'opposé d'elle ?

— Eh bien, répondit-elle d'une voix timide, même si ce n'est pas le type de mariage qui ferait *mon* bonheur...

Mais il était visiblement trop hors de lui pour l'écouter réellement.

— Mais vous profitez déjà de cette union, non ? fit-il en se rapprochant et en la détaillant d'un œil dédaigneux. Regardez-vous, habillée de la tête aux pieds de vêtements que vous n'auriez jamais pu vous offrir !

— Je n'ai pas demandé à Bella de me donner toutes ces affaires, protesta-t-elle. Elle ne voulait pas que je me sente mal à l'aise parmi toutes ces riches ladies...

— Mais quoi d'autre espérez-vous obtenir d'elle, dites-moi ? Une fois qu'elle sera mariée et qu'elle touchera sa propre rente ? Qu'elle vous fasse bénéficier de ses largesses si vous continuez de la soutenir et de la défendre quoi qu'elle fasse ? Qu'elle vous extirpe enfin de cette école ? Qu'elle vous engage comme dame de compagnie, peut-être ?

Clara sentit ses joues s'embraser. Un sentiment de culpabilité l'envahit. Non pas parce qu'elle espérait obtenir quoi que ce soit pour elle. Mais parce que, puisqu'elle avait promis à Miss Badger de le faire, elle avait déjà demandé à Bella de réfléchir à une éventuelle donation pour l'école.

— C'est bien cela ! En récompense de votre amitié indéfectible, vous avez l'intention d'utiliser Miss Fairclough pour parvenir à vos propres fins !

— C'est faux ! C'est archi-faux ! Vous devriez être bien placé pour comprendre que...

— Bien placé ? Que voulez-vous dire par là ?

— Vous m'avez dit que le duc ne cessait de vous couvrir de cadeaux. Afin de vous amadouer et de vous convaincre de renoncer à reprendre la mer.

Il tressaillit, puis se détourna. Bien entendu, Clara avait tout à fait conscience que Bella se comportait avec elle comme le duc avec le lieutenant Warren quand celle-ci utilisait cadeaux et gâteries pour acheter son soutien.

Ce qui signifiait que... Qu'est-ce que cela signifiait, au juste ?

— Je crois, dit-elle alors qu'elle sentait poindre une migraine, que j'ai envie de rentrer, à présent.

— Miss Isherwood..., dit-il en se tournant vers elle alors qu'elle rebroussait chemin.

— *Seule*, lui lança-t-elle par-dessus son épaule.

Elle avait trop de choses auxquelles réfléchir. Il ne ferait que la distraire.

Ce qui risquait également d'embrouiller un peu plus ses pensées, c'était l'effervescence des préparatifs pour la veillée de Noël. Apercevant une pièce d'eau miroiter dans le lointain, Clara décida de s'y diriger. Avec un peu de chance, il s'agissait d'un lac ornemental dont la contemplation l'aiderait à se calmer.

Elle n'était pas allée bien loin quand elle perçut des bruits de pas. Quelqu'un la suivait comme son ombre. Nerveuse, elle jeta un petit coup d'œil dans son dos.

C'était le lieutenant Warren. Bien sûr.

Elle soupira.

Soit il se montrait ridiculement chevaleresque, en respectant son besoin de solitude tout en restant suffisamment proche pour que personne ne puisse tenter quoi que ce soit contre elle.

Soit il se montrait exagérément protecteur, parce qu'il la prenait pour une femme stupide et empotée, incapable de retrouver seule le chemin du retour.

Que ce soit l'un ou l'autre, elle ignorait ce qu'elle devait en penser.

8

Quand Clara se réveilla, le matin du 25 décembre, elle ne ressentit ni l'impatience ni l'excitation qu'elle aurait aimé éprouver. C'était parce qu'il ne s'agissait pas seulement du jour où elle allait fêter Noël, mais surtout du jour où Isabella Fairclough allait épouser son vieux duc en surpoids.

Et le lieutenant Warren ou un autre membre de la famille du duc allaient peut-être essayer d'empêcher ce mariage.

Si une telle chose se produisait, que pourrait-elle faire ? Comme s'il y avait quoi que ce soit en son pouvoir ! Elle n'était qu'une simple maîtresse d'école. Et le lieutenant Warren était… eh bien, officier dans la marine royale. Et les filles du duc étaient toutes mariées à des lords.

La tante de Bella, Clarissa, serait la seule personne à pouvoir recueillir celle-ci chez elle si l'un de ses farouches et puissants opposants empêchait le mariage d'avoir lieu.

Clara s'était rarement sentie si inutile.

Son regard s'attarda sur la robe qui était miraculeusement apparue la veille au soir, grâce à la couturière de Bella, pendant qu'elle se demandait ce qui pourrait être tenté pour empêcher un mariage d'avoir lieu. S'il n'existait pas d'obstacle aux yeux de la loi. Et il ne devait pas y en avoir, n'est-ce pas ? Sinon les choses n'en seraient pas là…

Clara avait tout juste fini sa toilette et venait de passer la somptueuse robe en satin recouverte d'une délicate dentelle, quand Bella en personne surgit dans la pièce.

— Êtes-vous prête ? Avez-vous pris votre petit déjeuner ? Oh ! moi je suis beaucoup trop excitée pour avaler quoi que ce soit, dit-elle en se jetant sur le lit où elle s'affala dans une pose très peu digne d'une lady. Vous êtes magnifique dans cette robe. Je le savais. De toute façon, vous avez été magnifique dans toutes les robes que je vous ai données.

— Vraiment ?

Clara regarda son reflet dans le miroir. Était-ce mal de sa part de céder à un sentiment si dangereusement proche de la vanité ?

— Tout le monde le dit – juste avant de faire remarquer à quel point il est dommage que vous ne soyez pas parvenue à me transmettre l'élégance naturelle qui émane de votre personne, dit-elle en plissant le nez. Mais ce n'est pas pour cela que je suis ici. Je suis venue vous chercher pour que vous m'accompagniez dans ma chambre. Je veux que vous soyez avec moi pendant que je me prépare, afin de m'assurer que vous sachiez exactement quoi faire.

— Mais je n'ai pas encore déjeuné.

— Pas grave du tout. Je sonnerai pour qu'on vous apporte tout ce que vous voudrez. Mais vous ne devez pas me quitter une seule minute aujourd'hui. Pas avant que je ne sois bien mariée à mon cher Bouton.

— Oh.

Ainsi, Bella était en proie aux mêmes soupçons qu'elle.

— D'accord. Si c'est bien ce que vous voulez.

— C'est ce que je veux, affirma Bella en se redressant, les poings serrés. Vous devez ne laisser personne entrer dans ma chambre, à moins que ce ne soit quelqu'un que j'ai demandé à voir. Je ne veux plus qu'on me fasse la morale ou bien qu'on m'implore de glisser un mot, une fois que je serai mariée, pour ces deux lourdauds qui me servent de frères. Et je veux que ce soit vous qui m'ameniez à la chapelle. Et personne d'autre, ajouta-t-elle d'une voix farouche. Une fois que nous y serons, vous serez obligée de laisser mon père me conduire jusqu'à l'autel, dit-elle en faisant la moue. Bouton a dit qu'il n'y avait pas le choix. Mais il faudra que vous vous preniez place au premier rang, à côté de ma belle-mère.

— Au premier rang ? Êtes-vous sûre ? Mais...

Elle ne réussit pas à terminer sa phrase – elle aurait voulu objecter qu'elle ne faisait pas partie de la famille – car Bella se leva d'un bond, l'attrapa par la main et la conduisit jusqu'à sa chambre. Où Clara passa le reste de la matinée à regarder la future épouse se préparer pour ses noces et à chasser tous ceux qui avaient l'outrecuidance de vouloir lui parler avant la cérémonie. Mis à part, bien entendu, un valet venu lui apporter un cadeau de la part du marié.

Bella et Clara restèrent toutes les deux bouche bée quand elles ouvrirent le grand écrin plat qui contenait un collier, un bracelet et des boucles d'oreilles en diamant étincelants. Bella saisit le collier, le porta à son cou, et courut vers le miroir.

— Voulez-vous bien me l'attacher, s'il vous plaît ?

Ce serait sans doute la seule fois de sa vie qu'elle aurait l'occasion de manipuler d'authentiques diamants, songea Clara alors qu'elle aidait la mariée à se parer de ces somptueux bijoux.

En tant qu'enseignante et éducatrice de jeunes filles, elle aurait sans doute dû calmer l'excitation de Bella, qui se tournait dans tous les sens devant le miroir pour voir chaque facette des diamants lancer des flammes, et la mettre en garde contre les pièges de la vanité. Mais cela aurait été très hypocrite de sa part, alors qu'une petite heure plus tôt elle-même s'admirait devant son miroir.

Elle n'aurait jamais cru qu'elle pourrait être si superficielle, mais maintenant qu'elle avait la possibilité de porter de beaux vêtements et des bijoux, même si Bella décrivait ces derniers comme de la camelote, Clara devait reconnaître qu'elle était aussi sensible à l'appel de la mode que n'importe quelle autre femme. Et cela lui avait fait plaisir de savoir qu'on l'avait trouvée élégante, plutôt que quelconque et mal fagotée. Ce qu'elle redeviendrait dès le lendemain, quand elle allait devoir quitter la résidence ducale et retourner à sa morne vie de maîtresse d'école.

Il fallait absolument qu'elle profite de ces festivités, au lieu de se morfondre parce que c'était sa dernière journée. La dernière journée où elle pourrait porter de beaux vêtements, manger de délicieux mets et se chamailler avec un certain gentleman brun à la tête de bois.

La chapelle, où Bella allait épouser son duc, se trouvait dans la partie la plus ancienne du palais, juste à côté de la grande salle, de sorte qu'elles ne furent pas obligées de sortir pour s'y rendre et encore moins de faire le trajet en voiture. Au lieu de cela, quand l'heure fut arrivée, bras dessus, bras dessous, elles empruntèrent vastes couloirs et escaliers monumentaux, chacune tenant un bouquet de fleurs dans sa main libre.

Ce ne fut qu'une fois devant la porte de la chapelle, quand elle vit son père qui l'attendait, que Bella perdit son sourire. Elle leva son petit menton. Elle le regarda à peine, pour bien signifier qu'elle se serait volontiers passée de lui et que ce n'était que pour faire plaisir au duc qu'elle cédait à la tradition.

Clara les suivit jusqu'au chœur de la chapelle où attendait le duc, à côté duquel se tenait le lieutenant Warren. Clara ne s'était pas posé la question auparavant, mais au fond la présence du lieutenant auprès de son oncle paraissait logique. Il était son héritier, après tout. Le duc n'avait pas de fils, lui avait appris Bella.

Le duc souriait.

Le lieutenant Warren, lui, ne souriait pas.

Quand les mariés furent arrivés devant l'autel, Clara se dirigea vers le premier rang, comme on le lui avait demandé, et s'assit à côté de la belle-mère de Bella. Celle-ci se poussa pour lui laisser de la place, mais elle le fit en lui adressant un regard noir.

Au fil de la cérémonie, les choses qui avaient laissé Clara perplexe dès qu'elle avait reçu cette surprenante invitation commencèrent à faire sens.

Elle n'avait jamais pu se résoudre à croire que Bella l'avait invitée par amitié. Si Bella l'avait vraiment considérée comme son amie, elle lui aurait écrit régulièrement, lui aurait raconté sa vie chez sa tante Clarissa, son premier bal, et bien entendu, ce qui l'avait conduite à être demandée en mariage par un duc. Mais cela n'avait pas été le cas.

Clara avait plutôt eu l'impression d'avoir été invitée à la dernière minute.

Et maintenant elle pensait savoir pourquoi. Bella n'aurait pas pu s'y prendre mieux pour montrer à tous ceux et celles qui espéraient obtenir quelque chose d'elle une fois qu'elle serait duchesse qu'elle préférait accorder tous les honneurs à une petite enseignante de l'école qu'elle avait tant détestée, plutôt que de reconnaître qu'elle leur devait quoi que ce soit. Qu'il s'agisse de sa belle-mère, qui l'avait chassée de sa maison natale, ou de son père qui l'avait envoyée à l'orphelinat. Ou même de son oncle et de sa tante, à qui elle avait montré ce qu'elle pensait de leur réticence à faire autre chose que la lancer dans le grand monde en donnant à Clara tous les vêtements qu'ils lui avaient achetés.

Clara eut un petit mouvement nerveux en repensant aux discussions animées qu'elle avait eues avec le lieutenant

Warren au sujet de la détermination de Bella à sceller cette union. Elle lui avait répété que c'était la sécurité que son ancienne élève recherchait avant tout.

Pourquoi, mais pourquoi, avait-elle oublié l'indiscipline et le caractère rebelle de Bella ? Pourquoi avait-elle oublié tous ses écarts de conduite pour ne se rappeler que les moments où elle s'était montrée douce et gentille ? Et reconnaissante d'avoir une alliée en la personne de Clara ?

Tout en regardant Bella prononcer ses vœux, Clara fut saisie d'un pressentiment. Elle ne voyait pas seulement Bella utiliser son rang pour régler ses comptes, comme elle venait de le faire avec sa belle-mère qu'elle avait forcée à se pousser pour faire de la place à côté d'elle à une obscure maîtresse d'école, mais aussi prendre un immense plaisir à faire un pied de nez à tous ceux qui essayeraient de lui barrer la route à l'avenir. Et Clara imaginait volontiers Bella se délecter de toutes ces tensions.

Pas étonnant que le lieutenant Warren affiche un visage si sombre. Elle n'irait pas jusqu'à dire qu'il avait eu raison sur toute la ligne, mais ses doutes au sujet de ce mariage étaient légitimes, elle était bien forcée de le reconnaître.

Mais il était trop tard désormais. Le chapelain personnel du duc était en train de les déclarer mari et femme.

Bella laissa échapper un petit cri très peu digne d'une lady, sautilla sur place en levant les deux mains en l'air, comme si elle effectuait une danse triomphale. Puis elle passa les bras autour du cou du duc et l'embrassa sur les lèvres, ce qui eut l'air de le combler de plaisir. Ensuite elle vint prendre Clara par la main. La cueillant par surprise, elle la força à se lever et la fit tourner sur elle-même comme dans un bal à une fête campagnarde.

La famille du duc, bien évidemment, tordit dédaigneusement le nez devant ces démonstrations de joie qui n'avaient pas tout à fait leur place dans une chapelle ducale.

— *Honteux*, susurra d'une voix perfide Lady Baguley, la fille aînée du duc.

— Comment a-t-il pu, murmura sa deuxième fille, lui laisser porter les bijoux de famille ?

— Jamais elle ne sera digne de tenir le rôle que notre chère maman a rempli avec tant de grâce et de dignité, dit la troisième, plus fort.

Même si le duc ne donnait pas l'impression d'avoir entendu, ces remarques perfides n'avaient sans doute pas échappé à Bella car, après avoir fait tournoyer Clara une dernière fois, elle dévisagea les filles du duc et leur tira la langue, ce qui provoqua un murmure choqué dans toute l'assemblée.

Puis elle se tourna vers son époux et avec un immense sourire lui prit le bras afin que, ensemble, ils quittent la chapelle.

Le lieutenant Warren s'avança, le bras tendu. Clara comprit alors qu'elle allait devoir accepter sa compagnie, en même temps que sa désapprobation. Car il était évident qu'il la voyait comme la complice de ce que toute sa famille avait l'air de considérer comme un crime.

Et pour la première fois il apparut à Clara que, peut-être, elle ne pouvait pas le leur reprocher.

9

Hugo avait l'impression d'avoir un caillou en travers de la gorge.

Comment avait-il pu à ce point se tromper ? Se tromper sur la mariée, se tromper sur les raisons qui avaient pu pousser son oncle à vouloir l'épouser, se tromper sur la jeune femme qui lui tenait le bras.

Il venait de tourner sa langue dans sa bouche, afin d'essayer de déloger le caillou imaginaire qui s'y trouvait, dans le but de pouvoir s'expliquer, quand Miss Isherwood s'éclaircit elle-même la gorge.

— Lieutenant Warren, dit-elle d'une voix timide, je dois vous présenter mes excuses.

— *Vous ?* Non, non, c'est moi qui dois m'excuser.

Elle lui adressa un regard surpris.

— Comment ? Mais c'est vous qui aviez raison depuis le début. Au sujet du caractère peu assorti du couple formé par Bella et votre oncle. J'avais oublié l'effronterie et l'indiscipline de Bella. J'avais oublié qu'elle était capable de défier toute personne incarnant l'autorité. Et le plaisir qu'elle pouvait prendre à ces transgressions.

— Vous… vous pensez qu'elle a épousé mon oncle pour le simple plaisir de la transgression ? Pourtant, vous prétendiez que c'était parce qu'elle recherchait la sécurité.

Miss Isherwood baissa la tête.

— J'avais envie de la croire capable du meilleur plutôt que du pire. Cela a toujours été mon point faible, selon Miss Badger, la directrice de notre école. Elle dit que je suis trop gentille et que je laisse la compassion guider mon jugement. Que jamais je n'aurais dû défaire la broderie de Bella et la terminer à sa place, alors qu'elle n'avait produit qu'un inextricable fouillis de fils. Que je n'aurais pas dû non plus ouvrir la fenêtre pour la laisser rentrer quand elle s'était enfuie pour aller à la fête du village, mais que j'aurais dû la laisser dormir dehors. Que je n'aurais jamais dû la laisser continuer à emprunter des livres de bonnes manières alors que j'aurais dû savoir qu'elle en déchirerait les pages afin de fabriquer des papillotes pour se boucler les cheveux. Néanmoins, pour ma défense, j'étais la seule qui parvenait à la raisonner, parfois, la seule qu'elle écoutait. Et grâce à moi, elle s'est assagie. Vraiment.

— Je vous crois, je vous crois, dit-il d'une voix qui se voulait apaisante.

— Ne me traitez pas avec condescendance quand j'essaie de m'excuser, dit-elle à voix basse, sans doute parce qu'ils étaient à l'entrée de la galerie chinoise où se tenaient deux laquais distribuant des verres de vin chaud aux convives.

Il l'attira devant un meuble empli de bibelots hideux et que tout le monde évitait.

— Est-ce vraiment ce que vous essayez de faire ? Vous excuser ?

— Oui. Et je suis aussi obligée de reconnaître que…, dit-elle en levant le menton, que vous avez peut-être eu raison de vous opposer à ce mariage. Et je suis désolée de m'en être rendu compte trop tard pour pouvoir y faire quoi que ce soit.

Il secoua la tête.

— Vous en avez fait plus que vous ne pensez.

Elle lui adressa un regard intrigué.

— Vous avez contesté mes hypothèses, ce qui m'a amené à faire part de mes doutes au duc lui-même.

— Vous avez fait cela ?

— Oui. Hier soir.

— De toute évidence, vous n'avez pas réussi à le faire changer d'avis.

Il avala une gorgée de vin chaud avant de répondre.

— Non. Mais un homme d'honneur ne peut pas revenir sur une demande en mariage. Néanmoins, il m'a confié, brièvement, les raisons qui le poussaient à vouloir épouser votre ancienne élève. Son premier mariage a été tout sauf heureux.

En réalité, Lord Braid avait même décrit sa première épouse comme une vraie mégère. Et en voyant en ce moment même les filles de cette femme adresser des regards assassins à leur père et à sa nouvelle épouse, il le croyait volontiers.

— Il m'a dit aussi qu'à son âge il avait le droit d'aspirer au bonheur et d'aller le chercher partout où il pouvait le trouver, tant qu'il le pouvait encore. Ensuite je... ah...

Il s'interrompit. Pourquoi ressentait-il à ce point le besoin de parler à cœur ouvert devant elle ? Mais peut-être valait-il mieux ne pas trop creuser la question. Alors il poursuivit.

— Je crains d'avoir utilisé quelque chose que vous m'aviez dit, afin de... de le mettre en garde. Je lui ai dit qu'elle ne l'épousait que pour son argent.

— Je n'ai jamais dit une chose pareille !

— Vous avez utilisé le mot « sécurité », mais cela revient au même.

— Pas du tout !

— De toute façon, enchaîna-t-il, cela n'a rien changé. Il a juste déclaré être heureux qu'un vieillard comme lui ait quelque chose à offrir à une jolie jeune fille comme elle. Et ensuite il s'est mis à chanter ses louanges. Il la croit sincèrement éprise de lui et, par conséquent, il ne craint pas d'être…

En réalité, le duc avait dit « cocufié », mais Hugo ne pensait pas qu'une créature innocente comme Miss Isherwood ait besoin d'entendre pareil vocabulaire.

— Bref… il a vu à quel point elle se montrait loyale envers ceux qui lui témoignaient de l'amitié, ce qui de toute évidence ne lui est pas arrivé souvent dans sa courte vie.

Pour des raisons évidentes, Hugo passa aussi sous silence la partie de la conversation où, comme exemple de sa loyauté, le duc avait cité la décision de sa promise de choisir une « austère et obscure maîtresse d'école » comme demoiselle d'honneur plutôt qu'une femme du grand monde.

— Puis il a pouffé de rire et dit qu'elle était une friponne, mais qu'il avait hâte de la voir « bousculer ses filles collet monté, avant de la voir voler dans les plumes de toutes les grandes dames bien-pensantes qui oseraient penser du mal d'elle. » Ce sont ses propres mots et je le cite. Ces derniers temps, il se sentait devenir de plus en plus blasé, comme s'il avait l'impression d'être condamné, pour ses vieux jours, à l'ennui et à la fatigue perpétuels. Mais ce n'est plus le cas à présent, car sa jeune et imprévisible épouse est là pour pimenter son existence.

Miss Isherwood le regarda avec stupeur.

— Vous voulez dire qu'il la considère comme… comme un amusant *animal de compagnie* ? Si vous me pardonnez de dire une chose pareille, continua-t-elle avant qu'il n'ait le temps de formuler une réponse suffisamment neutre, ils me donnent l'impression, tous les deux, d'avoir perdu la raison.

— Non, répondit-il. Au contraire, je pense qu'ils savent très bien ce qu'ils font, et que chacun obtiendra de ce mariage ce qu'il recherche. Par conséquent, ils me semblent faits l'un pour l'autre. Au moins pour l'instant.

Elle semblait de plus en plus stupéfaite.

— Mais vous étiez si vivement opposé à ce mariage. Qu'est-ce qui vous a fait changer d'avis ?

Il prit une grande inspiration.

— C'est la façon dont elle s'est jetée à son cou, une fois que le chapelain les a déclarés mari et femme. Elle l'a fait avec une telle exubérance ! C'était si différent de ce à quoi je m'attendais, à mille lieues de ce dont j'avais peur. Voyez-vous, dans mon esprit, je l'ai confondue avec une autre jeune fille de ma connaissance, que ses parents ont contrainte à épouser un homme beaucoup plus âgé qu'elle parce qu'il était riche et titré. Julie m'a supplié de l'aider à échapper à son destin, mais je n'ai rien pu faire. J'étais un jeune homme sans influence à l'époque, et je ne pouvais même pas espérer l'épouser moi-même étant donné que nous étions trop jeunes tous les deux. Mon incapacité à l'aider pèse sur ma conscience depuis lors.

Il soupira malgré lui.

— Et quand j'ai appris que mon oncle avait l'intention d'épouser une jeune fille à peine sortie de l'école, je... j'avoue avoir réagi sans chercher à connaître tous les faits. Et aujourd'hui j'ai vu que, bien que ni l'un ni l'autre ne se marient pour des raisons que moi je jugerais essentielles, ils le font tous les deux en sachant à quoi s'attendre, et de leur plein gré.

— Oh ! je vois. Tout est parfaitement clair à présent, dit-elle en vidant son verre. Vous essayiez, en fait, de la sauver *elle*, et non pas de protéger votre oncle, comme je l'ai cru au départ.

Elle posa son verre vide sur un plateau tendu par l'un des laquais extrêmement efficaces du duc au moment précis où elle avait terminé.

— Tout se tient, ajouta-t-elle en secouant la tête.

— Tout se tient ? Que voulez-vous dire par là ?

— Que vous semblez montrer beaucoup d'empressement

à sauver toutes les femmes que vous croisez sur votre chemin. Que nous en ayons besoin ou pas.

— Puis-je me permettre de vous rappeler que sans mon intervention vous auriez d'abord été piétinée par un cheval et ensuite embrassée, voire pire, par Lord Baguley ?

— Si j'avais été piétinée par le cheval, je n'aurais pas été menacée par Lord Baguley. Étant donné que je me serais sans doute retrouvée à l'hôpital, *voire pire*...

— Et vous m'accusez, moi, d'être arrogant ! Mais j'essayais juste de vous présenter mes excuses, bon s...

Il s'interrompit avant de jurer pour de bon.

Ce fut elle qui soupira, cette fois.

— Vous avez raison. On dirait que j'ai pris le pli de me chamailler avec vous, comme cela, sans raison. Ce qui est stupide, étant donné que, enfin, nous paraissons à peu près d'accord.

— Vraiment ? demanda-t-il, surpris par ce revirement soudain et son effort évident pour se montrer conciliante.

— Eh bien, oui. Vous avez dit, en effet, que ce n'est pas ainsi que vous envisagiez le mariage, et je partage pleinement votre opinion ! En ce qui me concerne, faire des pieds de nez aux gens juste pour le plaisir de les voir s'offusquer ne m'intéresse pas. Pas plus que passer mon temps à réfléchir à la façon de me venger de tous ceux qui m'ont fait du tort.

Alors qu'elle parcourait des yeux la pièce où les membres de la famille du duc, rassemblés en petits groupes, ou plutôt en *factions*, se regardaient dédaigneusement les uns les autres, il se demanda qui avait pu causer du tort à Miss Isherwood par le passé. Et il fut pris de l'envie soudaine de leur régler leur compte, quels qu'ils soient.

Sauf qu'elle ne voulait pas qu'il la « sauve », s'il avait bien compris.

— Quant à moi, dit-il, alors que le majordome ouvrait les portes de la salle à manger d'un geste théâtral, cela ne me plairait pas du tout d'avoir une épouse qui me verrait uniquement comme un pourvoyeur de richesses. Et qui attendrait de moi que je ferme les yeux sur ses frasques. Ou même que j'en rie.

— Non, vous n'épouseriez une femme que si vous l'aimiez vraiment, soupira-t-elle.

— Et si je pouvais être certain qu'elle m'aime elle aussi, répondit-il avec amertume, alors qu'une des protégées de sa tante lui adressait un regard langoureux par-dessus son épaule. Qu'elle m'aime davantage que mon potentiel titre.

— Toute femme sensée verrait que vous avez davantage à offrir qu'un titre ou un rang, déclara-t-elle avec une certaine animation. Même si, en ce qui me concerne, je n'ai aucune ambition de la sorte, étant donné que j'ai réussi à me faire une place dans la société grâce à la qualité de mon travail, saluée par la directrice...

— Même si elle pense que vous êtes trop gentille avec les demoiselles indisciplinées ?

— Grâce à cela, poursuivit-elle en lui adressant un regard sévère, je n'ai pas à craindre pour mon avenir, puisque le monde ne manquera jamais d'orphelines à instruire et éduquer.

De plus en plus de convives se délestaient de leurs verres vides et quittaient la pièce. Sans doute, en tant que garçon d'honneur, aurait-il dû mener la marche, plutôt que de stationner dans un coin. Mais il voulait d'abord entendre ce que Miss Isherwood avait à dire. Et elle n'allait certainement pas se confier à lui si tout le monde pouvait l'entendre.

— Et alors, dit-il en baissant la voix et en se plaçant devant elle pour l'empêcher de fuir à un moment où la conversation commençait à devenir très intéressante, que pensez-vous que j'aie à offrir à une femme, même si vous, personnellement, ne souhaitez pas en profiter ?

— Je... je... Oh ! vous êtes si agaçant que j'ai oublié !

Elle regarda à droite, puis à gauche, avant de lever les yeux vers lui.

— Même si, à un moment, j'ai pensé qu'il pouvait y avoir quelque chose d'intéressant chez vous, là, tout de suite, je me demande pourquoi j'ai pu croire une chose pareille.

— Vous ne me trouvez pas attirant physiquement, par hasard ? Vous ne vous demandez pas parfois, avec tous ces jeux, ce que cela ferait de m'embrasser, *moi* ?

Le visage de Miss Isherwood devint écarlate.

— Comment osez-vous porter de telles accusations à mon encontre ? Je... je...

Elle détourna les yeux, se tordit les mains, puis le regarda d'un air atterré.

— Comment avez-vous su ?

Il sentit son cœur s'emballer. Qu'était-elle en train de dire ? Qu'en dépit de toute l'animosité qu'elle lui avait témoignée elle le trouvait séduisant ? Tout comme lui la trouvait séduisante ?

— Parce que j'ai pensé exactement la même chose, répondit-il à la hâte. Et que je sois damné si je sais pourquoi. Vous êtes la femme la plus énervante, chicanière et ingrate que j'aie jamais rencontrée.

Elle cessa de se tordre les mains. Elle le regarda, puis regarda les portes, derrière lesquelles tout le monde avait désormais disparu.

— Et vous, dit-elle en lui adressant un regard déterminé, vous êtes l'homme le plus arrogant et insupportable que je connaisse.

Puis elle se hissa sur la pointe des pieds, posa les mains à plat sur son torse, avant de coller ses lèvres contre les siennes.

Cela ne dura qu'un instant, mais ce fut bien réel. Puis, alors qu'il était encore sous le choc, elle recula et s'en alla.

Le laissant dans un état de sidération tel qu'il était incapable du moindre mouvement.

10

Clara pouvait-elle imputer son comportement au vin chaud ? Elle l'avait bu le ventre vide, car malgré ce qu'avait dit Bella elles n'avaient pas pris le temps de faire monter une collation dans sa chambre pendant que la future mariée se préparait. Et Clara n'avait pas l'habitude de boire d'alcool, de toute façon, à quelque heure que ce soit.

Mais non. Il aurait été lâche de mettre son attitude sur le compte de quoi que ce soit d'autre que son besoin irrépressible de profiter de l'instant présent. Elle n'allait pas non plus, décida-t-elle, se laisser dévorer par la culpabilité et gâcher un moment qu'elle avait l'intention de chérir comme un précieux cadeau de Noël. Après tout, quand aurait-elle de nouveau l'occasion d'embrasser un bel homme ? Plus triste que cela : quand aurait-elle simplement l'occasion de *croiser* un homme comme le lieutenant Warren ? Les beaux messieurs ne se bousculaient pas à Heath Top. Miss Badger faisait de son mieux pour les en tenir éloignés. C'était d'ailleurs pour cela que les jeunes filles comme Bella fuguaient par la fenêtre et couraient au bal.

Clara n'était pas, et n'avait jamais été, ce genre de jeune fille. Par conséquent, elle fit en sorte de ne plus se retrouver seule avec le lieutenant de la journée. Ce ne fut pas si compliqué, étant donné que le duc avait prévu une longue liste de festivités pour célébrer son mariage. Il y eut d'abord le repas, qui dura très longtemps. Puis un groupe de villageois vint chanter des chants de Noël.

Ensuite des comédiens professionnels, venus tout droit du théâtre de Drury Lane, jouèrent une pièce comique, avant que des chanteurs n'interprètent quelques airs d'opéras célèbres. Puis tout le monde alla se changer pour la soirée. Ce fut ensuite l'heure du dîner. Et enfin, la soirée se poursuivit par des jeux pour les plus jeunes et des parties de whist ou de piquet pour les plus âgés, qui parièrent d'énormes sommes d'argent.

Le lieutenant Warren rôdait dans le salon en lui lançant des œillades noires. Mais elle n'avait aucune intention de lui offrir la possibilité de l'accuser d'être comme toutes ces femmes qui essayaient par tous les moyens de se faire épouser par lui. Ni de clamer qu'il avait eu raison de la soupçonner d'être celle qui avait enseigné à Bella les ruses que celle-ci avait déployées pour piéger le riche duc. Cela aurait été risible ! Comment aurait-elle pu, elle qui n'était pas mariée et n'avait même aucune expérience des hommes, apprendre quoi que ce soit de la sorte à quelqu'un comme Bella ? C'était presque l'inverse qui aurait pu se produire...

C'était baigner dans l'atmosphère régnant en ce lieu qui l'avait changée. D'une façon ou d'une autre, elle avait dû être contaminée par cette moralité relâchée et se laisser corrompre. Elle-même avait cherché à excuser son comportement en se répétant dans sa tête ce que tous les hommes disaient en brandissant leurs branches de gui. *Ce n'est qu'un baiser.*

C'était aussi bien qu'elle rentre au pensionnat le lendemain matin. Là-bas, elle ne serait plus tentée de manger jusqu'à ce qu'elle ait l'impression d'avoir l'estomac sur le point d'éclater. Ni de jouer à des jeux dans lesquels il fallait esquiver les mains indélicates d'hommes lubriques. Ou sécher sur des devinettes qui faisaient rire tout le monde sauf elle et dont le sens l'aurait fait rougir si elle l'avait compris.

Et elle ne croiserait plus un certain lieutenant qui faisait s'emballer son cœur, bouillir son sang et naître en elle des envies qu'elle ne pourrait jamais combler.

Elle se leva tôt le lendemain matin pour entamer le long voyage qui la ramènerait à Oakwick. Elle essaya de faire comme si cela lui était égal que personne ne soit là pour lui dire au revoir. Elle ne pouvait pas espérer que Bella soit debout si tôt le premier matin de sa vie de femme mariée. Mais cette dernière avait montré qu'elle tenait à elle en demandant à sa femme de chambre de ranger tous les nouveaux vêtements qu'elle lui avait donnés dans des valises fournies par ses soins. Et quand Clara monta dans la voiture mise à sa disposition par le duc pour la conduire à sa première diligence, elle vit, sur le siège, un filet rempli d'oranges. Auquel était joint un petit mot.

Clara s'en saisit, le cœur battant. La première chose qu'elle regarda fut la signature. Pouvait-il s'agir d'un cadeau d'adieu venant de *lui* ? Un gage de paix ?

Non.

Elle soupira en reconnaissant l'écriture de Bella.

« Pour les pensionnaires de Heath Top, put-elle lire. Avec le souvenir ému d'une ancienne élève. »

Clara regarda par la fenêtre alors que la voiture se mettait en branle. Plus elle la fixait, plus la façade du palais ducal devenait floue et brumeuse. Mais elle tint bon et ne détourna pas le regard, afin d'imprimer chaque détail dans sa mémoire, tout en se répétant qu'il était stupide de regretter qu'une certaine personne ne soit pas venue lui dire au revoir.

Puis, une fois que le palais eut bel et bien disparu dans le lointain, elle tamponna ses yeux et se moucha.

Elle était terminée, sa petite aventure de Noël.

Cela n'avait rien été de plus que cela. Tout ce à quoi elle s'était attendue quand elle avait reçu son carton d'invitation.

Elle renifla, puis se moucha de nouveau. Il fallait qu'elle se reprenne. Elle avait promis de belles histoires aux jeunes filles qu'elle avait laissées à Heath Top. « Noël chez le duc », voilà le récit qu'elles attendaient. Comment était la robe de la mariée, quels mets exquis elle avait dégustés : c'était ce qu'elle leur raconterait en leur distribuant les oranges généreusement offertes par Bella.

Et pour cela, il fallait qu'elle commence dès maintenant à réfléchir à la façon de présenter ce qu'elle avait vécu sous forme d'anecdotes amusantes. Ce serait mieux que de continuer à se morfondre et à méditer sur la façon dont elle s'était laissé submerger par ses sentiments. Mais le plus important, c'était surtout de ne *jamais* avouer qu'elle s'était jetée au cou du lieutenant Warren pour l'embrasser, à personne.

Néanmoins, plus elle était déterminée à ne dire mot de ce dernier à quiconque, et surtout pas à un groupe d'écolières impressionnables, plus il contaminait ses pensées. À chaque fois qu'elle imaginait une façon drôle de raconter le mariage de Bella, le lieutenant Warren venait s'immiscer dans le récit. Dès qu'elle pensait à l'horrible famille du duc, elle avait envie d'ajouter qu'un de ses membres détonnait au milieu des autres.

Pendant qu'elle réfléchissait à la façon de présenter les jeux auxquels la famille du duc prenait part en soirée, son esprit faisait apparaître l'image du lieutenant, en train de s'adonner à une partie de cartes avec ses tantes, le front barré par un pli de concentration, ses cheveux noir corbeau luisant dans la lumière des chandeliers.

Elle eut l'impression que le trajet du retour durait trois fois plus longtemps que l'aller. D'ailleurs, tous les passagers qui montaient ou descendaient aux différentes étapes semblaient aussi tristes qu'elle. Comme si eux non plus n'avaient pas envie de retourner à leur vie de tous les jours. Le temps s'en mêla et rendit les choses encore plus pénibles. Il pleuvait à verse et la buée qui recouvrait les vitres de la diligence empêchait toute contemplation du paysage. Beaucoup mouchaient leur nez rougi à tout bout de champ et la plupart grommelaient avec une irritation croissante alors que les routes se creusaient d'ornières dans lesquelles les roues de la voiture patinaient et tressaillaient.

C'était comme si, maintenant que Noël était passé, personne n'avait plus rien à attendre ni à espérer. Ce seul voyage aurait suffi à saper le moral de Clara si celui-ci n'avait pas déjà été si bas.

Mais elle finit tout de même par atteindre Oakwick. Elle laissa la plupart de ses bagages au propriétaire de l'auberge du Lion Rouge, en s'arrangeant avec lui pour venir les chercher à une date ultérieure, et grimpa la colline qui menait à Heath Top avec son vieux sac de voyage, celui qui contenait ses affaires de nuit, et le filet d'oranges.

La nuit commençait à tomber et, une fois qu'elle quitta la cour de l'auberge bien éclairée, ce fut comme plonger dans l'obscurité. Mais très vite elle distingua de la lumière provenant des étages supérieurs de l'école, comme un phare la guidant pour rentrer chez elle.

Chez elle. Comme c'était étrange. Avant son escapade, elle n'avait jamais pensé à l'école en ces termes. En fait, elle enviait même aux villageois leurs petites maisons douillettes et leur vie de famille, autant de choses dont elle était privée. Mais à présent qu'elle avait fait l'expérience de passer les fêtes de Noël en compagnie d'une *vraie* famille, rien de tout cela ne la faisait plus rêver. Il avait été très désagréable d'être le témoin de l'animosité qui existait entre le duc et ses proches, ainsi qu'entre Bella et eux. Clara s'était imaginé vivre un Noël de conte de fées, avant de découvrir l'envers du décor. Elle savait désormais qu'il n'y avait pas de famille sans querelles de famille.

Et concernant son rêve de manger des plats délicieux, de prendre du bon temps, de rire pendant des journées entières dédiées aux festivités et à la bonne humeur... ah ! Soit c'était le comportement licencieux des invités qui lui avait donné la nausée, soit c'était la nourriture trop riche et indigeste.

Sans un certain gentleman aux cheveux noirs et au regard de jais, elle aurait été heureuse de revenir à sa petite vie sage et tranquille.

Le problème, c'était qu'elle avait fait sa rencontre. Et qu'il l'avait prise dans ses bras. Et qu'elle l'avait embrassé, sans qu'il ne donne jamais l'impression d'avoir *lui* envie de l'embrasser. Même pas en prétextant que c'était Noël et qu'ils se trouvaient tous les deux sous un bouquet de gui.

Contrairement aux autres hommes invités, il avait évité le gui. Et les coins tranquilles. Et même les jeux, alors qu'il aurait pu, légitimement, lui prendre la main ou la faire asseoir sur ses genoux pour lui infliger un gage.

Elle soupira et un petit nuage de vapeur monta en tourbillonnant devant son visage.

Elle l'admirait d'avoir des principes. Vraiment. Il était juste dommage qu'il ne tienne pas suffisamment à elle pour les enfreindre. De la même façon qu'elle avait abandonné tous les siens afin de découvrir ce que cela faisait de l'embrasser.

La vérité, c'était qu'elle ne comptait vraiment pour personne. Bella ne l'avait invitée à son mariage que pour faire bisquer sa belle-mère et sa tante. Le lieutenant Warren n'avait passé du temps avec elle que dans l'espoir qu'elle ait suffisamment d'influence sur Bella pour la dissuader d'épouser le duc. Et en ce qui concernait la place qu'elle occupait à l'école, et dont elle ne s'était pas privée de se vanter... Ah, quelle plaisanterie ! Elle n'était pas dupe : si elle était employée ici, c'était parce qu'elle faisait bien son travail, et non pas parce qu'on était attaché à elle ou soucieux de son bien-être.

Tout cela lui semblait injuste. Toute sa vie, elle avait essayé de faire de son mieux. D'être une bonne personne. Tandis que Bella qui n'avait jamais rien fait qu'enfreindre les règles et défier l'autorité, souvent avec insolence, avait fini par épouser un duc et accéder à la richesse. Non pas qu'elle envie à Bella *son* duc, loin de là, mais...

Elle leva de nouveau les yeux vers les lumières de Heath Top, le seul foyer auquel elle pouvait aspirer, et vit, devant le portail, une silhouette masculine. Une silhouette masculine qui lui était familière.

Non, ce devait être son imagination qui lui jouait des tours. *Il* lui manquait déjà tant qu'elle voyait des choses qui n'existaient pas. L'homme qu'elle apercevait était tellement emmitouflé dans ses épais vêtements qu'il aurait pu s'agir de n'importe qui. C'était sans doute un... un balayeur. Ou un voyageur égaré qui voulait demander son chemin pour aller... quelque part... ou ailleurs.

Mais alors il se mit à parler. Et là, il n'y eut plus aucun doute sur son identité.

— Miss Isherwood, dit-il en faisant un pas vers elle. Clara, je pensais que jamais vous n'arriveriez jusqu'ici.

11

Il avait passé une journée abominable.

Non, pour être tout à fait honnête, ses ennuis avaient commencé quand elle l'avait embrassé. Ce baiser l'avait mis dans tous ses états. Et l'avait désorienté. Cela signifiait-il qu'elle éprouvait des sentiments pour lui ? Il aurait pu le croire, après l'avoir entendue dire qu'il avait davantage qu'un simple titre à offrir à une femme. Mais juste après ce baiser elle avait eu l'air de regretter ce moment d'audace et s'était donné toutes les peines du monde afin d'empêcher qu'ils ne se retrouvent de nouveau seuls pour parler et explorer de nouveaux… possibles.

Ensuite il avait passé une nuit sans sommeil à se demander si elle avait trouvé le contact de ses lèvres décevant. Voire repoussant. Pour finir par se dire que le mieux qu'il avait à faire, c'était la laisser rentrer chez elle et oublier ce qui s'était passé entre eux.

Il n'avait cependant pas pu s'y résoudre. Il avait ressenti le besoin impérieux de savoir pourquoi elle l'avait embrassé, ce qu'elle avait pensé de ce baiser et pourquoi, ensuite, elle l'avait évité. Mais il s'était rendu compte – trop tard ! – qu'elle avait plié bagage. Il avait alors ressenti un vide et un froid glacial au plus profond de lui. *Elle était partie.* Et peut-être ne la reverrait-il plus jamais.

Partie, sans un mot d'adieu. Comme s'il ne signifiait rien pour elle.

Et si quand bien même c'était la vérité, il n'avait pu s'empêcher de se demander si le voyage ne serait pas trop éprouvant pour elle. Cela ne devait pas être très agréable pour une femme non mariée aux moyens limités de voyager seule. Par un temps si exécrable, qui plus est. On aurait dit qu'à partir du moment où son oncle avait épousé sa frivole petite demoiselle le soleil avait cessé de briller, les nuages s'étaient amassés au-dessus de leurs têtes et les températures avaient chuté.

Il l'imaginait en train de frissonner dans des diligences vétustes et bondées. Obligée de supporter la grossièreté des bagagistes, des cochers, des garçons de salle et des aubergistes à chaque changement de voiture. Dès le début, il avait su qu'il ne connaîtrait pas le repos tant qu'il ne saurait pas si elle était arrivée saine et sauve à destination.

— Miss Isherwood, s'exclama-t-il dès qu'il la vit gravir péniblement la colline, son vieux sac de voyage à la main.

Mais ce n'était pas qu'elle soit arrivée à bon port qui le comblait de joie. C'était simplement le fait de la voir.

— Clara !

Il s'avança, poussé par l'envie instinctive de la prendre dans ses bras et de couvrir son visage de baisers, comme il aurait dû le faire le jour de Noël.

— Clara, j'ai cru que jamais vous n'arriveriez jusqu'ici.

Il avait l'impression que cela faisait une éternité qu'il ne l'avait pas vue. Qu'il ne lui avait pas parlé.

— Comment est-il possible, dit-elle en s'arrêtant à quelques pas de lui, que vous soyez arrivé avant moi ?

— J'ai pris mes propres chevaux, j'ai choisi une route directe et je n'ai pas été obligé de m'arrêter pour les correspondances ou pour faire monter des voyageurs.

— Mais… mais pourquoi ?

Elle pencha la tête de côté et fronça les sourcils, comme si elle cherchait elle-même la réponse.

— J'ai réussi à arriver au mariage de Bella sans votre aide, donc il n'y avait aucune raison pour que je ne parvienne pas à rentrer chez moi comme j'en étais partie. Il ne fallait pas vous inquiéter pour cela.

— Oui, je sais. Vous n'avez besoin de personne pour s'occuper de vous.

Et il aurait été totalement stupide de sa part de lui dire qu'il l'avait imaginée ballottée de désastre en désastre. Cela n'aurait fait que mener à une énième dispute, quand c'était la dernière chose qu'il souhaitait. Alors, pour lui épargner le fait de devoir le lui rappeler, il déclara :

— Vous êtes forte et indépendante, et vous n'avez besoin de vous reposer sur personne.

Il s'approcha d'elle.

— Mais, poursuivit-il, je ne pense pas pouvoir connaître la paix sans vous dans mon existence. Au moment où vous êtes partie et où j'ai commencé à vouloir savoir où vous étiez, j'ai su que je passerais mon temps à me demander ce que vous faisiez et si vous étiez bien, en sécurité, et heureuse. Parce que c'est tout ce que je vous souhaite : que vous soyez bien, en sécurité et heureuse. Et je vous le dis : je veux être celui qui y veille.

— C'est... plutôt surprenant..., dit-elle en le regardant avec une expression qu'il n'avait encore jamais vue sur son visage.

Un mélange de perplexité et – mais il n'osait l'espérer – d'espoir ?

— Oui. Pour être honnête, cela m'a pris par surprise moi aussi. Ce que je ressens pour vous. En fait, c'est au moment où vous n'étiez plus là que j'ai eu tout à coup peur de ne plus jamais vous revoir...

Il frissonna en se remémorant ce qu'il avait éprouvé alors.

— Je me suis senti si… seul. Même s'il y avait beaucoup de gens autour de moi, je ne voulais parler à aucun d'entre eux. Aucun ne me comprend comme vous me comprenez.

Il marqua un court temps d'arrêt, afin de se donner du courage, avant de reprendre :

— Et je sais qu'il est sans doute bien trop tôt pour une déclaration, mais si je ne vous dis pas dès maintenant à quel point vous êtes devenue importante pour moi, même si nous nous connaissons depuis peu, alors je le regretterai toute ma vie. Parce qu'un autre vous ravira à moi. Et si vous tombez amoureuse de lui, alors je serai inconsolable. Et s'il vous rendait malheureuse, j'aurais l'impression que c'est ma faute. Et s'il vous rendait heureuse, ce serait encore pire. Je souffrirais le martyre en sachant que j'aurais pu être celui qui vous aurait rendue heureuse si je m'étais déclaré quand j'en avais l'occasion.

— Mais quand je vous ai embrassé, vous êtes resté immobile, sans réaction. On aurait dit une statue. J'ai pensé que… que vous deviez me détester et m'en vouloir de m'être montrée si effrontée…

— Non ! s'exclama-t-il en la saisissant par les bras. Jamais je ne pourrais vous détester. Sur le moment, j'ai juste été très… étonné. Étonné par la force de ce que vous m'avez fait ressentir par le timide contact de vos lèvres. Le contraste avec l'audace du pas que vous aviez fait vers moi était vertigineux. Et, je dois vous l'avouer, si vous ne vous étiez pas enfuie si vite, je vous aurais prise dans mes bras et je vous aurais embrassée à mon tour. Avec toute la passion qui bouillonnait dans mes veines.

— *Oh*, fit-elle, avant de prendre une grande inspiration. Oh ! répéta-t-elle.

Cela le fit sourire de la voir à court de mots. Parce que, s'il y avait bien une chose qui lui permettait d'affirmer qu'il l'avait troublée, c'était cette incapacité si inhabituelle chez elle à trouver un contre-argument à lui opposer.

— Clara, reprit-il, plus sérieusement, je vous ai dit que mon oncle insistait pour que j'abandonne ma carrière navale, et tentait de me soudoyer en m'offrant des chevaux, une rente, et j'en passe. Et que jusqu'ici je tenais bon, parce que je n'avais aucune envie de rester à terre, sous ses ordres et à sa disposition. À cet égard, je suis un peu comme vous, me semble-t-il. Je ne veux pas dépendre d'un homme riche qui déciderait de ma vie pour moi.

— En effet. Ce... ce ne serait pas une vie.

— C'est exactement cela, vous m'avez compris ! Et je sais aussi que les choses qui comptent pour la plupart des femmes ne vous intéressent pas. Dans ce cas, je ne vais pas tenter de vous soudoyer à mon tour en vous promettant richesses, sécurité ou même la possibilité d'un titre. Dont je n'hériterai peut-être pas de toute façon, si Bella conçoit un fils. Dans ce cas, il se peut que je doive reprendre la mer, puisque c'est le seul moyen de gagner ma vie que je connaisse. Mais je ne pense pas que cela vous dérangerait. Vous êtes du genre à vous en tirer brillamment toute seule. Vous seriez aussi merveilleuse dans le rôle de l'épouse d'un officier naval sans le sou que dans celui d'une duchesse.

Elle lui adressa un regard stupéfait.

— Qu'êtes-vous en train de dire, précisément ? demanda-t-elle.

— Ce que je suis en train de dire – de façon très maladroite –, c'est que même si vous ne le voulez pas, même si vous m'éconduisez, j'ai besoin que vous sachiez que mon cœur vous appartient depuis que vous avez surgi de derrière cette diligence sans penser à rien d'autre que ce pauvre petit sac de voyage.

Elle étouffa un léger sanglot, et ses yeux s'emplirent de larmes.

— Vous avez fait tout ce chemin pour me dire que je compte pour vous ?

— Plus que tout au monde. Je… je me moquerais même de rester à terre toute ma vie, si vous étiez à mes côtés. En fait, je ne pense pas que je serais pressé de reprendre la mer, si cela signifiait devoir vous quitter. Vous me manqueriez trop.

— Je vous manquerais ? demanda-t-elle, en écarquillant les yeux.

— Oui. Mais ce n'est pas tout. Je sais que vous n'épouseriez jamais quelqu'un pour les raisons qui ont poussé Bella à épouser mon oncle, mais… avez-vous jamais songé à épouser quelqu'un…

Son cœur se mit à cogner furieusement dans sa poitrine alors qu'il décidait de jouer cartes sur table.

— … par amour ?

Elle poussa un soupir saccadé.

— Oui, oh que oui ! Vous me comprenez si bien, s'exclama-t-elle en lâchant son sac afin de passer les bras autour de son cou. Je ne veux ni richesses ni titre. Je ne saurais qu'en faire. Je veux juste quelqu'un qui me voie comme une partenaire, et non comme une personne dépendante qui aurait besoin qu'on s'occupe d'elle. Je veux être respectée et, oui, aimée, pour mon caractère et ma personnalité, sans qu'on me dise constamment comment me comporter.

Il n'en croyait pas sa chance. Il fallait qu'il s'assure d'avoir bien compris sa réponse.

— Vous acceptez de m'épouser ?

En guise de réponse, elle se hissa sur la pointe des pieds et posa ses lèvres sur les siennes. Cette fois, il n'hésita pas, et l'embrassa à son tour, avec passion. Il y mit toute son âme et tout son cœur. Tout son être.

Quelque chose de froid lui effleura la joue.

— Oh ! fit-elle, surprise, il neige.

— Vraiment ?

Il sentit une autre caresse sur sa joue, légère comme une plume, et vit un flocon se déposer sur le bord du chapeau de Clara.

— Maintenant, soupira-t-elle, je sais enfin ce que c'est de vivre un vrai Noël. Un vrai Noël, c'est être ici, dans vos bras. Ce n'est pas festoyer, ni recevoir des cadeaux, ni même s'offrir le luxe d'une cheminée dans sa chambre à coucher. C'est ce sentiment d'appartenance. De joie. D'espoir en l'avenir.

Il sentit un sourire irrépressible monter des profondeurs de son cœur.

— Et moi je viens de décider que le mariage de mon oncle avec votre insolente élève était la meilleure chose qui me soit jamais arrivée. Car il vous a fait apparaître dans ma vie.

Et alors, sans l'aide de la moindre branche de gui, le lieutenant Warren se pencha pour l'embrasser encore. Et encore.

LARA TEMPLE

Sous la neige avec un Lord

Traduction française de
MARIE PASCAL

Les Historiques

HARLEQUIN

Titre original :
SNOWBOUND WITH THE EARL

1

23 décembre 1818
Cour de l'auberge La Défense du Sanglier, Somerset

Bella Ingram descendit de voiture et une bourrasque projeta avec violence une rafale de flocons de neige contre son visage. Elle jura et resserra son manteau de voyage. Pourquoi prévoir une fugue amoureuse durant la journée la plus froide de l'année plutôt qu'en plein juillet ?

Et pourquoi, mais *pourquoi*, n'avaient-ils pas choisi une jolie et accueillante maison de poste avec des fenêtres joyeusement éclairées et une fumée à l'odeur alléchante s'échappant des cheminées ? Le bâtiment qui s'élevait devant elle n'était rien d'autre qu'une masse basse et sombre qui la fixait méchamment de ses deux fenêtres crasseuses. Si quelque fumée s'échappait de la cheminée, la neige qui tombait dru empêchait de la distinguer. Ce refuge de bord de route était peut-être charmant dans la journée, mais la nuit il semblait sinistre et menaçant.

Bella se retourna vers la voiture qui l'attendait avec, pour la première fois depuis qu'elle avait quitté Bath, une pointe d'appréhension. Tout lui avait paru parfaitement clair quand elle avait intercepté la lettre secrète que Rupert Banister avait adressée à Violet. Bella savait que sa cousine n'était pas amoureuse de Rupert, mais qu'elle était simplement séduite par l'idée d'épouser un riche jeune homme appartenant à l'une des familles les plus importantes d'Angleterre. Le fait que ce dernier soit trop jeune pour se marier n'était qu'un inconvénient mineur. Après tout, c'était pour cela qu'existait un endroit comme Gretna Green, non ?

Tous les arguments de Bella – que la famille de Rupert considérerait ce mariage avec la fille d'un simple notaire de Bath comme une triste mésalliance, que Rupert était un gentil garçon qui ne méritait pas d'être utilisé comme un barreau sur l'échelle sociale, et surtout que Violet elle-même pouvait espérer mieux qu'un garçon trop jeune pour se marier et encore empêtré dans les jupes de sa mère – étaient tombés dans l'oreille d'une sourde.

Bella avait été très tentée de s'en laver les mains et de laisser sa cousine trop gâtée gâcher sa vie et celle de Rupert, mais elle n'avait pu s'y résoudre. Cela faisait dix ans qu'elle vivait chez sa tante, veuve, de la maigre charité que celle-ci voulait bien lui accorder. Elle n'avait jamais réussi à se prendre d'une réelle affection pour sa tante ni pour Violet, mais cela n'entamait pas son sens du devoir. Sa tante, en proie à une foule de maladies imaginaires, satisfaisait à tous les caprices de Violet et la laissait faire tout ce qu'elle voulait. Il revenait donc à Bella d'empêcher sa cousine de détruire sa vie, ou celle des autres. Cela finirait peut-être par se produire, cependant, mais Bella était bien décidée à ce que ce ne soit pas ce jour… ou plutôt cette nuit.

Une silhouette apparut devant la porte, projetant une ombre qui arrivait presque jusqu'aux pieds glacés de Bella. Et qui paraissait bien plus grande que celle de Rupert. Une illusion, songea-t-elle, en réajustant son manteau sur elle alors qu'un vilain souffle de vent s'engouffrait sous ses jupes et se moquait de sa conception toute citadine de ce que pouvait être une tenue hivernale. Elle résista à l'envie de jurer encore et avança. Mieux valait régler cette affaire rapidement, afin qu'elle puisse rentrer à Bath.

— Vous êtes un idiot, Rupert Banister, déclara-t-elle.

L'homme tourna légèrement la tête et son visage accrocha un peu de la faible lueur, suffisamment pour que son profil se détache hors de l'ombre. Ce n'était pas le visage agréable et poupin de Rupert Banister, le galant de sa cousine Violet. C'était un visage dur, aux yeux sombres et profonds, capables de faire fuir les hommes et murmurer les femmes entre elles sur son passage.

La première pensée qui avait traversé l'esprit de Bella quand elle avait fait la connaissance de Lord Deverill un mois plus tôt, c'était que le cousin de Rupert semblerait bien plus dans son élément sur le pont d'un bateau pirate que dans le Grand Pump Room[1] de Bath.

Des tourbillons de neige dansaient autour de Lord Deverill alors qu'il avançait vers elle, passant d'une expression de mépris au choc, puis à la fureur glaciale.

— Quelle est cette plaisanterie ? Où est votre satanée cousine ?

— Et vous, où est votre satané cousin ? répliqua-t-elle.

— Il attend *votre* satanée cousine à...

Il s'interrompit et émit un petit bruit de bouche dédaigneux.

— Enfin, peu importe. Que diable faites-*vous* ici ?

— Je déjoue un projet de fugue amoureuse. *Vous*, que faites-vous ici ?

En se forçant un peu, elle parvint à prononcer un « vous » encore plus méprisant que le sien.

Il ouvrit la bouche, la referma, puis poussa un long soupir sans desserrer les dents.

— La même chose. Quelle malchance, par tous les diables !

Bella était habituée au mauvais caractère et aux manières

1. Grand salon, fleuron de l'architecture néo-classique, situé à l'intérieur du complexe des thermes de Bath.

pires encore de Lord Deverill. Elle trouvait que son surnom de Lord Devil, qui au départ n'était peut-être que le raccourci humoristique de son vrai nom, lui allait comme un gant. Il était arrogant, condescendant et aussi froid que le solstice d'hiver. Elle l'avait détesté au premier regard et rien de ce qu'il avait pu dire ou faire au cours du mois écoulé ne l'avait fait changer d'avis. Au contraire.

Bella avait su dès le début que Rupert, malgré ses cinq mille livres de rente annuelle, n'était pas fait pour quelqu'un d'aussi gâté et ambitieux que Violet. Ainsi, quand Lord Deverill avait fait son apparition à Bath avec l'intention évidente de mettre des bâtons dans les roues de Violet, elle avait nourri le fol espoir qu'ils pourraient unir leurs forces afin d'empêcher les deux jeunes gens de commettre une terrible erreur.

Cet espoir avait été sérieusement entamé dès leur première rencontre, quand Lord Deverill avait fait clairement comprendre à Bella qu'elle n'était à ses yeux qu'une vieille fille avide prête à tout pour trouver un riche parti à sa cousine frivole, vulgaire et intéressée. Et le peu d'illusions qui lui restait était définitivement mort quand elle avait découvert que Lord Deverill avait engagé un acteur pour séduire Violet et la détourner de Rupert.

C'était peut-être parce qu'elle était fille de vicaire, mais Bella prenait ses responsabilités très au sérieux. Elle aurait préféré être damnée que de laisser un scélérat arrogant et vaniteux ternir la réputation de Violet pour la simple raison qu'il se pensait socialement supérieur à elle. C'était avec grand plaisir qu'elle avait poussé ledit acteur au bord d'un scandale qui l'avait fait précipitamment quitter Bath. Elle n'avait ensuite pas cherché à cacher sa satisfaction d'avoir scié le canon de son nouvel ennemi. Depuis ce moment, ils étaient en guerre.

Au cours des semaines suivantes, Bella avait même été

tentée, parfois, de laisser Violet prendre le jeune homme dans ses filets dans le seul but de prouver à Lord Deverill qu'il n'était pas aussi malin qu'il le pensait. Mais quand la femme de chambre de Violet avait montré à Bella une lettre de Rupert dans laquelle il demandait à sa cousine de le rejoindre afin qu'ils fuient ensemble vers Gretna Green, alors elle avait su qu'elle devait mettre fin à cette désastreuse histoire. C'était ainsi que ce soir-là elle s'était drapée dans sa cape d'hiver pour rejoindre Rupert et, avec un peu de « chance », lui briser le cœur.

Quand elle était sortie dans le froid, elle ne s'attendait pas à ce que le trajet en voiture dure plusieurs heures et encore moins à se retrouver face à Lord Devil en personne au beau milieu de nulle part.

— Mais alors, où est donc *votre* cousine ? demanda-t-il d'une voix impatiente.

— Dans son lit, j'imagine. *Votre* cousin n'est pas tellement doué pour les subterfuges. J'ai intercepté la lettre dans laquelle il expliquait à Violet ce qu'elle devait faire pour le rejoindre et je l'ai remplacée par un mot l'informant qu'il était absolument désolé, mais que leurs projets de fugue devraient attendre la fin des fêtes de Noël, car sa chère maman serait très contrariée s'il n'y participait pas avec le reste de la famille.

— Et elle a cru à ces balivernes ?

— Quelles balivernes ? Que le pauvre Rupert est terrorisé par sa mère ?

— Touché, grommela-t-il, alors que passait dans ses yeux une étincelle d'autre chose que de colère. Mais que diable faites-vous ici à sa place ?

Elle frotta ses mains gelées et entra en même temps que lui dans l'auberge, résistant à grand-peine à l'envie de le pousser dans la neige. Lord Deverill pensait qu'il était un vrai don de Dieu – une opinion nourrie par de trop nombreux lèche-bottes et flagorneurs des deux sexes – mais elle connaissait la vérité.

L'intérieur de l'auberge était encore moins engageant que l'extérieur. Il y régnait une odeur de bière rance et d'urine, ce qui lui fit apprécier le méchant courant d'air qui s'engouffrait par les fenêtres en bois vermoulu. Elle se posta devant un feu maigrelet et se tourna pour faire face à son ennemi mortel.

— Quelle idée idiote de prendre la fuite en plein hiver. À quoi Rupert pouvait-il bien penser ?

— Il pensait qu'il était sur le point d'être envoyé à l'étranger pour un long voyage en compagnie de sa chère maman.

— C'est vous qui êtes à l'origine de cela ? Ne vous donnez pas la peine de répondre, bien sûr que c'est vous. C'était vraiment stupide de votre part.

Il crispa la mâchoire, mais elle ignora cette mise en garde et poursuivit :

— Vous auriez dû deviner que cela ne ferait que lui forcer la main. Croyez-moi, Violet n'avait pas envie de s'enfuir pour se marier en catimini. Elle rêvait d'un grand mariage à la cathédrale Saint-Michel dès que Rupert aurait eu l'âge requis, afin que tout le monde puisse l'envier et l'admirer.

— Pourquoi a-t-elle accepté, alors ?

— Je ne lis pas dans les pensées de Violet, mais je suppose que c'est parce qu'elle n'est pas stupide, contrairement à votre cousin. Elle sait que les sentiments qu'il nourrit pour elle ne survivraient pas à une longue séparation. En d'autres termes, tout est votre faute, Lord Deverill. Et la prochaine fois que vous projetez de kidnapper une conquête de ce pauvre Rupert, pensez à lui fournir un chauffe-pieds.

Il leva le menton, un peu comme un taureau prêt à charger. Elle n'aurait peut-être pas dû le provoquer alors qu'elle se trouvait, d'une certaine façon, à sa merci, mais après l'avoir observé en compagnie de Rupert durant les trois semaines écoulées elle avait l'impression que, malgré son insupportable arrogance, il ne représentait pas une réelle menace pour elle. Il réfléchirait à deux fois avant d'utiliser la violence à son encontre.

— J'essayerai d'y penser, Miss Ingram. Et qu'aviez-vous l'intention de faire une fois que vous auriez rejoint Rupert ? Le séduire ?

Elle écarquilla les yeux.

— Seigneur, quel esprit borné que le vôtre, Lord Deverill. Outre le fait que j'ai sept ans de plus que lui, je préférerais m'enfuir dans les bois plutôt que de passer une semaine avec lui, et encore plus toute une vie. Votre cousin est un bêta romantique qui n'a à mon avis jamais ouvert un livre. Pourquoi donc voudrais-je le séduire ?

— Pour une petite fortune et un possible titre, si son oncle meurt sans héritier mâle. N'est-ce pas pour cela que votre cousine l'a poursuivi de ses assiduités ? Cinq mille livres et un billet d'entrée dans le grand monde, n'est-ce pas une motivation suffisante pour séduire un bêta ?

— Eh bien, en ce qui me concerne, je ne le ferais pas pour moins de vingt mille livres. Et s'il hérite, ce ne sera que d'une baronnie. Minable ! ajouta-t-elle en claquant des doigts.

Pour la première fois depuis le début de leur rencontre, une lueur d'amusement perça le regard rageur de Lord Deverill. Bella se détendit légèrement. C'était un homme imprévisible, mais elle pensait l'avoir à peu près cerné. Il n'était ni violent ni stupide. Il ne faisait aucun doute que dès qu'il aurait compris que la menace était passée il la laisserait repartir. Et tout serait fini.

— Qu'aviez-vous donc prévu de faire après avoir rejoint Rupert ? Dites-le-moi.

Il insistait, mais sa voix avait perdu de son mordant.

— Lui briser le cœur en lui disant que ma cousine n'est pas le moins du monde amoureuse de lui. Et même si je répugne à recourir à de tels moyens, si mes mots ne suffisent pas à le convaincre, je lui montrerai peut-être une lettre que Violet a écrite à une amie et dans laquelle elle dépeint Rupert d'une manière qu'il ne trouverait pas flatteuse et déclare ne pas avoir l'intention de lui rester fidèle une fois leur mariage célébré. Si cela ne met pas un terme à cette absurdité, alors je ne sais pas ce qui le fera. Où se trouve Rupert, au fait ?

— Il est en route vers le nouvel endroit de rendez-vous fixé par votre cousine dans le billet qu'elle lui a adressé.

— Billet rédigé par vos soins, je présume ?

— Oui.

— Seigneur. Et où votre « Violet » l'a-t-elle envoyé ?

— Dans une autre petite auberge où il va se geler les pieds jusqu'à ce qu'un valet d'écurie que j'ai payé pour cela le reconduise chez lui demain matin à la première heure.

— Pauvre Rupert. Mon plan était bien meilleur, je trouve. Le vôtre ne fait que remettre l'inévitable à plus tard. Et Rupert vous en voudra beaucoup, qui plus est.

— Excusez-moi de ne pas être aussi sournois que vous, Miss Ingram. Ma préoccupation première était d'empêcher qu'ils ne se retrouvent et de convaincre votre cousine qu'il était dans son intérêt d'envisager d'autres options.

— Ah, vous aviez l'intention de la soudoyer ! Combien ? demanda-t-elle, curieuse.

Il crispa de nouveau la mâchoire.

— Je pourrais être amené à revoir mon offre à la baisse. Surtout si vous avez l'intention de révéler sa perfidie à Rupert. Si vous me donnez la lettre, je ferai en sorte qu'elle soit lue.

Elle secoua la tête.

— Vous n'y pensez pas ! Violet est peut-être une ambitieuse coquette qui souvent s'égare, mais c'est ma cousine. J'ai déjà franchi une ligne rouge en volant cette lettre sur son bureau. Plutôt être damnée que vous communiquer sa correspondance privée, dont vous vous serviriez pour alimenter votre campagne à son encontre pour la disqualifier.

— La seule campagne que je mène, c'est celle visant à empêcher mon cousin de commettre l'erreur de sa vie.

— Belles paroles, mais je ne vous fais pas confiance, Lord Deverill, je le crains. Vous pouvez soit me laisser voir Rupert et décider ensuite si je dois me résoudre à utiliser la lettre de Violet, soit trouver un autre moyen de mettre un point final à ces fadaises.

Il lui adressa un regard noir, en frottant son menton d'un air menaçant. En réalité, il avait à l'évidence dû se hâter pour empêcher cette fugue, car son apparence paraissait un tantinet négligée. Ses joues étaient recouvertes d'une barbe de un jour, ses bottes et son pantalon étaient crottés de boue et sa cravate n'était que l'ombre d'elle-même.

Il paraissait fatigué et furieux, et l'espace d'un instant elle ressentit un élan de compassion et même d'admiration pour un homme prêt à aller jusqu'à de telles extrémités pour protéger son cousin. Peut-être valait-il mieux tendre un rameau d'olivier.

— Je suggère que, une fois votre cousin récupéré, vous me l'envoyiez, afin que je...

— Oh ! non, non, l'interrompit-il. Je ne vous fais pas davantage confiance qu'à votre fieffée Violet, j'en ai peur. Je ne vous laisserai pas vous précipiter vers votre cousine pour lui dire où se trouve Rupert. Excusez-moi, mais vous n'irez nulle part, Miss Ingram.

2

Pour la première fois depuis que Miss Bella Ingram était descendue de voiture, Nicholas vit une lueur de panique traverser son regard. La tension qui l'habitait céda du terrain. Il y avait quelque chose de satisfaisant à avoir son ennemie à sa merci.

Miss Ingram était devenue une grosse épine dans son pied depuis qu'il était arrivé à Bath pour sauver son benêt de cousin des griffes de Violet Bartleby. Au début, il l'avait sous-estimée. Normalement, les vieilles filles mal fagotées intervenaient peu dans sa vie, professionnelle ou privée. Mais Miss Ingram, avec ses robes austères qui auraient davantage convenu à une gouvernante qu'à la demoiselle de compagnie d'une jeune femme frivole, et avec ses cheveux toujours tirés en arrière en un chignon démodé, avait réussi à déjouer tous ses coups.

Même en ce moment, elle semblait aussi impassible que si elle attendait que ne commence l'un de ces interminables récitals dont Bath raffolait. Il savait néanmoins que cette apparence calme et imperturbable était trompeuse. Miss Ingram n'était pas du tout ce qu'elle donnait l'impression d'être.

Pour quelqu'un d'extérieurement si froid, elle était faite d'un camaïeu de couleurs vives. Ses yeux étaient plus dorés que marron et étincelaient comme ceux d'un chat face à une souris prise au piège. Même sa peau se parait de chaudes nuances de crème dans la lumière des bougies. Au cours du mois écoulé, cette exaspérante combinaison de chaud et de froid l'avait suivi comme son ombre et avait fait avorter toutes ses tentatives pour isoler sa cousine.

Et pourtant elle était là, devant lui, apparemment bien décidée elle aussi à empêcher cette fugue amoureuse.

— Si vous êtes vraiment opposée à l'idée que votre cousine épouse mon cousin, pourquoi diable avez-vous essayé de m'empêcher de les séparer ?

Elle écarquilla les yeux.

— Vous ne manquez pas de culot, Lord Deverill. Vous n'avez pas essayé de les « séparer ». Vous avez fait tout votre possible pour discréditer Violet, allant même jusqu'à engager un acteur peu scrupuleux pour jouer le rôle d'un riche prétendant et séduire une jeune femme en âge d'être sa fille.

— Je ne l'ai pas engagé pour qu'il la séduise, grogna-t-il. Je voulais juste prouver à Rupert que votre cousine plaçait l'argent au-dessus de l'amour. Si vous ne vous en étiez pas mêlée, cette ridicule affaire aurait pu être réglée il y a un mois.

— Si je ne m'en étais pas mêlée, Violet aurait pu avoir le cœur brisé…

Elle ignora son ricanement incrédule.

— … ou sa réputation aurait pu être à jamais ruinée, dit-elle. Il se peut que vous nous considériez si inférieures socialement que notre destinée ou nos sentiments vous semblent dérisoires…

— Attendez un petit instant, Miss Ingram, l'interrompit-il.

Comment faisait-elle pour réussir à toujours le faire passer pour un monstre ?

— Mes réserves au sujet de votre cousine n'avaient rien à voir avec la position de sa famille et tout à voir avec son caractère. Si vous aviez une once de bonne foi, vous reconnaîtriez qu'elle aurait dévoré Rupert tout cru et qu'elle s'en serait pourléché les babines. Il a passé toute sa vie à être traité comme un larbin par sa mère et jamais je ne le laisserais se condamner lui-même à la même peine à perpétuité.

Au moins il avait réussi à la faire taire. Enfin ! Ils se regardèrent avec animosité.

Il se détourna pour réfléchir aux options qui se présentaient à lui. Devoir capituler devant une femme qui était devenue son ennemie jurée au cours des dernières semaines lui faisait horreur. Il ne la laisserait pas rentrer à Bath et rire de sa défaite avec sa cousine alors qu'il lui incombait de s'occuper de Rupert. *Jamais !*

Sa décision prise, il se tourna de nouveau vers elle.

— Vous allez être l'invitée de ma mère pour la nuit, et demain vous montrerez cette lettre à Rupert, après quoi ma voiture vous ramènera à Bath. Avec un peu de chance nos chemins ne se croiseront jamais plus.

Elle lissa ses gants sur sa cuisse et soupira.

— Rupert a de si belles manières.

L'apparence totalement hors de propos de cette remarque n'abusa Nicholas qu'un instant.

— Vous trouvez que mes manières laissent à désirer, Miss Ingram ?

— À vrai dire, je ne les ai pas trouvées *du tout*, Lord Deverill.

Une fois de plus, Nicholas dut lutter contre l'envie de rire. C'était ce qu'il y avait de plus insupportable chez elle. Même au plus fort de leurs joutes verbales, elle réussissait à faire appel à son sens de l'humour.

— Ma chère Miss Ingram, je serais enchanté si vous nous honoriez de votre présence à Hadley Hall. Ce serait une terrible négligence de ma part de vous abandonner ici, dans cette auberge de campagne, toute seule, à la merci des clients et des éléments.

— Je ne serais à la merci de rien ni de personne : j'attendrais en sécurité dans une chambre que la tempête se calme afin de pouvoir rejoindre à pied l'arrêt de diligence ou de voiture de poste le plus proche.

Il tendit la main, doigts écartés, et les abaissa un à un au fur et à mesure qu'il parlait.

— Primo, cette petite auberge ne possède que deux chambres, qui sont toutes les deux occupées présentement. Secundo, le relais de poste le plus proche se trouve à cinq miles d'ici, à Upper Bradbury, qui est aussi la seule ville des environs où vous pourriez espérer trouver une auberge. Je pense que marcher jusque-là risquerait de se révéler éprouvant, voire dangereux.

Elle porta son regard vers la fenêtre. La partie inférieure de ses vitres crasseuses était tapissée d'une hauteur de neige assez conséquente.

Alors qu'elle ne répondait pas, il poursuivit :

— Mieux vaut vous rendre à l'évidence et accepter l'hospitalité de ma mère. Réfléchissez bien : dans moins d'une demi-heure, vous pourriez être dans une belle chambre, assise près d'un feu crépitant et attablée devant un plateau chargé de délicieuses victuailles, et demain vous pourriez rentrer à Bath dès les premières heures du jour. Seul quelqu'un d'extrêmement buté et contrariant pourrait refuser une telle proposition.

— Vous voudriez donc que j'accepte ce que vous-même refuseriez ?

— Très amusant, Miss Ingram. Alors, que choisissez-vous ? Une marche longue, pénible et glaciale dans la neige, ou le confort de Hadley Hall ?

— J'ai du mal à croire que votre mère verrait d'un bon œil l'arrivée d'une invitée inopportune la veille de Noël.

Elle objectait pour la forme, mais le combat semblait

presque gagné, il le sentait. Il ne fallait pas qu'il jubile, mais il ne put résister au plaisir de lancer une dernière pointe.

— La période de Noël est propice à la charité et à l'hospitalité, non ? Et quoi de plus charitable que de tendre la main à un ennemi en difficulté ?

À sa grande surprise, elle sourit et de charmants petits plis se dessinèrent au coin de ses yeux. Il avait déjà remarqué à quel point sa physionomie se transformait quand elle souriait. Cela avait été le premier indice lui permettant de comprendre qu'elle était très différente de sa cousine. Violet Bartleby était prévisible. Rusée, mais prévisible. Mais avec Bella Ingram il avait affaire à un tout autre type de créature.

La première fois où il l'avait vue, il avait commis l'erreur d'essayer de la charmer dans le but d'obtenir d'elle des révélations au sujet de sa cousine qu'il aurait pu utiliser contre celle-ci. Avant de comprendre ce qui lui arrivait, il s'était retrouvé pris à son propre piège et ridiculisé. Il avait appris de son erreur et avait changé de tactique, mais depuis lors il avait toujours l'impression que c'était elle qui menait la danse.

Il aurait dû s'estimer heureux qu'elle semble opposée à l'union entre Rupert et sa cousine, mais il ne parvenait pas à se départir de la méfiance qu'elle lui inspirait. Le genre de méfiance que devait éprouver celui qui était censé traverser une forêt sombre pleine de brigands et de voleurs, alors qu'il transportait un sac de bijoux et ne possédait pour toute arme qu'une vieille cuillère rouillée.

Timeo Danaos et dona ferentes. Virgile avait mille fois raison. Il ne fallait pas faire confiance à ses ennemis, même quand ils avaient les bras chargés de présents. Mais un autre dicton ne disait-il pas : « Garde tes amis près de toi, mais tes ennemis plus près encore ? » Ainsi, jusqu'à ce qu'il soit certain que Rupert était hors de danger, il garderait Miss Ingram tout près de lui.

— Eh bien, Miss Ingram ?

Durant de longues minutes, elle se concentra essentiellement sur la tâche consistant à lisser son gant sur sa cuisse. Pendant ce temps-là, il se balança plusieurs fois d'un pied sur l'autre, comme s'ils se trouvaient sur le pont d'un bateau plutôt qu'à l'auberge de Benton. Puis elle finit par lever la tête et le regarda en plissant ses yeux dorés, plus intenses que jamais.

— J'ai certaines conditions à poser.

Bella observa Lord Deverill se fendre d'un sourire satisfait. Elle détourna les yeux de son visage à la beauté sévère. Comme souvent, il avait fait naître chez elle une animosité qui bouillonnait dans les tréfonds de son être tel un volcan grondant. Il pensait avoir gagné, ce malotru content de lui. Il était clair qu'il ne la croyait pas quand elle disait souhaiter mieux pour Violet que son stupide cousin.

Eh bien, soit. Elle ne pouvait pas l'empêcher de croire ce qu'il voulait à son sujet, même si c'était le pire. Elle pouvait négocier, néanmoins.

— Mes conditions sont au nombre de trois, en réalité, Lord Deverill.

Il inclina légèrement le buste.

— Il me tarde de les entendre, Miss Ingram.

— Je n'en doute pas. D'abord, je veux que votre stupide cousin n'approche plus Violet. Il est hors de question qu'il se montre à Bath avant son départ pour le continent.

Il haussa les sourcils.

— Cette mesure me paraît quelque peu drastique. Dois-je le faire enfermer dans les oubliettes de Hadley Hall ?

Cette suggestion titilla la curiosité de Bella.

— Il y a des oubliettes chez votre mère ?

— À perte de vue. Les Hadley, jadis, étaient une engeance

bataillleuse et vindicative. Mais n'ayez pas peur, il n'y a aucune raison pour que vous les honoriez de votre visite. Pas si vous êtes sage.

— Si vous tenez à ma coopération, les menaces larvées ne sont pas la meilleure approche.

— Toutes mes excuses. Mais votre condition ne me semble pas nécessaire, puisque j'ai déjà pris toutes les dispositions afin que Rupert et sa mère, dont la santé n'est plus ce qu'elle était, se rendent dans des contrées plus clémentes après les fêtes de Noël.

— Dans ce cas, je vous suggère de le surveiller d'un peu plus près jusqu'à ce qu'il ait pour de bon embarqué, afin qu'il n'échappe pas une nouvelle fois à votre vigilance.

Les pommettes saillantes de Lord Deverill s'empourprèrent.

— Je m'excuse de vous avoir déçue, Miss Ingram, dit-il sur un ton sardonique.

— J'accepte vos excuses. Ma seconde condition est la suivante : une fois Rupert parti, j'exige que vous laissiez Violet tranquille. Aucune vengeance d'aucune sorte.

— Vous avez l'air d'avoir une très mauvaise image de moi.

— Je pense surtout que vous pouvez vous montrer impitoyable vis-à-vis de ceux qui se sont mis en travers de votre chemin. Je veux votre parole sur ce point.

— Si vous me pensez impitoyable et prêt à tout, je m'étonne que vous vous satisfassiez d'une chose aussi évanescente que ma parole.

— Je pense aussi que vous êtes bouffi de fierté et de vanité. Si vous me donnez votre parole, vous allez la respecter, car vous vous croyez meilleur que les autres.

Il fronçait déjà les sourcils avant cette remarque, mais à présent ceux-ci se touchaient et lui barraient le front d'une paire d'ailes noir corbeau.

— Vous avez décidé de ne rien me laisser passer, on dirait.

— Pourquoi ferais-je l'effort de me montrer clémente ?

Comme vous l'avez dit vous-même, passé demain, nous ne serons plus amenés à nous revoir. C'est ce que j'espère en tout cas. Et concernant ma troisième condition...

Quelque chose comme un grognement lui échappa, mais il garda la bouche close, et elle poursuivit :

— Je veux que vous me promettiez qu'après que j'aurai réprimandé la femme de chambre que vous soudoyez depuis trois semaines, vous ne vous mêlerez plus de ce qui se passe dans la maison de ma tante.

Il rougit de plus belle et prit une grande inspiration. Elle observa sa colère vaciller sur le fil du rasoir un moment et hésiter à exploser, avant de le voir se ressaisir au terme de ce qui sembla être une lutte intense. Il secoua la tête et sa bouche s'adoucit de nouveau pour dessiner un sourire réticent.

— Quel dommage que les femmes ne puissent être admises au barreau, vous auriez fait une magnifique carrière.

Elle sentit ses joues s'embraser. Dans la bouche de Lord Deverill, ce n'était pas un compliment, néanmoins c'était une satisfaction de s'être attiré une certaine forme de respect de sa part.

— Vous êtes trop bon. Acceptez-vous ma proposition ?

Elle marqua un léger temps d'hésitation, consciente de n'avoir pas tout à fait choisi le bon mot, puis se força à reprendre :

— Je veux votre parole pour ces trois conditions.

Après ce qui sembla être de très longues minutes, il finit par acquiescer.

— C'est d'accord.

3

Le matin du 24 décembre, Nicholas se réveilla avec la sensation désagréable d'avoir commis une terrible erreur.

Alors qu'il s'habillait devant le feu de cheminée encore loin d'être vigoureux, il essaya de dissiper cette impression. Après tout, il avait toutes les raisons d'être satisfait. Tout d'abord, il s'agissait d'un de ses jours préférés de l'année. Ensuite, il avait fait avorter un projet de fugue amoureuse presque à lui tout seul, avait sauvé son idiot de cousin d'une mésalliance, et capturé son ennemie.

Enfin, il avait forcé son ennemie à être l'invitée de sa mère pour une nuit…

Nicholas commença à nouer sa cravate l'esprit ailleurs, pendant qu'il repassait l'emploi du temps de la matinée dans sa tête.

Bientôt la voiture transportant Rupert allait arriver. Ensuite, il laisserait une demi-heure à Miss Ingram pour qu'elle lui parle. Puis il la ferait monter en voiture à son tour et s'empresserait de la renvoyer à Bath.

Et il serait débarrassé d'elle et de sa famille pour toujours.

Il jura en constatant qu'il avait trop tiré sur sa cravate, transformant le nœud en cascade qu'il espérait obtenir en quelque chose qui tenait davantage du chou-fleur écrasé. Il soupira. Perkins, son valet, allait se rengorger pendant des jours et des jours. Il le prenait toujours mal quand Nicholas, le matin, insistait pour s'habiller seul.

Sa seconde tentative fut meilleure, et alors qu'il enfilait sa veste et se dépêchait de descendre, il essaya de se figurer tout ce qui avait pu passer dans l'esprit sournois de Miss Bella Ingram depuis qu'il l'avait fait entrer à Hadley Hall.

Plus vite elle serait en route pour retrouver sa tante indolente et sa cousine cupide, mieux ce serait pour tout le monde. Rupert n'apprécierait sans doute pas la leçon qui allait lui être donnée, mais il était important qu'il comprenne qu'il existait des personnes prêtes à feindre des sentiments dans l'espoir d'obtenir titre et fortune.

Nicholas avait à peu près l'âge de Rupert quand lui-même l'avait appris à ses dépens, et à l'époque il était sans doute encore moins malin que son cousin. Il avait couru après Mary Farnsworth pendant toute une année avant de trouver le courage de lui demander sa main, sans jamais se rendre compte qu'elle jouait avec lui.

Il se souvenait encore dans les moindres détails du jour où il avait chevauché à bride abattue jusque chez elle, aussi nerveux qu'un futur marié le jour de ses noces. Il s'était même arrêté dans les bois qui ceignaient sa propriété pour répéter sa demande en mariage. C'était le destin qui lui avait dicté cette halte, car alors qu'il se trouvait juste de l'autre côté des murs de son jardin il l'avait entendue se moquer d'un de ses autres prétendants en disant à ce dernier qu'elle n'aurait plus besoin de lui à présent qu'elle allait mettre la main sur le riche héritier d'une des plus vieilles familles d'Angleterre.

Nicholas avait fait tout son possible pour épargner à Rupert cet horrible choc, cette glaciale désillusion qui s'était propagée en lui comme du givre sur une prairie gelée. Mais c'était trop tard.

Au moins, ce serait une leçon salutaire ; lui-même n'était

plus jamais retombé dans pareil piège. Il avait fini par comprendre que l'amour n'était qu'un mal qui pouvait être soigné de maintes manières. Il avait d'ailleurs expérimenté cette théorie – avec succès – à plusieurs reprises au cours des années qu'il avait passées à courir le monde.

Quand il se marierait, puisqu'un jour il le devrait, il n'aurait plus aucune illusion à ce sujet et ce serait tant mieux. Il trouverait une femme intelligente et pleine de bon sens qui serait une bonne mère pour leurs enfants et ne croirait pas plus que lui à ces fadaises romantiques.

Mais d'abord il fallait qu'il s'occupe du cœur brisé du pauvre Rupert. Nicholas avait peut-être protesté la veille quand Miss Ingram avait insisté pour faire le sale travail elle-même, mais il était finalement assez soulagé qu'elle s'en charge. L'idée de faire du mal à Rupert lui était difficilement supportable, même si c'était pour la bonne cause. Il n'aimait guère sa tante, certes, mais il considérait Rupert un peu comme son frère cadet et il se sentait aussi responsable de lui que de ses propres sœurs.

Mais la responsabilité avait un prix, et alors qu'il sortait pour accueillir Rupert, qui descendait de voiture l'air honteux, Nicholas comprit que le prix de ses récentes décisions venait de connaître une hausse substantielle. La voiture, le cocher et les chevaux étaient couverts de neige et il était difficile de différencier la route de l'herbe ou du ciel. Quoi qu'il veuille, il était évident qu'expédier au plus vite Miss Ingram loin de Hadley Hall n'appartenait plus au champ des possibles.

Alors que Porter, le majordome, refermait la porte sur la tempête, Nicholas se tourna vers son cousin. Il lui suffit d'un regard aux cheveux en bataille de Rupert, à ses yeux baissés, à son menton tremblant pour qu'il soit définitivement soulagé de ne pas être celui qui lui assénerait le coup de grâce.

— Notre discussion attendra que tu sois rasé et changé. Ensuite, je t'attends dans mon bureau, est-ce compris ?

Rupert hocha la tête d'un air morose et se traîna jusqu'à l'étage. Nicholas, quant à lui, alla écrire un billet destiné à Miss Ingram. Puis il alla parler avec sa mère, sa gouvernante, sa jeune sœur et, inévitablement, sa tante.

Comme il s'en doutait, sa tante Agatha n'accueillit pas la nouvelle selon laquelle Miss Ingram allait séjourner un moment à Hadley Hall avec une joie débordante.

— C'est absolument hors de question ! Je refuse que la cousine de cette intrigante réside sous le même toit que moi, annonça-t-elle, d'une voix que l'outrage rendait encore plus stridente.

— Libre à vous de vous en aller, alors : je ne vous retiens pas, tante Agatha, rétorqua Nicholas, trop agacé pour réussir à se contenir. Vous devriez vous estimer heureuse qu'elle veuille nous aider à convaincre Rupert que sa cousine n'est pas amoureuse de lui. J'ai dit à mère que puisque les Markham ne vont pas pouvoir se joindre à nous à cause des intempéries, j'ai réussi à inviter une cousine éloignée de père afin que nous ne soyons pas treize à table. Vous ne direz rien qui puisse contredire cette histoire. Alors que Miss Ingram et vous-même êtes appelées à vivre sous mon toit, en tant qu'invitées, j'attends de vous que vous fassiez l'effort de bien vous conduire et de retrouver un peu de votre éducation enfouie sous des épaisseurs de mépris.

Il sortit sur ces belles paroles et referma la porte sans écouter la réponse de sa tante, qui bafouillait comme si elle était sur le point de s'étrangler.

Il était encore sous le coup de l'énervement quand il pénétra dans son bureau, mais sa colère se calma momentanément devant le spectacle qui s'offrait à lui. Rupert était assis sur le canapé avec Miss Ingram. Elle avait passé son bras autour de lui tandis qu'il avait enfoui son visage dans ses longs cheveux auburn.

Un étrange grincement retentit à ses oreilles – semblable au bruit que faisaient les roues d'une voiture arrêtées par le frein – suivi par le souffle du vent. Cela lui était déjà arrivé quand il avait été éjecté de son cheval, enfant. Il se souvenait encore de cette impression déplaisante de sentir le monde s'accélérer autour de lui tout en restant parfaitement immobile.

Puis il entendit un sanglot. Ce n'était pas Miss Ingram... Était-ce Rupert, alors ?

Elle tourna la tête et lui adressa un regard où se lisait un désarroi si total qu'il en sembla presque comique.

— Je pensais qu'elle m'aimait, gémit Rupert, d'une voix étouffée par les cheveux de Miss Ingram.

Elle lui tapota maladroitement le dos.

— Allons, allons. Je suis vraiment désolée, Rupert. Elle vous aime bien, vraiment, mais... en fait, elle est encore très jeune, vous savez.

Rupert renifla et recula pour chercher un mouchoir dans ses poches.

— À votre avis, se pourrait-il qu'elle...

Nicholas parvint enfin à sortir de l'étrange torpeur qui s'était emparée de lui.

— Seigneur Dieu, Rupert ! Selon ses propres mots, elle avait l'intention de t'épouser pour faire main basse sur ton héritage. Il n'y aura pas de miracle de Noël. Elle ne va pas tout à coup se transformer en l'adorable ange que tu as fabriqué dans ton esprit.

— Partez, s'il vous plaît, dit Miss Ingram. Nous nous débrouillions très bien sans vous.

— Vous aviez l'air, en effet, quand je vous ai trouvés dans les bras l'un de l'autre.

Rupert prit un air alarmé.

— Je n'étais pas... Je ne...

— Oh ! ne prêtez pas attention à lui, dit Miss Ingram. Il est jaloux, c'est tout.

— *Jaloux ?* s'exclamèrent en chœur Rupert et Nicholas, dont les deux voix étaient séparées par une bonne octave.

Miss Ingram lissa un pli qui s'était formé sur sa jupe gris foncé.

— Bien sûr que votre cousin est jaloux, Rupert. Il possède les capacités émotionnelles d'une puce. Les hommes tels que lui détestent ceux qui sont capables d'émotions qu'ils ne pourront jamais ressentir.

L'outrage dissipa les dernières volutes de l'étrange brouillard qui lui avait envahi l'esprit.

— Ce n'est pas parce que je ne me fais aucune illusion sur ces fadaises qu'on nomme *amour* que je suis incapable de la moindre émotion. Mais cela ne vous regarde en rien, Miss Ingram, ajouta-t-il alors qu'elle haussait un sourcil.

Il commençait à la connaître : elle était en train de préparer la prochaine phase de son attaque, et il était hors de question qu'il reste sans réagir pendant qu'elle lui décochait une nouvelle flèche.

— Et permettez-moi de vous dire que vous me semblez bien mal placée pour parler d'émotions. Je ne vous en ai jamais vu exprimer la moindre, pas même la colère, à moins que pour vous, se montrer supérieure et suffisante équivaille à exprimer ses sentiments.

Visiblement, il s'était trompé. Elle était tout à fait capable d'exprimer de la colère. Pourtant, elle avait gardé le même air. Son visage était même devenu encore plus inexpressif. Mais ses yeux lançaient des éclairs et elle serrait les poings.

Rupert s'éclaircit la gorge. Il les regardait tous les deux comme s'il se tenait à proximité immédiate d'un volcan supposément endormi qui se serait mis à cracher de la fumée. Nicholas se ressaisit et s'adressa à son cousin.

— Rupert. Ta mère te cherche. Si tu ne veux pas qu'elle te trouve, je te conseille d'aller te cacher dans les jupes de mes sœurs, dans la salle du petit déjeuner. Et que les choses soient bien claires : tu n'as pas encore vu Miss Ingram et tu ne parleras d'elle à personne avant que je ne t'y autorise. Est-ce bien compris ?

Rupert acquiesça sans besoin d'une autre mise en garde. Nicholas s'attendait à moitié à ce que Miss Ingram laisse exploser sa colère, mais de toute évidence elle s'était ressaisie elle aussi. Elle évita néanmoins de le regarder pendant qu'elle rangeait la lettre de Violet dans son réticule.

— Pauvre Rupert, murmura-t-elle.

— Ne vous mettez pas en tête de le consoler pendant qu'il a le cœur brisé, répliqua-t-il, avant de le regretter aussitôt.

Elle se leva, et sa bouche dessina ce sourire condescendant qui ne manquait jamais de faire grimper sa température et bouillir son tempérament.

— Vous vous accrochez encore à cette idée, Lord Deverill ? Vous devez vraiment me prendre pour une intrigante.

Elle émit un petit rire tout en se dirigeant vers la porte.

— Quel dommage que je ne puisse pas avoir l'opportunité d'explorer les facettes de ce rôle que vous avez imaginé pour moi. Je présume en effet que vous êtes venu m'avertir que ma voiture m'attendait. Devrais-je m'inquiéter, à ce propos ? Est-il possible que je n'arrive pas saine et sauve à Bath, et qu'au contraire je finisse abandonnée dans un fossé plein de neige ?

En ce moment précis, il aurait presque souhaité que ce soit bel et bien le plan qu'il avait conçu. Que cette femme agaçante puisse s'évanouir dans la nature, sans laisser ni trace ni souvenir. L'idée d'être obligé de souffrir sa présence jusqu'à ce qu'il cesse de neiger...

— Eh bien ?

Alors qu'il tentait de chasser ses pensées peu charitables

et de revenir au présent, il décela au-delà du ton impatient qu'elle avait employé un léger soupçon d'inquiétude. Une fois de plus, il eut la sensation particulière d'être devant un tableau derrière lequel se serait dissimulé quelque chose de tout à fait différent.

— J'ai bien peur d'avoir une mauvaise nouvelle à vous annoncer, Miss Ingram. Vous souvenez-vous de la conversation que nous avons eue à propos des oubliettes ?

Elle cligna des yeux et ses joues se colorèrent légèrement. Ce signe involontaire de déconvenue acheva de le tranquilliser. Elle n'était rien d'autre qu'une simple jeune femme, après tout. Presque encore une jeune fille, même, malgré sa redoutable intelligence. Il se faisait toute une montagne d'une modeste taupinière.

— J'ai le regret de vous apprendre que la voiture ramenant Rupert a eu toutes les peines du monde à arriver à bon port. La chaussée est beaucoup trop glissante. Je crains que vous ne deviez rester ici jusqu'à ce que cesse la tempête.

Elle le fixa un moment, puis se dirigea vers la fenêtre dont elle écarta le lourd rideau. Il vint la rejoindre, et observa ce monde devenu uniformément gris. C'était encore le matin et pourtant l'on aurait dit que le crépuscule tombait sur un désert gelé.

— J'aimerais beaucoup, Lord Deverill, répondit-elle d'une voix grinçante. Mais cela ne ferait qu'exacerber votre vanité, et elle n'en a pas besoin. Non, sérieusement, reprit-elle après une courte pause, je ne peux pas rester *ici,* c'est absurde !

— Pourquoi ? La maison est pleine à craquer d'invités plus bruyants les uns que les autres. On vous remarquera à peine.

— Comme c'est charmant de votre part de choisir des termes aussi flatteurs. Mais ne craignez-vous pas que j'emploie mon temps et mon énergie à essayer de séduire votre innocent cousin ?

Alors qu'elle le regardait en fulminant, il remarqua des petits éclats d'un vert très froid noyés dans le doré de ses iris. Un nouvel exemple de contraste entre le feu et la glace. Elle faisait également la moue et sa lèvre inférieure, d'un corail très pâle, reflétait la douce courbe de sa poitrine, à peine mise en valeur par la robe bleue très simple qu'elle portait. Elle n'était pas à proprement parler une beauté comme sa cousine, mais elle avait bel et bien les moyens de mettre sa menace à exécution.

Néanmoins, il avait beaucoup de mal à envisager cette femme à nulle autre pareille jeter son dévolu sur quelqu'un comme Rupert, même pour un titre et un héritage. Elle était trop... Il secoua la tête. Il ignorait ce qu'elle était, à part infernale.

— Comment ? demanda-t-il.

— *Comment* ? répéta-t-elle.

— Oui. Je serais curieux de savoir comment vous vous y prendriez. Pour séduire un homme.

Il eut la satisfaction de voir ses joues se colorer.

— Cette conversation est ridicule, Lord Deverill.

— Vraiment ? J'ai la réputation d'être un expert en la matière. Je pourrais peut-être vous... instruire.

— Si vous essayez de me faire comprendre que je suis incapable d'attirer qui que ce soit, j'en suis tout à fait consciente, Lord Deverill.

Sans réfléchir, il lui agrippa le bras.

— Ne me prêtez pas des propos qui ne sont pas les miens.

Elle fixait à présent la porte d'un air buté, mais elle n'esquissa aucun geste pour se dégager.

Ils étaient en guerre depuis leur première rencontre, mais il n'était pas du tout fier d'avoir enfin réussi à la déstabiliser. Pas de cette manière. Il était également un peu surpris qu'elle ait mal interprété ses propos, même s'il aurait peut-être dû s'y attendre. Elle n'avait jamais semblé jalouse de sa belle et coquette cousine. Ni du fait que Mrs Bartleby gâte sa fille en lui offrant de jolies toilettes alors que Miss Ingram devait se contenter pour elle-même de vêtements qui n'auraient pas déparé dans la garde-robe d'une gouvernante. Au fond d'elle-même, elle devait bien éprouver une sorte d'envie. Ce n'était cependant pas de l'envie qu'il pensait avoir décelée dans sa voix. C'était quelque chose de bien plus primaire...

Il essaya de trouver sur son visage la preuve qu'il avait imaginé cette blessure... cette vulnérabilité inattendue..., mais elle lui échappa et il ne fit rien pour l'empêcher de quitter la pièce.

4

Bon sang, bon sang, *bon sang*.

Son père lui aurait dit que c'était bien fait pour elle, à force de se croire plus maligne que tout le monde. Et surtout que quelqu'un d'aussi retors que Lord Deverill.

Pourtant, souvent elle parvenait à ses fins. Ce n'était ni sa faute à elle, ni le résultat de ses manigances à lui si une tempête de neige de proportions homériques s'était abattue sur le Somerset au pire moment possible.

Elle entendit quelqu'un frapper doucement à la porte et se prépara à faire face à la femme de chambre. Elle ignorait ce que, au rez-de-chaussée, ils avaient décidé de faire d'elle et de son absence de bagages, mais elle doutait fort que cela soit flatteur. Qu'elle soit arrivée en pleine nuit la veille n'avait sans doute pas joué en sa faveur, mais à présent qu'elle était contrainte de prolonger son séjour…

Mais ce n'était pas la femme de chambre. À sa place se tenait une jeune femme aux cheveux noirs. C'était étrange de voir les yeux de Lord Deverill sur un visage aussi féminin.

— Bonjour, je suis Philly. Philomena Hadley. Je suis la plus jeune des sœurs Hadley. Nous sommes cinq, voyez-vous. C'est Nicholas qui m'envoie. Il m'a dit que votre malle s'était perdue dans la neige. C'est vraiment très fâcheux !

Elle jaugea Bella et sourit, d'un sourire très doux qui, aussitôt, annihila toute ressemblance avec son frère.

— Je suis un peu plus grande que vous, mais je dirais que Cressy et vous faites la même taille. Enfin, plus maintenant qu'elle est mariée et qu'elle attend un enfant, mais avant... Vous avez de la chance, dans votre malheur.

— Ah oui ? demanda Bella, juste pour dire quelque chose.

Mais que diable Lord Deverill avait-il pu raconter à Lady Philly ?

— Oh ! oui. Cressy a contraint le pauvre George à lui acheter toute une nouvelle garde-robe, donc elle a laissé ici tous ses vêtements de la Saison précédente. Elle est terriblement dépensière, mais peut-être va-t-elle devenir plus raisonnable maintenant qu'elle s'apprête à être maman. Nicholas dit que c'est aussi peu probable que si Napoléon décidait de se mettre au tricot, mais mère garde espoir.

D'instinct, Bella éprouva un grand élan de sympathie pour la jeune femme, mais ce fut la gêne qui prévalut.

— Je ne peux pas porter les vêtements de votre sœur, Lady Philly. Cela ne se fait pas.

— Ne dites pas de bêtises. Je vais demander à Sue – ma femme de chambre – de vous monter quelques robes afin de voir si quelques retouches sont nécessaires. Quels beaux cheveux vous avez. J'ai toujours admiré les cheveux auburn.

Bella porta la main à sa chevelure d'un air embarrassé. Elle avait toujours aimé ses cheveux, mais force était de constater que sa coiffure n'était pas à la mode.

— Merci, mais...

— Dans ce cas, c'est réglé. Une fois que vous serez habillée, nous descendrons ensemble pour le dîner du réveillon. Certains invités ne sont pas encore arrivés et n'arriveront plus désormais, avec ce temps. Mais nous aurons néanmoins largement de quoi nous occuper, n'ayez pas peur. Nous passons toujours la soirée du 24, avant le dîner, à préparer les décorations. Et après le dîner nous nous retrouvons pour chanter des chants de Noël et danser. Nous allons passer un très bon moment, vous verrez.

Sur ce, Lady Philly disparut, laissant Bella encore plus perplexe et encline à penser qu'elle aurait été davantage en sécurité en bravant la tempête pour gagner la ville la plus proche.

Cette conviction faiblit légèrement en présence de la femme de chambre. Sue était une petite tornade toute ronde, avec des taches de rousseur et des boucles folles qui s'échappaient de son bonnet. À son contact, Bella se sentit à la fois à l'aise et dépassée.

— Lady Philly a raison, cette tenue ira très bien avec vos cheveux, si vous me permettez d'exprimer mon avis, Miss Ingram, dit-elle en détaillant Bella de la tête aux pieds.

Ce faisant, elle déposa sur le lit une robe jaune pâle qui semblait briller sur le couvre-lit bleu tel un doux coucher de soleil.

Bella voulut faire remarquer qu'en aucun cas elle ne pouvait porter quelque chose d'aussi luxueux, mais aucun mot ne parvint à sortir de sa bouche. La femme de chambre ne sembla pas perturbée par son silence. Elle se contenta de se mettre au travail, en bavardant.

Tout en parlant, elle manipulait Bella comme une poupée de chiffon. Elle la déshabilla, la rhabilla, coiffa ses cheveux, ajusta tout ce qui pouvait être ajusté, jusqu'à ce qu'elle pousse un petit soupir d'aise, recule et positionne Bella face au miroir.

Stupéfaite, Bella contempla l'inconnue qui se trouvait devant elle.

Elle était... jolie. Elle tâta délicatement le tissu de la jupe. Il était si doux. Si différent des tissus uniformément foncés et grossiers qu'elle portait d'habitude. Elle s'était toujours interdit toute animosité envers sa tante lorsque celle-ci prétendait ne pas avoir les moyens de lui acheter de nouvelles robes, alors même que Violet portait ce que les modistes de Bath pouvaient proposer de plus beau.

Elle ne s'était jamais fait d'illusions sur son sort. Les femmes pauvres et ordinaires ne trouvaient jamais ni le bonheur ni un époux. Elle avait fait une croix sur ce rêve puéril quand elle était arrivée chez sa tante à l'âge de seize ans, après la mort de ses parents, et qu'on lui avait dit qu'à partir de maintenant son rôle consistait à faire en sorte que Violet fasse un beau mariage. Elle était si accablée de chagrin que tout lui était égal et elle avait accepté son sort sans protester. Rapidement, elle s'était mise à apprécier la vie à Bath : la ville possédait des bibliothèques, des salles de concert et de beaux jardins qui suffisaient à compenser l'ennui morose qui régnait chez les Bartleby et ces pénibles événements mondains auxquels, sur ordre de sa tante, elle devait accompagner Violet. Durant toutes ces années, elle n'avait jamais croisé rien ni personne qui soit venu troubler cette confortable torpeur.

Jusqu'au jour où elle avait dû déclarer la guerre à Lord Deverill.

Ce dernier avait le don de la mettre hors d'elle, mais en ce moment précis, en regardant l'inconnue dans le miroir, elle n'éprouvait aucune colère. Elle éprouvait de la... peur. De l'excitation. De l'espoir ?

Elle posa la main sur son ventre. Elle se sentait légèrement nauséeuse.

Elle n'aurait pas dû. Elle aurait dû enlever cette robe, refaire son chignon sévère et se cacher sous les couvertures jusqu'à ce que la neige fonde et qu'elle puisse retourner à sa petite vie tranquille et abrutissante chez les Bartleby.

Avant qu'elle ne puisse envisager sérieusement cette possibilité, la porte s'ouvrit et Lady Philly entra en poussant une exclamation ravie.

— Sue ! Vous êtes une magicienne. Vous êtes absolument ravissante, Miss Ingram.

La femme de chambre se rengorgea de fierté.

— Ravissante, c'est le mot, Lady Philly. Vous aviez raison à propos de la couleur. Mais je vous laisse, Bess a besoin de mon aide pour les autres invitées.

Lady Philly prit le bras de Bella.

— Vous n'avez à vous inquiéter de rien, Miss Ingram. Je m'occuperai moi-même de vous présenter à tout le monde.

Après cette promesse inquiétante, elle conduisit – ou plutôt poussa – Bella hors de la chambre et jusque dans la tanière du loup.

5

Nicholas regarda Philly guider son ennemie jurée jusqu'au salon. Sans la couleur de ses cheveux et ses yeux si particuliers, il aurait sans doute eu du mal à la reconnaître. La robe jaune pâle, avec ses broderies délicates et son décolleté profond, épousait ses courbes et mettait en valeur un buste qui aurait fait la fierté d'une statue grecque et que ses robes de gouvernante dissimulaient. Ses cheveux étaient relevés par des rubans couleur crème et les tresses soyeuses qui lui encadraient le visage reflétaient la lumière des bougies.

Ce n'était pas seulement son apparence qui était transformée, mais aussi son attitude. Elle écarquilla les yeux d'un air effaré quand sa mère, Lady Deverill, vint à sa rencontre avec un sourire chaleureux et lui tendit les deux mains. Chose encore plus extraordinaire, elle la suivit avec la docilité d'un agneau. Sa mère avait accepté sans poser de questions l'histoire selon laquelle il avait rencontré par hasard cette cousine éloignée, égarée et sans bagages, se contentant de le féliciter d'avoir trouvé quelqu'un pour compléter la liste des invités. Et maintenant elle présentait Bella à tous les autres invités comme s'il s'agissait de celle que tout le monde attendait ! Seule sa tante Agatha l'accueillit avec une froide politesse et se détourna rapidement d'elle comme s'il s'agissait d'une parente pauvre peu digne d'intérêt.

Quand, enfin, Bella arriva devant lui, ses yeux perdirent

leur perplexité et ses joues pâles se colorèrent d'une teinte batailleuse. Les affrontements avaient repris, visiblement.

— Vous voyez, Miss Ingram, dit-il pourtant avec gentillesse, tout le monde est ravi que vous ayez pu vous joindre à nous pour les fêtes de Noël.

Son ton paternaliste lui fit plisser les yeux, mais avant qu'elle ne puisse répondre, Porter fit son apparition et informa Lady Deverill à voix basse et d'un air solennel que la cuisinière et Mrs Bunting, la gouvernante, ne parvenaient pas à se mettre d'accord sur la boisson qu'il fallait servir à table : l'une préconisait du punch, tandis que l'autre préférait du cidre.

— Seigneur. Ces querelles stériles ne sont toujours pas réglées ? Occupe-toi de mettre Miss Ingram à l'aise, Nicholas. Je reviens tout de suite.

Resté seul avec leur invitée, Nicholas se sentit tout à coup perdu et dit la première chose qui lui vint à l'esprit.

— Cette couleur vous va très bien. Même quand vos joues se parent d'un hâle guerrier, Miss Ingram.

Les paupières de celle-ci se plissèrent sur des yeux qui lançaient des flammes dorées.

— Que leur avez-vous raconté à mon sujet, *précisément*, Lord Deverill ?

— Que vous étiez une cousine éloignée de mon père et que je vous avais croisée par hasard, alors que les intempéries vous avaient fait trouver refuge dans une auberge des alentours. Que vous aviez perdu vos bagages dans la neige et que je vous avais proposé de venir passer les fêtes de Noël ici, à Hadley Hall.

Les flammes que lançaient ses yeux perdirent en intensité.

— L'histoire est à peu près plausible. Mais dans ce cas je trouve l'attitude de votre mère et de votre sœur encore plus surprenante.

— Surprenante ?

— Elles me traitent avec gentillesse, et sans avoir l'air d'avoir pitié de moi.

— Qu'y a-t-il de surprenant ? Ce sont toutes les deux des personnes gentilles. Ah, je vois. Vous pensiez que tous les membres de ma famille devaient être des monstres.

— Pas du tout. Rupert est un garçon très gentil. On dirait que votre famille tombe facilement dans les extrêmes.

À la saillie de son menton, il pouvait dire qu'elle avait envie que sa provocation fasse mouche, mais pour une fois la flèche ne l'atteignit pas.

— Ce soir c'est le réveillon, Miss Ingram. Pourquoi ne déclarerions-nous pas une trêve jusqu'à la fin des fêtes de Noël ?

La perplexité qu'il avait vue dans son regard quand elle était entrée dans la pièce fit son retour.

— Une trêve ?

— Oui, une baissée des armes. Une cessation temporaire des hostilités...

— Je sais ce qu'est une trêve, rétorqua-t-elle sèchement. J'ignore juste ce que cela impliquerait dans notre cas.

— Vous seriez gentille avec moi et moi je serais gentil avec vous jusqu'au lendemain de Noël.

— Il faudrait nous montrer *gentils* ou *polis* ?

— Gentils. J'ai comme le pressentiment que votre version de la politesse pourrait se révéler pénible.

Elle ignora cette pique et, chose inattendue, une esquisse de sourire frémit aux coins de sa bouche.

— En êtes-vous capable ? De gentillesse ?

— À en juger par cette conversation, c'est moi qui serais en droit de nourrir de sérieux doutes à votre propos, Miss Ingram.

— Mais je ne suis *pas* gentille. Je me demande juste quel est le but de la manœuvre.

— Survivre à ces quelques jours sans effusion de sang.

Elle se décida à sourire pour de bon. Avec surprise, il constata qu'elle avait des fossettes. Deux échancrures en demi-lune, de part et d'autre de sa bouche, qui, un instant, la firent ressembler à un elfe malicieux.

— Très bien, Lord Deverill. J'accepte votre proposition de trêve temporaire. Dans tous les cas, j'aurais trouvé bizarre et déplacé de vous affronter tout en portant les vêtements de votre sœur.

— Ils vous vont bien mieux qu'à elle.

Elle leva les yeux au ciel.

— Il y a une différence entre la gentillesse et les boniments. Les fausses flatteries sont à bannir absolument. Tant que je serai l'invitée de votre mère, je vous assure que je me conduirai parfaitement bien, pas la peine d'essayer de m'amadouer.

Dommage. Il faillit exprimer sa déception à voix haute, mais parvint à garder cette remarque tout sauf nécessaire pour lui-même. À la place, il déclara :

— Parfait, dans ce cas, je me sens suffisamment serein pour vous offrir un verre de vin chaud sans craindre que vous ne me le jetiez à la figure.

6

Cela faisait dix ans que Bella n'avait pas célébré… *vraiment* célébré Noël.

La version du réveillon par Mrs Bartleby consistait à manger beaucoup, boire encore plus, et ensuite souffrir en silence jusqu'au nouvel an. Le réveillon à Hadley Hall ne devait pas être si éloigné que cela, dans l'esprit, de celui de son enfance, au presbytère de Lower Ottington, même si le cadre différait du tout au tout.

Elle s'était attendue à ce que Hadley Hall soit un endroit sinistre et austère, tout comme ses occupants, mais elle devait reconnaître qu'elle s'était trompée sur les deux tableaux. Pour commencer, la demeure débordait de lumière et de chaleur. Ensuite Lady Deverill était adorable et, à l'instar de Philomena, les deux autres sœurs de Lord Deverill qui étaient présentes sur les cinq qu'il avait mentionnées étaient intéressantes et amicales.

L'aînée, Lady Carruthers, était mariée à un homme timide mais agréable. Elle avait deux garçons, des jumeaux de seize ou dix-sept ans qui ressemblaient beaucoup, physiquement et dans leur façon de se comporter, à leur père, ainsi qu'une fille d'une dizaine d'années qui bondissait aux quatre coins de la pièce avec toute l'énergie d'un feu follet. L'autre sœur, Mrs Symmonds-Pike, était une grande femme rebondie, mariée à un grand homme rebondi doté d'un caractère franc et ouvert. Il avait réagi avec philosophie quand Bella lui avait révélé ne pas jouer au whist. Le couple avait un fils qui semblait avoir à peu près le même âge que les jumeaux et qui avait rougi violemment en marmonnant des propos décousus quand ils avaient été présentés.

Presque autant que de se retrouver face à Lord Deverill dans cette tenue habillée dont elle n'était pas coutumière, elle avait appréhendé la confrontation avec Mrs Banister, la mère de Rupert. Mais cette dernière fit comme si elle ne l'avait jamais vue et, après les présentations de rigueur, elle se comporta comme si Bella n'existait pas, ce qui lui convenait très bien.

Après que Lady Deverill eut mis un terme à la dispute entre la cuisinière et la gouvernante et fut de retour au salon, elle s'installa au piano et les festivités purent être officiellement lancées. La maîtresse des lieux joua avec entrain et fit preuve d'une autorité qui de prime abord ne semblait pas être dans sa nature pour inciter tous les invités à participer aux chants de Noël.

Le dîner du réveillon eut lieu tôt, comme au presbytère, si les souvenirs de Bella étaient exacts. Ce fut un vrai festin, et malgré cela l'ambiance ne fut pas guindée comme elle aurait pu le craindre. Les rires fusèrent, le vin coula à flots, et les conversations allèrent bon train, sans forcément respecter les conventions qui imposaient que l'on ne s'adresse qu'à ses voisins directs.

Elle était assise entre Philomena et Lady Carruthers, que tout le monde appelait Demmie, et comme celles-ci ne lui posèrent aucune question indiscrète, Bella perdit vite cette timidité qui ne lui ressemblait pas pour participer à leur discussion enlevée à propos des derniers romans parus.

Après le dîner, elles retournèrent dans le vaste salon et,

à la grande surprise de Bella, les hommes se joignirent à elles plutôt que de rester à table pour le digestif.

Les époux des sœurs Hadley et les Banister mère et fils se dirigèrent vers la table de jeu, où ils se livrèrent à une partie de whist très disputée.

Demmie et Philly attirèrent Bella vers une grande table sur laquelle étaient disposés papiers colorés, rubans et décorations attendant d'être accrochés dans toute la maison.

Emily, la plus jeune des enfants, avait été conduite à la nurserie juste après le dîner, mais les garçons accompagnèrent Lord Deverill à l'autre extrémité de la pièce, où était installée une table de billard.

Bientôt s'élevèrent des exclamations triomphales ou déçues, selon la qualité des coups. Bella vit Rupert lancer un regard envieux dans leur direction, avant de revenir à sa partie de cartes.

— Pauvre Rupert, soupira Philly, comme si elle lisait dans les pensées de Bella. J'espère sincèrement qu'il volera de ses propres ailes un jour.

Bella se retint de dire qu'il avait failli le faire et s'apprêtait à formuler un commentaire plus neutre, quand Lady Deverill se leva en étouffant un petit cri.

— Je viens d'avoir une idée fabuleuse !

Le soupir que poussa Lord Deverill s'entendit très bien dans le silence qu'avait suivi cette annonce théâtrale.

— La dernière fois que vous avez eu une idée fabuleuse, mère, notre pique-nique a fini noyé sous un déluge biblique. Avons-nous une raison de nous inquiéter ?

— Tais-toi donc, espèce d'idiot, répondit sa mère avec indulgence et amusement. Tout le monde ici a sans doute compris qu'avec cette neige personne n'osera s'aventurer hors du village avant plusieurs jours. Cela signifie que pour la première fois depuis des années, nous allons devoir passer les fêtes de Noël sans *mummers*[1] ni chanteurs pour nous divertir.

— Quelle terrible catastrophe, mère, murmura Nicholas alors qu'il s'approchait de la grande table et se postait à côté de Philly.

Sa mère lui adressa un regard glacial.

— Pour moi, c'est bel et bien une catastrophe, Nicholas. Mais nous pouvons l'éviter. Si nous ne pouvons pas compter sur autrui pour nous divertir, alors débrouillons-nous nous-mêmes. Costumons-nous et devenons comédiens, tous autant que nous sommes.

— C'est ridicule, Anne, dit Mrs Banister sur un ton sévère, alors qu'elle distribuait les cartes pour une nouvelle partie de whist. Je refuse de m'abaisser à une telle vulgarité.

— Dieu soit loué, murmura Nicholas, ce qui obligea Bella à pincer les lèvres pour ne pas sourire.

— Ne sois pas méchant, Nicky, dit Philly en lui donnant un coup de coude dans les côtes.

Lady Deverill regarda ses filles d'un œil martial.

— Philomena, j'ai besoin que tu m'aides à établir les listes des choses à faire prioritairement. Toi aussi, Demmie. Venez avec moi, tout de suite.

Elles soupirèrent en chœur mais se levèrent sans protester et suivirent leur mère vers l'écritoire.

— Le général et ses officiers. Nous sommes perdus.

Nicholas rit et Bella se rendit compte qu'on l'avait laissée seule avec lui. Les effets agréablement euphorisants du superbe repas et du vin se dissipèrent quelque peu, mais elle s'accrocha à leurs dernières manifestations, bien décidée à ne pas rompre la trêve.

1. Comédiens amateurs qui passaient de grande maison en grande maison au moment de Noël pour présenter des pièces costumées mettant en scène des combats entre le bien et le mal (symbolisé par un dragon). Cette tradition remonte au moins au Moyen Age et a connu son apogée à la fin du XIXe s.

— Est-ce si terrible ? demanda-t-elle. J'ai l'impression de ne pas mesurer tout à fait l'ampleur de la catastrophe...

— Serait-ce possible que vous n'ayez jamais assisté aux pièces dont il est question ? demanda Nicholas, surpris. Vous n'avez vu aucun spectacle de *mummers* ?

— Si, quand j'étais enfant, dans le village où je vivais. Mais je ne me souviens pas de grand-chose, mis à part que les comédiens portaient des masques terrifiants et se poursuivaient en se battant avec des épées en bois, avant de pourfendre à grands coups de lance des dragons peu convaincants. J'ai toujours eu beaucoup de peine pour ces pauvres dragons.

— Dans ce cas, n'hésitez pas à vous emparer du rôle et à vous défendre, pour venger tous les dragons de votre enfance. Si je me souviens bien, mère a ramené un costume de dragon de Londres il y a quelques années. Un costume superbe. Il vous irait parfaitement : vous avez la silhouette idéale.

Il la balaya du regard et une bouffée de chaleur la parcourut. Elle s'empressa de répondre, en oubliant tout de leur trêve.

— Et vous, qui serez-vous ? Belzébuth ?

Alors qu'il levait les yeux vers les siens en les plissant, elle regretta de ne pas avoir tenu sa langue, mais à sa grande surprise il sourit.

— Attention, chaton, vous montrez les griffes.

— C'est vous qui avez commencé.

— Je vous ai fait un compliment.

— C'était un compliment ? De toute évidence, vous avez besoin de vous entraîner un peu.

— Par quoi commencer, alors ? Par la façon dont vos cheveux accrochent les couleurs les plus sombres du feu ? Par la façon dont des éclats de jade apparaissent dans vos yeux de miel fondu quand vous riez ? Ou par vos fossettes ? Je pourrais écrire de magnifiques vers sur vos fossettes...

Sa voix était aussi grave et douce que le miel fondu qu'il

venait d'évoquer, et elle se mélangea à la chaleur qui l'envahissait pour couler en elle.

— Cessez, lança-t-elle, alarmée.

Elle regrettait d'avoir bu tant de vin. Lui aussi semblait un peu exalté, mais il haussa les épaules.

— Eh bien, ce fut la trêve la plus courte de l'histoire.

— Je m'excuse, dit-elle sèchement, en reposant les rubans qu'elle était en train de tresser. Si vous n'y voyez aucun inconvénient, je vais me retirer. Remerciez votre maman de ma part pour cette délicieuse soirée. La neige va peut-être fondre dans la nuit, et vous serez bientôt débarrassé de moi.

Elle se dépêcha avant que quelqu'un ne remarque son départ. Elle avait atteint les escaliers lorsque la voix de Lord Deverill retentit dans son dos.

— Savez-vous ce qu'est un baromètre, Miss Ingram ?

Elle se tourna, surprise qu'il l'ait suivie. Il avait repris l'apparence qu'il avait quand ils s'affrontaient sur le champ de bataille, à Bath : les yeux plissés et froidement provocateurs. Il était difficile d'imaginer, comme ils venaient pourtant de le faire, les mêmes yeux en train de la provoquer d'une façon totalement inédite et tout sauf glaciale.

— C'est... c'est un instrument utilisé sur les bateaux pour prévoir le temps qu'il fera. Est-ce bien cela ?

— À peu près. Nous en avons deux à Hadley Hall. Un à l'intérieur, et l'autre à l'extérieur.

— Et alors ?

— Je les ai bien étudiés tous les deux. Leur niveau de mercure n'a pas cessé de baisser au cours de l'après-midi. Savez-vous ce que cela signifie ?

— Que vous avez ouvert les portes de l'Enfer et que vous allez bientôt me culbuter dans l'Hadès, Lord Devil ? demanda-t-elle poliment, bien décidée à ne pas lui montrer à quel point elle était troublée.

Elle préférait presque sa colère à sa séduction. Mais il

la surprit de nouveau, par son éclat de rire et son regard malicieux.

— Une petite culbute... Ce serait en effet assez tentant, répondit-il d'un air songeur.

Évidemment, le sous-entendu ne lui échappa pas, et Bella sentit ses joues s'embraser.

— Mais trêve de plaisanterie, reprit-il. Cette chute de mercure signifie que nous devons certainement nous attendre à une tempête cette nuit. Je doute sincèrement que l'état des routes s'améliore dans les jours prochains, et donc que vous puissiez vous enfuir bientôt. Ceci étant dit, si vous reveniez plutôt parmi nous, pour profiter de la musique et vous entraîner à abaisser votre pont-levis pour changer ? Vous piquez autant qu'un porc-épic empêtré dans des ronces.

— Oh ! *moi* je pique ? C'est la meill...

— Oh ! Est-ce que vous allez vous embrasser ?

Cette question venue d'en haut, et prononcée d'une petite voix aiguë, les fit se tourner tous les deux d'un air surpris. La rampe qui grimpait des deux côtés du grand escalier s'était parée d'un nouvel ornement : le visage juvénile de la benjamine du clan Hadley sortait entre deux piliers.

— Emily ! Que diable fais-tu debout à cette heure ? demanda Lord Deverill.

Le visage disparut d'entre les piliers pour réapparaître au-dessus de la rambarde.

— Je suis venue espionner. Étiez-vous sur le point de vous embrasser ?

Elle montra quelque chose du doigt et Bella, en levant les yeux, vit un bouquet de gui suspendu à un crochet fixé au plafond, juste au-dessus d'eux. C'était ridicule, mais elle se sentait très gênée. Lord Deverill semblait embarrassé lui aussi et il s'empressa de s'écarter de l'offensant végétal.

— Retourne te coucher, petit monstre.

— Pas le soir du réveillon. C'est vraiment méchant de votre part, oncle Nick. Et hypo-crite, aussi.

Elle sépara le mot en deux parties, comme si elle l'avait répété dans sa tête avant d'oser le prononcer à voix haute.

— Pourquoi hypocrite ? ne put s'empêcher de demander Bella.

— Parce que quand il était enfant oncle Nick voulait toujours redescendre parmi les invités le soir du réveillon. C'est maman qui me l'a dit. Elle *essayait* de le faire obéir, mais il n'y avait rien à faire.

Bella s'efforça de rester sérieuse.

— Je compatis avec ta pauvre maman.

L'enfant rit, révélant sa dentition où manquait une canine.

— Et moi je compatis avec toi, Emily, dit Lord Deverill. Tu vas voir quand ta *pauvre maman* te trouvera agrippée à la balustrade en chemise de nuit. Tu as eu ton dessert, maintenant va dormir. Tu es fatiguée.

— Nan, je suis pas fatiguée, rétorqua Emily, tout en bâillant à s'en décrocher la mâchoire. Je veux vous voir vous embrasser.

— Nous n'allons *pas* nous embrasser. Nous étions en train de parler. Jusqu'à ce que tu nous interrompes de façon très impolie.

— Vous étiez en train de vous disputer. Maman et papa s'embrassent toujours après s'être disputés.

— Oh ! Seigneur Dieu. Au lit !

Emily soupira d'un air dépité.

— Oh ! d'accord, mais n'oubliez pas que vous avez promis de m'emmener à l'étang demain matin à la première heure, oncle Nick. Est-ce que vous patinez, Miss Ingram ?

La question, qui sonnait presque comme une accusation, prit Bella de court.

— Oui, mais...

— Oh ! très bien. Mes frères ne servent à rien, ils sont

paresseux et ils ne voudront jamais venir. Mais si vous venez et que, *par malheur*, oncle Nick passe à travers la glace, alors vous pourrez courir chercher les secours pendant que je surveille l'endroit où il est tombé pour leur indiquer ensuite où se trouve son corps gelé et sans vie.

Laissant cette macabre image planer au-dessus d'eux, Emily s'enfuit en courant.

— Un jour, je..., marmonna Nicholas, en jetant des regards dans la direction où avait disparu sa nièce.

Bella ne put pas s'en empêcher : elle pouffa. Il se tourna vers elle, l'œil toujours aussi sombre, mais elle aurait juré qu'il tentait de réprimer un sourire.

— C'était drôle, *vraiment*, insista-t-elle.

Alors il capitula et sourit. Elle le regretta aussitôt. Car son sourire fit s'effondrer les défenses qu'elle s'était donné du mal à bâtir. Elle ressentit la même chaleur courir dans ses veines qu'en buvant du vin chaud. Et elle avait à présent ridiculement conscience de se trouver sous le gui.

— Ce n'est pas si terrible, n'est-ce pas ? murmura-t-il en s'approchant.

— Quoi donc ? répondit-elle, de nouveau perdue.

— De passer Noël ici, plutôt qu'avec votre tante et votre cousine à Bath.

Elle secoua la tête. Au salon, quelqu'un s'était remis au piano et les autres invités l'avaient rejoint : elle entendait des rires et des chants.

— Vous vous êtes bien amusée avec Philly et Demmie à table, n'est-ce pas ?

Sa voix, chaude et apaisante, était en train de défaire un nœud très serré en elle.

Elle hocha la tête.

— Et vous avez apprécié le vin chaud ?

— C'était sympathique.

— *Sympathique ?*

Il eut un petit rire, et se rapprocha davantage.

— Venez donc en reprendre, alors. Juste un verre, avant de vous retirer pour de bon.

Elle sourit malgré elle.

— Votre mère ne vous a-t-elle pas enseigné qu'il était impoli d'insister ?

— Votre mère ne vous a-t-elle pas enseigné qu'il était imprudent de rester sous le gui ?

Sa repartie la prit par surprise, et sans réfléchir elle leva de nouveau les yeux.

Ce n'était rien de plus qu'un autre jeu pour Lord Deverill. Cela ne signifiait rien pour lui. Tout ce qu'elle avait à faire, c'était rire et faire un pas de côté.

Elle ne fit ni l'un ni l'autre.

Il plissa les yeux, qui devinrent sombres et hypnotiques. Son regard glissa sur les traits de son visage, les possédant sans le moindre contact. La peau de Bella réagit par des picotements. Sur ses paupières, ses joues, sa mâchoire, ses lèvres...

Puis il se pencha et ses doigts ne firent qu'effleurer son menton. Elle entrouvrit les lèvres de sa propre initiative. Le premier contact fut un doux et léger frôlement de ses lèvres sur les siennes. Son souffle était chaud, mêlé de cannelle et de clous de girofle. Aussitôt les picotements qu'elle ressentait se transformèrent en étincelles, comme ces machines, dans les foires, qui faisaient se dresser les cheveux sur la tête. Un bruit étrange se forma dans sa poitrine, entre un geignement et un gémissement. Elle essaya de l'arrêter, essaya d'empêcher sa main de se poser sur le torse de Lord Deverill, Nicholas, et elle échoua sur les deux tableaux. Elle sentait des battements de cœur – rapides et intenses – sans savoir à qui ils appartenaient.

Quand il bougea ses lèvres, toujours légères, sur les siennes, ce fut comme si un tissu se déchirait en elle. Presque douloureux. Le monde extérieur se retrouva balayé et elle fut exposée à la tempête qui faisait rage en elle. Elle voulait...

Puis soudain il fut à des kilomètres d'elle, en train de réajuster sa veste.

— Nous devrions rejoindre les autres, dit-il d'une voix qui frotta contre sa peau rendue plus sensible que jamais.

Elle avait envie de courir dans sa chambre, mais cela aurait été lâche. Quand elle franchit la porte du salon, les mots de Lord Deverill la suivirent à l'intérieur de la pièce.

— Joyeux Noël, Bella.

7

— Réveillez-vous !

Bella émergea du rêve dans lequel elle était poussée du haut d'une falaise par une silhouette sombre et se retrouva face aux yeux gris d'Emily.

— C'est l'heure d'aller patiner ! annonça gaiement celle-ci.

Bella résista à l'envie de gémir et d'enfouir la tête sous son oreiller.

— Je doute que ton oncle soit réveillé..., marmonna-t-elle.

Cela n'eut pas l'air d'inquiéter Emily, qui trépignait de plus belle à côté du lit.

— Bien sûr qu'il est réveillé. Oncle Nick est toujours dans son bureau, au milieu de ses livres poussiéreux, dès les premières lueurs de l'aube. Il m'a dit que vous n'auriez sans doute pas envie de venir et qu'il fallait vous laisser dormir. Mais moi je pense que vous en avez envie, n'est-ce pas ? Et vous n'avez aucune crainte à avoir au sujet de la glace. Henry, le valet d'écurie, est allé voir et il a dit que cela faisait des années qu'elle n'avait pas été aussi épaisse. Allez, dites-moi que vous allez venir. À part oncle Nick, personne n'a envie de m'accompagner.

Emily avait l'air si désespérée que le cœur de Bella se serra. Elle savait ce que cela faisait d'être la seule enfant dans une maisonnée d'adultes. Elle avait aimé ses parents de tout son cœur, mais elle avait toujours regretté de n'avoir ni frères ni sœurs avec qui jouer, se disputer, explorer, patiner.

— Oh ! venez, s'il vous plaît, insista Emily. Oncle Nick est drôle, mais si vous venez, il acceptera sans doute de rester un peu plus longtemps.

Bella n'en était pas certaine du tout, mais elle avait adoré voir Emily mener Lord Deverill à la baguette et elle n'avait rien contre réitérer l'expérience. Par ailleurs, elle était curieuse de savoir ce que cela ferait de rechausser des patins à glace, après toutes ces années.

— J'ai bien peur de ne pas avoir de...

— De patins ? Il y a la paire de maman, qui ne s'en sert jamais, et...

Elle désigna le drap de laine plié qu'elle avait posé au bout du lit et qui formait une grosse bosse aux pieds de Bella.

— ... je vous ai apporté un manteau et des gants parce que Sue a dit...

Bella capitula et interrompit le flot de paroles de la petite fille.

— Très bien, Emily. Tu as gagné. Je descendrai dès que je serai habillée.

De toute évidence, Emily ne la croyait pas. Elle l'attendait devant sa chambre, en sautillant d'un pied sur l'autre.

— Dépêchez-vous, descendons avant que tout le monde ne se réveille et finisse la tourte à la viande et le cidre !

Bella, quant à elle, n'était pas persuadée que les invités aient eu l'intention de se lever tôt après les festivités de la veille au soir, et encore moins qu'ils aient envie de tourte à la viande et de cidre pour le petit déjeuner, mais elle se laissa prendre par la main et traîner de bonne grâce, non sans ressentir une légère excitation.

La dernière fois qu'elle avait fait du patin à glace, elle

devait avoir seize ans. C'était au cours du dernier hiver qu'elle avait passé à Lower Ottington, avant la mort de ses parents. Il était probable qu'elle se retrouve, au mieux, les fesses dans la neige ou, au pire, avec une jambe cassée. Elle ressentit une panique soudaine. Elle n'avait vraiment pas envie de se ridiculiser devant Lord Deverill, mais il était trop tard pour faire machine arrière.

Dehors, le monde était silencieux et aveuglément blanc, sous un ciel si bleu qu'il en faisait mal aux yeux. La température était glaciale. Les arbres étaient complètement recouverts d'un lourd manteau neigeux et de longs glaçons bleutés pendaient aux corniches des murs, aux bancs, aux buissons et à ce qui devait être un cadran solaire ou une bouche de fontaine. Bella ressentit l'envie soudaine de se précipiter dans ce monde parfait, tel un chien échappé d'un chenil.

Un étroit chemin avait été percé au milieu de cette beauté silencieuse. Il menait à une porte voûtée, ouverte sur l'immensité blanche.

Emily poussa un cri de joie et se mit à courir, faisant s'entrechoquer les lames des patins qu'elle tenait à la main. Bella la suivit. Ses bottes crissaient sur la neige tassée et les pans de son joli manteau d'emprunt frôlaient, de part et d'autre de sa silhouette, les hautes parois de neige.

Il n'y avait pas de vent, mais l'air mordait ses joues et brûlait ses poumons. Une bulle de joie se forma en elle, et grandit, grandit. À chaque pas, elle avait l'impression de se rapprocher de son enfance, et de l'étang où tous les enfants de son village se rassemblaient, équipés de leurs patins de fortune et, parfois, de bâtons et de pierres pour s'amuser à faire glisser celles-ci sur la glace. Tout à coup, Lower Ottington lui manqua avec une virulence qui lui comprima la poitrine.

Emily était déjà arrivée à l'étang et avait attaché ses patins. Elle s'élança sur la glace, en chancelant et en riant.

Malgré un équilibre précaire, elle patina jusqu'à son oncle qui se trouvait déjà là. Il s'arrêta dans un dérapage magnifiquement contrôlé juste à côté d'elle.

Bella aurait dû se douter que Lord Deverill patinait bien. Tous ses mouvements étaient empreints d'une grâce naturelle. Elle s'en était rendu compte quand elle l'avait aperçu à cheval dans les rues de Bath, et même si elle ne l'avait pas souvent vu danser, il valsait avec la calme aisance d'un homme possédant plusieurs sœurs et encore plus de maîtresses.

Elle s'installa sur un banc en bois qui avait été débarrassé de la neige le recouvrant et attacha ses patins. Une fois prête, elle prit une grande inspiration et se leva. La sensation de se sentir tout à coup si grande la fit chanceler. Heureusement la neige compacte l'aida à tenir debout. Alors qu'elle avançait vers l'étang gelé, sa confiance revint. Cela faisait peut-être dix ans qu'elle n'avait pas patiné, mais à l'époque elle se débrouillait très bien. Ce ne serait sans doute pas si difficile…

Elle ne sut pas bien comment elle se retrouva sur le dos. Elle se revoyait poser un patin sur la glace, et l'instant d'après elle était en train de contempler un petit nuage duveteux juste au-dessus d'elle.

Elle entendit le cri alarmé d'Emily, puis une apparition sombre se manifesta au-dessus d'elle.

— Vous êtes-vous fait mal ? demanda Lord Deverill.

— Je crois que j'ai atterri sur ma fierté et que je l'ai cassée.

L'inquiétude qui se lisait dans ses yeux gris foncé disparut, chassée par un sourire moqueur bien plus familier.

— Il faudrait bien plus qu'un poids plume comme vous pour briser quelque chose d'aussi solide que votre fierté. Attendez, je vais vous aider.

Il tendit la main alors qu'elle se redressait en position assise. Pendant un instant, elle eut très envie d'attraper sa main et de le faire tomber en avant. Il plissa les yeux. Il sourit de plus belle. Lord Devil dans toute sa splendeur. Beaucoup trop démoniaque et beaucoup trop splendide.

— Voyons, voyons, Bella, ne cédez pas à la tentation. N'oubliez pas notre trêve.

Elle soupira et le laissa l'aider à se remettre debout. Le mouvement la projeta en avant et elle dut s'accrocher au manteau de son « sauveur », en espérant sans trop y croire qu'ils ne finissent pas par terre, allongés l'un sur l'autre. Il passa un bras autour de sa taille et écarta les jambes pour acquérir davantage d'équilibre, tout en la serrant contre lui avec fermeté. Ainsi, ils restèrent bien droits et immobiles tous les deux.

— Je croyais que vous saviez patiner, cria Emily, tout en les frôlant, ce qui permit à Bella de se souvenir qu'ils n'étaient pas seuls.

— Je savais patiner, jadis, murmura-t-elle, les joues en feu. Il y a dix ans de cela…

— Allez-y lentement, alors, dit-il, d'une voix qui se propagea en elle tel un grondement souterrain.

Elle s'agrippa plus fort à son manteau alors que son corps tout entier se tendait sous l'afflux de ce qui semblait être une alarme. Ou pire… Il ne semblait pas plus pressé de la lâcher qu'elle ne l'était de le faire. L'avant de son corps brûlait tandis que l'arrière était glacé et douloureux à la suite de sa chute. Elle avait envie de se blottir davantage contre lui, de poser la joue sur son épaule et de patiner en se laissant guider par lui sur la glace. Elle avait envie de… Elle desserra les poings et lâcha le manteau de Lord Deverill, posa les mains sur son torse… son torse si ferme…

Non.

— Je pense que cela va aller à présent. Merci, Lord Deverill.

Il ne répondit pas tout de suite, mais il finit par lui lâcher la taille et reculer. Le froid s'insinua entre eux et elle se concentra sur ses patins. Elle essaya d'abord de peser de tout son poids sur les lames tout en restant immobile, puis elle bougea un peu, s'élança en avant, reprit son équilibre, s'élança de nouveau. Un frisson d'excitation se mêla aux sensations nombreuses et confuses qui se bousculaient déjà en elle. Ce mélange d'attente, d'impatience, d'espoir et de joie était une réminiscence de son enfance. Elle l'avait souvent éprouvé : durant les nuits qui précédaient ses anniversaires, ou quand arrivait à la bibliothèque un livre qu'elle voulait lire depuis longtemps, et ensuite quand elle soulevait la couverture rigide de l'ouvrage pour la première fois et qu'un monde nouveau et merveilleux s'offrait à elle...

Elle mit un peu plus de vitesse dans ses mouvements. À un moment, alors qu'elle approchait de la berge enneigée au bout de l'étang, ses jambes ne surent plus quoi faire. Mais une main ferme lui attrapa le bras, la redressa et la fit tourner en douceur. Elle leva la tête pour remercier Lord Deverill et, l'espace d'un instant, son esprit s'égara à son tour. Il était tel qu'elle l'avait découvert quand elle était descendue de voiture deux jours plus tôt : intense, dangereux. Et pourtant, il semblait différent. Il n'était plus en colère, il était juste... dangereux.

— Merci, dit-elle, essoufflée. Je peux me débrouiller toute seule à présent, je crois. Il faut que j'anticipe davantage mes virages.

Quand il la lâcha, sa main effleura la sienne et, d'instinct, elle recula, comme mue par un réflexe d'autoprotection.

Mais bientôt ses réserves furent vaincues par le pur plaisir de la glace. Cette fois ses jambes répondirent, et même mieux : elles prirent d'heureuses initiatives. Au bout de l'étang, elle réussit un beau virage qui fit crisser ses patins sur la surface gelée. Enhardie, elle s'élança de plus belle, de plus en plus vite, en riant de plaisir. Emily l'applaudit avec enthousiasme et vint patiner en cercle autour d'elle.

— Alors, n'êtes-vous pas contente d'être venue ?

Bella rit.

— Si, espèce de petite sauvage. Mais si tu t'avises de rire à ma prochaine chute, tu risques fort de te retrouver avec une grosse boule de neige dans le cou !

Emily poussa un petit cri ravi.

— Vous avez entendu, oncle Nick ? Elle a menacé de s'en prendre physiquement à moi.

— C'est tout ce que tu mérites, répondit-il, moqueur. Et méfie-toi, car je crois qu'elle se retient étant donné qu'elle ne te connaît encore pas bien.

Emily éclata de rire et s'enfuit loin d'eux.

— En réalité, vous vous débrouillez très bien, fit-il remarquer en patinant à côté de Bella avec une aisance agaçante.

Elle tenta un autre virage et réussit à tenir debout.

— J'adorais aller patiner sur l'étang de notre village.

— Pourquoi avez-vous arrêté ?

Elle n'avait pas particulièrement envie de parler de son passé, mais il aurait été impoli de ne pas répondre.

— Mon père était vicaire et, avec ma mère, ils rendaient souvent visite aux malades. Quand j'avais seize ans, ils ont attrapé la fièvre et en sont morts. Je suis donc allée vivre chez la sœur de ma mère, Mrs Bartleby.

— Ah.

Il avait prononcé ce « ah » d'un ton si neutre qu'il aurait pu vouloir dire tout et son contraire.

— Mais encore ? demanda-t-elle.

Il la prit par le bras pour la guider afin qu'elle effectue un virage bien net, mais une fois qu'ils eurent changé de direction, il ne la lâcha pas pour autant. Il lui communiqua son rythme fluide et, ainsi, elle put retrouver les agréables sensations de glisse qu'elle avait connues par le passé.

— Je me suis toujours demandé comment vous étiez devenue le féroce ange gardien de votre cousine.

Le mot « féroce » ne lui plut pas beaucoup, mais elle décida de ne pas relever.

— Quand je suis arrivée dans sa maison, Mrs Bartleby était veuve depuis peu, essaya-t-elle d'expliquer. Elle allait mal, et Violet était...

— Intenable, faisait ce qu'elle voulait.

Bella essaya de dégager son bras, mais il la tenait fermement.

— Désolé. Je ne dirai plus un mot. En fait, oublions votre cousine et concentrons-nous sur vos impressionnantes qualités de patineuse.

— Je ne les qualifierais pas d'« impressionnantes »... Nicholas ! s'exclama-t-elle alors qu'il l'entraînait dans un virage très rapide, si rapide qu'elle n'eut pas le temps de se rendre compte qu'elle l'avait appelé par son prénom.

Elle était à peu près certaine de tomber à la renverse, mais non : ils réussirent un virage sec mais parfait. Il se mit à rire.

— Vous êtes le diable en personne ! souffla-t-elle, alors qu'il riait toujours.

— Vous avez parfaitement négocié ce virage... périlleux. Je suis sûr qu'enfant vous étiez du genre à faire la fière et à vous pavaner devant les autres sur la glace, comme Emily.

— Parlez pour vous, Lord Deverill. Et ce n'est absolument pas vrai. Quand je patinais, j'oubliais tous les gens autour de moi.

Il pivota sur lui-même et se mit à patiner en marche arrière à côté d'elle pour voir son visage.

— Je vois...

— Est-ce une variante de votre énigmatique « ah » ? demanda-t-elle, moqueuse.

— Pas du tout, c'est juste la vérité. Je vous vois parfaitement bien, la tête dans les nuages, en train de rêver pendant que vous patinez...

Il se tut et promena son regard sur son visage qu'elle

savait empourpré. Tout à coup, elle eut la sensation d'être… nue, privée de ses moyens de défense. Pourtant elle ne se sentait pas menacée. En tout cas, pas comme quand elle se réveillait en pleine nuit, prise d'une angoisse sourde. Non, si c'était une menace qu'elle ressentait, elle était d'un nouveau type, quoique violente. Elle déglutit avec peine.

Et remarqua l'obstacle un peu trop tard. Elle s'agrippa au manteau de Lord Deverill mais le bord de l'étang arriva trop brusquement. Tout ce qu'elle réussit à faire, ce fut plonger en avant avec lui lorsque ses patins heurtèrent la berge enneigée.

Au moins elle atterrit *sur* lui.

Une grosse gerbe de neige jaillit vers le ciel autour d'eux et retomba en recouvrant le visage de Bella et les cheveux de Lord Deverill. Derrière eux, Bella entendit un petit rire suraigu et un crissement de patins sur la glace. Mais, après son virage, Emily ne s'arrêta pas et reprit ses glissades effrénées.

— Sale petite fouine, marmonna Lord Deverill.

Bella cligna des yeux, prête à s'emporter, avant de comprendre qu'il parlait de sa nièce.

Il fallait qu'elle se sorte de là. Elle sentait les jambes et le torse de Lord Deverill, durs et tendus sous son corps, ainsi que le bras chaud et ferme de ce dernier autour de sa taille. Elle se sentait… bien. Mis à part qu'elle avait du mal à respirer car à chaque souffle son buste se plaquait contre le sien, ce qui provoquait en elle des frémissements et des picotements très inconfortables. Elle essaya de se dégager, mais il contracta le bras et émit un son étrange, entre le halètement et le gémissement.

Elle se figea.

— Oh non, vous êtes blessé ?

Il secoua la tête et, dans son dos, écarta les doigts comme pour la maintenir encore plus fermement.

— Je suis trop lourde.

Il secoua de nouveau la tête, mais ne dit rien. Il avait perdu son chapeau et des flocons s'étaient logés dans ses boucles noires, telles des étoiles dans la nuit. Il était magnifique. On aurait dit un ange tombé du ciel, avec ses yeux gris orage, sa bouche tendue mais douce. Il avait une bouche superbe, pleine et parfaitement dessinée, aussi belle quand il était moqueur que quand il était rieur. C'était terriblement injuste.

Les picotements qui la gênaient unirent leurs forces pour devenir cent fois plus puissants que ceux qu'elle avait ressentis sous le gui. Ce fut alors que le souvenir de leur « presque » baiser se matérialisa dans son esprit. Il la brûla de l'intérieur, et se propagea en spirale en elle, en allumant des feux et en contractant ses muscles sur son passage. Pendant ce temps, elle était absolument incapable de détacher son regard de sa bouche.

Il émit de nouveau ce bruit et elle ne put s'empêcher d'y répondre avec un son entre la plainte et le gémissement de capitulation. Comme s'il s'agissait du signal qu'il attendait, il se décida à bouger. Sa main remonta le long de son dos et s'insinua sous son capuchon. Le cuir de son gant était froid sur sa peau fiévreuse, mais elle était trop ailleurs pour que cela la gêne. Elle aurait juste aimé qu'il s'agisse de sa main nue et non de son gant qui caresse sa pommette, son oreille, puis se glisse dans ses cheveux pour attirer son visage vers le sien.

Elle n'opposa pas la moindre résistance.

Ses lèvres, ses merveilleuses lèvres, étaient à la fois froides et chaudes, plus chaudes que les siennes, et alors qu'elles les effleuraient, le souffle tiède de Lord Deverill, Nicholas, la caressait, la cajolait. Il s'arrêta là comme il l'avait fait sous le gui. Leurs bouches se touchaient. Leurs cœurs cognaient l'un contre l'autre.

Puis il fit quelque chose qui aurait dû la choquer. Du bout

de la langue, il suivit le contour de sa lèvre supérieure. Puis il fit quelque chose d'encore pire. Il lui inclina légèrement la tête et saisit délicatement sa lèvre inférieure entre ses dents, tout en la caressant de la langue.

Elle avait envie de bouger tout contre lui, de glisser les mains sous son manteau, de sentir...

Mais, plus que tout, elle avait envie de l'embrasser. Elle n'avait aucune idée précise de la façon dont on embrassait un homme, mais cela ne l'empêcha pas de le faire. Sa bouche s'ouvrit sous la sienne, sa langue chercha et trouva les contours de ses lèvres. Il crispa les doigts sur son crâne et se mit à respirer plus vite. Il plia un genou afin qu'elle s'enfonce davantage entre ses jambes. Elle n'avait jamais rien ressenti de tel. Tout était nouveau pour elle, et même *elle* se sentait nouvelle. Elle effleura sa langue de la sienne et un autre gémissement sortit de ses poumons. Bientôt, leur baiser devint fougueux, exigeant, au point de tout effacer de la surface de la terre, à part eux deux.

— Il n'y a pas de gui ici, lança Emily à l'occasion d'un nouveau passage.

Les lames de ses patins projetèrent des éclats de glace sur l'arrière des jambes de Bella, qui étaient exposées. Cela la réveilla pour de bon.

Elle roula sur elle-même et se releva en chancelant. Elle entendit le gémissement que Lord Deverill poussa dans son dos, mais elle était déjà de retour sur la glace et patinait. Au gré de ses premiers balancements, des paquets de neige tombèrent de son manteau trempé.

Quand il les rejoignit, il semblait comme d'habitude. Il menaça sa nièce du pire des châtiments pour la punir de s'être moquée de leur chute. Au bout d'un moment, Bella se calma et retrouva un semblant de bon sens. Elle eut un regain de fierté. Elle ne voulait surtout pas qu'il voie à quel point elle avait été troublée par lui. Embrasser une femme devait faire partie de sa routine matinale. Il s'était contenté de profiter de ce qui – littéralement – lui était tombé dessus.

Pour elle, c'était tout autre chose. Elle n'avait jamais rien ressenti d'aussi puissant que cet effleurement peau à peau, que la pression de sa main dans ses cheveux, que le contact de son corps sous le sien…

Elle se rappela aussitôt à l'ordre.

Même si quelques nuages s'étaient de nouveau rassemblés dans le ciel bleu, il ne neigeait pas. Il était tout à fait possible que dès le lendemain elle puisse rentrer à Bath. En attendant, elle refusait de donner à Lord Deverill la satisfaction de la considérer comme une conquête facile de plus.

8

Sous les yeux de Nicholas et de son majordome, le palefrenier en chef tendit les rênes de la jument couverte de neige à un garçon d'écurie et frappa ses bottes blanchies contre le sol. Le ciel bleu immaculé du début de la matinée avait disparu, pour laisser place à des nuages bas d'où tombaient de gros flocons.

— Est-ce si terrible que cela, Henry ? demanda Nicholas.

— Je n'ai pas vu autant de neige depuis 1808, milord. Je n'ai même pas essayé d'atteindre le village. Aucune voiture ne passera sur ces routes avant le dégel. Et cette année, il n'y aura ni chanteurs ni *mummers* venus du village.

— Nous allons survivre, dit Nicholas, l'esprit ailleurs.

Puis il se tourna vers le majordome :

— Porter, notez bien quelque part qu'il faudra leur envoyer leur paie une fois que nous serons délivrés des rigueurs hivernales. Qu'en est-il de nos réserves ?

— Aucune inquiétude à avoir de ce côté-là, sir. Mais Lady Deverill va être terriblement déçue. Elle aime tant les *mummers*. Tout comme les femmes de chambre, du reste.

— Eh bien, vous allez pouvoir les rassurer. Lady Deverill a décidé de se lancer dans la mise en scène et de faire de nous tous des *mummers*.

Une idée lui vint.

— Et si vous proposiez aux domestiques qui en auraient envie de participer aux festivités ?

Sous l'effet du plaisir, le visage de Porter s'illumina et il s'empressa de regagner la maison, pendant que Nicholas s'apprêtait à aller prévenir *l'épine plantée dans son pied* qu'elle allait devoir y rester encore un certain temps. Cette nouvelle allait sans doute la contrarier, et lui-même aurait dû l'être. Il l'était, d'ailleurs. Contrarié. Mais pas tout à fait pour les mêmes raisons que quelques jours plus tôt.

Tout cela, c'était à cause de ce satané baiser. À quoi avait-il pensé ?

Eh bien, la réponse était simple : à rien. Il n'avait pensé à rien. Il avait réussi à réagir à temps quand ils s'étaient retrouvés sous le gui. Mais quand elle avait atterri sur lui au bord de l'étang, son propre corps, déjà beaucoup trop intrigué qu'il n'aurait été raisonnable de l'être, s'était embrasé tel un feu de joie. Tous ses sens s'étaient concentrés sur le poids de ce corps féminin sur le sien, sur ses courbes emmitouflées sous de trop nombreuses épaisseurs de tissu. Et sur sa bouche, sur ses lèvres entrouvertes et rougies par le froid et l'abrasion.

Par quel mystère une bouche pouvait-elle apparaître tout à coup aussi précieuse qu'une icône religieuse l'était pour un dévot ? Il n'en avait aucune idée. Sur le moment, la seule chose qu'il avait été capable de penser, c'était : « Il faut que je l'embrasse. Maintenant. Ou que j'essaie, au moins, même si je dois en mourir. »

C'était alors qu'elle l'avait embrassé et, du même coup, qu'elle avait anéanti ce qu'il lui restait de conscience. C'était la première fois de sa vie qu'il se trouvait dans un tel état... S'il avait été en train de se noyer, il se serait laissé couler au fond de l'océan sans lutter. Dire qu'il n'était plus lui-même était un euphémisme. Pendant le temps qu'avait duré leur baiser, il n'avait plus été personne du tout. Plus *rien* du tout. Rien, hormis des sensations.

Quand elle s'était dégagée, il était resté allongé, immobile, comme en état de choc. Puis il avait commencé à sentir la pression des roseaux cassés contre son dos, les lentes coulures de glace fondue qui serpentaient dans son cou et, enfin, la stupeur d'avoir osé l'embrasser devant Emily.

Il tressaillit pour la centième fois depuis qu'il s'était relevé. Le choc, la gêne, et quelque chose qui ressemblait beaucoup à de la peur ne semblaient pas décidés à le laisser tranquille.

Peut-être s'était-il cogné la tête en tombant, finalement…

Il pénétra dans son bureau et ferma la porte. À l'autre extrémité de la pièce, les rideaux étaient tirés, mais son esprit voyait à travers le tissu et se projetait vers l'étang, d'où il ramenait une image de Bella en train de virevolter sur la glace, ses yeux dorés et ses cheveux auburn étincelant dans la lumière hivernale.

Oh ! malheur…

Cela fait combien de temps que tu as envie de coucher avec elle ? demanda une petite voix narquoise dans sa tête. *Depuis le début, elle te titille, non ? Eh bien, maintenant, tu sais pourquoi. Et pourquoi tu as couru après Rupert pendant des semaines comme un pauvre tuteur sans le sou.*

— Arrête de dire n'importe quoi, répondit-il tout haut en se dirigeant vers son bureau. J'essayais juste de l'empêcher de commettre l'erreur de sa vie.

Quel bon samaritain tu fais ! persifla M. Narquois. *Aucun rapport, donc, avec le plaisir de croiser le fer avec la demoiselle aux yeux d'or ?*

Le *plaisir* ? Quel grand plaisir, en effet, de devoir traîner ses basques dans cette fichue ville de province remplie de vieux croulants à l'esprit étriqué ! Jamais il n'y serait resté aussi longtemps si Bella Ingram n'avait pas systématiquement interféré dans ses plans pour sauver Rupert. Il n'avait jamais rencontré quelqu'un qu'il détestait autant !

Ah, ah ! lança la petite voix dans sa tête. *C'est bien la première fois que tu consacres autant de temps et d'énergie à détester une femme, n'est-ce pas ? Et ce n'était pas Violet Bartleby qui était l'objet de ta vindicte. Non, tu as choisi de croiser le fer avec sa* cousine.

C'est parce que c'est Bella la plus dangereuse, rétorqua Nicholas en son for intérieur, acculé dos au mur par son démon intérieur.

Ceci, dit M. Narquois, *est la première vérité que tu prononces aujourd'hui.*

— Va au diable ! ordonna Nicholas tout haut.

Un léger frappement à la porte s'immisça au sein de son autoflagellation et il répondit plus vivement que nécessaire :

— Qu'y a-t-il ?

Il y eut un moment de silence, puis la porte s'ouvrit. Deux heures s'étaient écoulées depuis leur retour à la maison, mais il n'avait pas encore retrouvé tous ses esprits. Il aurait pourtant dû se douter que cela ne pouvait être qu'*elle*.

Il se leva, et se prépara mentalement à cette nouvelle rencontre. Elle portait une autre des robes de sa sœur, dont le rose pâle mettait parfaitement en valeur ses cheveux et la teinte crème de sa peau. Ses sourcils étaient froncés avec détermination, mais sa voix était hésitante.

— Je m'excuse de vous déranger, Lord Deverill, mais la femme de chambre vient de me prévenir... Est-ce vrai ? Les routes sont-elles toujours impraticables ?

Il s'éclaircit la gorge.

— J'en ai bien peur. La neige a même formé des congères de plusieurs dizaines de centimètres de haut sur les bas-côtés. Notre palefrenier en chef n'a pas réussi à aller beaucoup plus loin que les grilles de la propriété. Je crains que vous ne soyez bloquée ici pour quelques jours supplémentaires.

Il aurait tout donné pour savoir ce qu'elle était en train de se dire. Quand elle plaquait ce masque calme et impassible sur son visage, il ne savait jamais si elle était en colère, contrariée ou juste lasse.

— Est-ce une perspective aussi atroce que cela ? demanda-t-il, plus brusquement qu'il n'en avait eu l'intention.

Elle s'empressa de secouer la tête, mais aussitôt après, elle la hocha.

— Oui. Ma place n'est pas ici. Et ces toilettes coûteuses ne font qu'empirer les choses.

Sa voix était cassante, comme si elle réprimandait un écolier. Aussitôt, le remords ajouta à l'embarras de Nicholas.

— Vous semblez pourtant vous être très bien adaptée à la vie à Hadley Hall.

— Les gens de votre famille… enfin la plupart d'entre eux… se montrent gentils et polis, mais vous comme moi savons que cette position n'est pas tenable.

Elle fit rouler ses épaules comme si elle s'apprêtait à pénétrer dans l'arène, alors qu'il aurait surtout voulu qu'elle se détende.

Enfin, c'était facile à dire quand lui-même se sentait aussi tendu qu'une planche de bois. Il se dirigea vers la plaque qui maintenait toujours une théière au chaud quand il travaillait. Il était temps qu'il se débarrasse de cette étrange torpeur et qu'il se souvienne qu'il avait trente-cinq ans, qu'il était le chef de la chaotique tribu des Hadley et que c'était à cause de lui si Bella se trouvait retenue contre son gré sous son toit. Il aurait dû la renvoyer à Bath cette fameuse nuit. Mais il ne l'avait pas fait.

Et maintenant qu'il savait pourquoi, il se sentait encore plus responsable du désagrément qu'elle ressentait.

— Venez vous asseoir un moment.

— Cela ne se fait pas. Que pourraient penser votre famille et les domestiques ?

Elle lui apparut ridiculement guindée, comme il l'avait souvent vue à Bath. Il soupira.

— Les membres de ma famille et les domestiques savent très bien que j'ai eu une certaine réputation dans ma jeunesse. Mais même si je n'avais pas laissé cette partie de mon existence loin derrière moi, elle n'aurait jamais franchi les murs de Hadley Hall.

Un bref sourire fit crépiter le regard de Bella.

— Et le parc, le considérez-vous à l'intérieur ou hors des murs ?

Il ne put retenir un sourire à son tour.

— Pourquoi ne laisseriez-vous pas votre esprit sourcilleux au repos un moment, pendant que vous venez vous asseoir ici ?

— J'obéis à vos ordres, une fois de plus, murmura-t-elle alors qu'elle prenait la tasse de thé qu'il lui tendait et s'installait dans le fauteuil en face de lui.

Il rit et, ainsi, libéra un peu de la tension qui l'accablait. Il trouvait les rapports plus faciles quand elle se mettait en boule comme un hérisson.

— Comment puis-je rendre les choses plus faciles pour vous ? demanda-t-il.

Apparemment, ce n'était pas la bonne chose à dire. Elle posa sa tasse et renifla. Avec stupeur, il se rendit compte qu'elle était sur le point de pleurer.

— Bella ? Qu'ai-je dit de mal ?

— Rien, répondit-elle, en s'essuyant les yeux d'un revers de sa manche. Je suis fatiguée, voilà tout. Je n'ai pas bien dormi.

Lui non plus, faillit-il dire. À la place, il demanda :

— Y a-t-il un problème avec votre chambre ?

— Non, c'est la plus belle chambre que j'aie jamais vue. Et, non, je vous le dis tout de suite : personne n'a été désagréable avec moi. Philomena, Emily et votre mère se sont montrées plus qu'accueillantes et…

Elle interrompit son flot de paroles. Elle pressait ses deux mains l'une contre l'autre avec tant de violence que les jointures de ses doigts étaient blanches. Il avait envie de prendre ses mains et de décroiser ses doigts, d'apaiser cette tension qu'il ne comprenait pas, de la faire sourire…

Enfer et damnation.

— Alors quel est le problème ? insista-t-il.

— Le problème, c'est *moi,* murmura-t-elle, avant de s'éclaircir la gorge. Je m'excuse. Je suis ridicule. C'est juste que… C'est mon premier vrai Noël depuis des années. J'avais oublié…

— Et tout revient d'un coup ?

Elle acquiesça.

— Vos parents vous manquent.

Elle acquiesça encore.

Il lui tendit son mouchoir et elle le plaqua sur ses yeux tel un bandeau, comme s'il pouvait occulter le passé, la souffrance. Le présent.

— D'habitude, je ne suis pas si… émotive, dit-elle d'une voix étouffée.

Il sourit.

— Si vous m'aviez dit cela il y a une semaine, je vous aurais dit que vous sous-estimiez le problème. Mais j'ai tendance à penser que je me trompais lourdement à votre sujet.

— Arrêtez d'être aussi *gentil*, dit-elle d'une voix encore plus étouffée. Je vous préfère méchant.

— *Ça*, ce n'est pas gentil.

— Je ne suis *pas* gentille.

— Nous n'allons pas pouvoir continuer cette conversation si vous restez cachée derrière mon mouchoir, vous savez.

— Je ne me cache pas.

— Savez-vous pourquoi les hérissons se mettent en boule ? Parce qu'ils ont la peau du ventre très fine et fragile.

Elle replia le mouchoir et, à travers ses larmes, lui adressa un regard noir.

— Je ne suis pas un hérisson au ventre fragile, et je ne me cache pas, et je ne suis pas gentille, et je ne peux pas rester ici. Je veux rentrer...

Sa phrase se termina dans un étrange petit cri muet. Elle écarquilla les yeux, qui, aussitôt, se perdirent dans le vague. Elle bougea les lèvres, déglutit avec peine et il put presque voir les mots se détacher d'elle.

... À la maison.

Tout à coup tout lui apparut clairement.

Elle n'avait pas de maison. Juste un petit coin dans la vie de quelqu'un d'autre, assujetti à sa loyauté et à son travail. Elle avait fait de son mieux pour être une bonne nièce et cousine, mais il sentait à quel point elle avait perdu pied depuis qu'elle avait été extraite de son petit monde.

Elle se secoua et laissa échapper une longue expiration, en regardant le mouchoir qu'elle tordait dans ses mains.

— Plus vite je rentrerai, mieux ce sera.

Elle avait parlé avec calme, comme la Miss Ingram qu'il avait côtoyée à Bath. Sauf qu'à présent il était capable de percevoir une infinité de nuances dans ses propos.

— Dans quelques jours, les routes vont rouvrir, dit-il pour l'apaiser. En attendant, tout ce qu'on vous demande de faire, c'est beaucoup manger, boire un peu et prendre part à la tentative sans doute désastreuse de ma mère pour recréer la pièce des *mummers*. Nous sommes une famille qui sait être sociable par moments, mais sinon chacun possède dans cette maison un peu folle son refuge secret où reprendre des forces. Le mien, c'est ce bureau. Celui de ma mère, c'est la serre. Ce qu'il vous faut, c'est votre tanière de hérisson à vous. Je vais demander à Porter d'aménager à cet effet le petit salon qui se trouve à côté de votre chambre. Vous pourrez le remplir de douceurs et de livres pris dans notre bibliothèque ou parmi la collection de romans de Philly qui, je suis sûre, sera ravie de vous les prêter. Mais nous vous demanderons tout de même d'en sortir de temps en temps, Bella. Les hérissons quittent parfois leur tanière, vous savez.

Cette dernière remarque lui valut un petit sourire, ce qu'il considéra comme une grande victoire.

Elle promena son regard dans la pièce, comme si elle la voyait pour la première fois. Puis elle se leva et se dirigea vers le long panneau d'acajou qui était fixé au mur, dont le bord était orné de tourbillons en nacre évoquant des bourrasques. En son centre se trouvait un cadran en verre dont s'échappait un long tube, en verre lui aussi.

— Est-ce votre baromètre ? demanda-t-elle.

Il se leva à son tour, acceptant ce changement de sujet.

— Oui. Il a été fabriqué spécialement pour moi par M. Cetti, à Londres.

— Il est très beau.

— Il a été assez déçu, je crois, que je n'en aie pas choisi un modèle plus élaboré. Il a insisté pour les décorations en nacre, néanmoins.

— Elles sont d'une exquise délicatesse.

Elle passa le doigt sur un des tourbillons de nacre pendant qu'il enfonçait les mains dans les poches. Elle se dirigea vers la vitrine où étaient exposés tous les instruments qu'il collectionnait depuis des années et il la suivit, à la manière d'un écolier dont la chambre aurait été soumise à l'inspection du directeur de l'établissement.

— Et qu'est-ce que cela ? demanda-t-elle en désignant un support soutenant deux tiges, entre lesquelles était suspendu un petit jouet représentant un enfant sur une balançoire.

— C'est une balançoire électrique. Une fois qu'elle est

reliée à un électroscope – et il désigna l'appareil qui se trouvait sur l'étagère supérieure – la balançoire est attirée et repoussée par ces deux aimants. Cela la fait se balancer d'avant en arrière. Mais ce n'est qu'un jouet. C'est mon père qui me l'a offert.

Il sentit son beau regard se poser brièvement sur lui, mais elle détourna vite les yeux, et se hissa sur la pointe des pieds pour mieux voir.

— C'est extraordinaire. Aimait-il les sciences autant que vous ?

C'était une question innocente, mais curieusement il se sentit comme mis à nu. Il haussa les épaules.

— Oui. Quand j'étais enfant, il m'emmenait assister aux leçons du Royal Institute. Je m'y rends toujours, quand je suis à Londres.

Elle soupira.

— Comme c'est merveilleux. Et comme je vous envie. Il n'existe rien de tel à Bath.

Elle lui adressa un petit regard.

— Auriez-vous été un enfant sage ? Ce n'est pas forcément ainsi que je vous imaginais.

Il sourit.

— J'étais un petit garçon très sage et très docile. Je ne me suis rebellé que quand... Plus tard. Et vous ? demanda-t-il. Vous êtes-vous rebellée ?

Elle sourit à son tour et haussa les épaules.

— Je n'en ai pas vraiment eu l'occasion ni le temps. Mais mon père et moi adorions nous disputer, néanmoins. Surtout à propos de questions d'histoire. Comme : qui a vraiment gagné la guerre de Troie, ou bien : est-ce que les Romains ont volé tous leurs dieux aux Grecs ? Je commençais seulement à entamer ma petite rébellion quand la fièvre les a emportés.

La tristesse assombrit son regard, mais avant qu'il ne puisse dire quelque chose de stupide, elle se secoua et sourit.

— Tout ceci me paraît si lointain. Tout a changé quand je suis venue vivre à Bath. Votre père vous manque-t-il ?

Il changea de jambe d'appui, littéralement déstabilisé par cette question. Il aurait dû l'envoyer promener et lui rappeler que même s'il était désolé de la savoir dans une situation inconfortable cela ne lui donnait pas le droit de se montrer indiscrète. Mais après qu'elle-même eut fait preuve d'autant de franchise, il trouvait injuste de ne pas répondre de la même façon.

— Oui. Il n'a jamais vraiment compris mon besoin d'indépendance ni ma soif de découverte, et cela a pesé sur nos relations. À mon retour, nous nous sommes rapprochés, mais nous ne sommes jamais redevenus aussi liés que nous l'avions été. J'étais trop jeune pour comprendre qu'il était plus inquiet que réprobateur. Si je pouvais revenir en arrière…

Il sentit qu'elle lui effleurait le bras, mais très vite elle s'éloigna et sembla s'abîmer dans la contemplation du contenu des vitrines. Il la suivit, en se sentant à la fois mal à l'aise et plus à l'aise qu'il ne l'avait été depuis très longtemps.

Après avoir terminé sa minutieuse inspection, elle se dirigea vers la porte. Avant de sortir, elle se tourna vers lui et sourit.

— Merci, Lord Deverill. Vous avez été très gentil et patient. J'essayerai de me montrer moins pénible à l'avenir.

Quand la porte se referma derrière elle, il essaya de se représenter ce que pouvait être une Bella Ingram « moins pénible ». Mauvais signe : aucune des possibilités envisageables ne lui parut vraiment rassurante.

9

J'essayerai de me montrer moins pénible à l'avenir.

Bella s'arrêta à mi-chemin dans les escaliers en faisant la grimace. Que lui avait-il pris de dire quelque chose d'aussi inepte ? Hadley Hall produisait sur elle un effet négatif. Pour l'instant, cela l'avait amenée à se conduire de façon éhontée, à révéler des choses auxquelles elle s'était interdit de penser depuis des années et à manquer d'éclater en sanglots devant le fléau de son existence.

Si elle était censée rester quelques jours supplémentaires, elle ferait mieux de se prendre en main et de…

— Ah ! Parfait. Venez donc par ici, ma chère, et aidez-moi à venir à bout de cette guirlande récalcitrante avant qu'elle n'ait raison de moi.

Entendant l'appel suppliant de Lady Deverill, Bella se retourna. Son hôtesse se trouvait à côté du grand escalier. Elle tenait l'extrémité d'une longue guirlande végétale faite de rameaux de sapin et de houx entrelacés avec un grand ruban doré.

— Faites vite, je suis en train de perdre la bataille…

Bella se dépêcha de descendre l'escalier pour ramasser les branches qui étaient en train de s'échapper. Lady Deverill poussa un soupir de soulagement.

— J'ai remarqué que le tressage était en train de se défaire et j'ai commis l'erreur d'essayer d'y remédier seule.

C'est un peu comme lutter contre l'un de ces monstrueux serpents que l'on trouve dans ces horribles mythes grecs adorés par Nicholas. Comment s'appellent ces créatures, déjà ? Des hydres, non ?

— L'Hydre de Lerne était un serpent à plusieurs têtes, dit Bella, qui n'était néanmoins pas certaine que sa réponse ait été nécessaire ni même attendue.

— Seigneur. On dirait que les Grecs possédaient une vraie ménagerie dans leur mythologie. Tenez, voulez-vous bien tenir ce ruban également ?

Bella ajouta le ruban aux branchages qu'elle avait ramassés.

— Oui bien sûr, Lady Deverill.

— Il me semblait pourtant avoir entendu Nicholas dire que votre père était vicaire. Les vicaires ne savent-ils pas ce genre de choses ?

— Mon père parlait peu de théologie à la maison. Comme votre fils, il préférait les Grecs.

Lady Deverill lui adressa un sourire tendre.

— Il tient une grande place dans votre cœur, n'est-ce pas ?

Bella sentit son visage s'embraser. Il fallut un moment à son esprit vacillant pour comprendre que Lady Deverill parlait de son père.

— Oui, très grande, Lady Deverill.

— Je vous en prie, laissons là les titres, ma chère. Il faut m'appeler Anne. Un prénom bien ordinaire, je le sais, mais comme mes autres prénoms le sont encore davantage, il faudra vous en contenter.

— Je ne peux tout de même pas vous appeler Anne ! répondit Bella, horrifiée.

— Je ne vois pas pourquoi. Et moi je vous appellerai Bella. Quel joli prénom. J'envie votre chance. J'aurais tellement voulu avoir un joli prénom moi aussi. C'est pour cela que je me suis appliquée pour mes filles. Aimez-vous vous aussi la civilisation grecque, Bella ?

Bella s'approcha de Lady Deverill pour lui tendre le ruban.

— Oui, Lady… *Anne*, se corrigea-t-elle après que son hôtesse lui eut adressé un regard réprobateur. Je suis émerveillée par la façon que les Grecs avaient d'exprimer leurs idées si profondes sur la vie par l'intermédiaire d'histoires si colorées et exubérantes.

— Et sanguinaires, aussi…

— Oui, mais j'imagine que cette forme d'outrance était nécessaire pour marquer les esprits à une époque où peu de gens savaient lire et écrire. Et aujourd'hui, c'est grâce à ces histoires à ces mythes que nous sommes capables de comprendre l'essence de la civilisation grecque et sa vision du bien et du mal. D'ailleurs, ce que ces mythes mettent en exergue et dénoncent, c'est l'*hybris*, c'est-à-dire la tendance humaine à se croire au-dessus des autres, au-dessus des dieux et de la nature. Et croyez-moi, c'est une leçon qui est plus que jamais d'actualité.

Lady Deverill coupa une extrémité du ruban avec une paire de ciseaux de couture.

— Pensez-vous que mon fils souffre d'*hybris* ?

Bella fut de nouveau en proie à une bouffée de chaleur dévastatrice. Elle détourna légèrement les épaules pour masquer son embarras et se pencha sur le nœud qu'elle essayait de faire.

— Ce n'est pas à moi de le dire, Lady Deverill.

— Non, non, non, Bella, pas de cela entre nous. N'essayez pas d'arrondir les angles alors que d'après mon fils vous avez l'esprit acéré et une volonté de fer. Dans sa bouche, c'est un compliment, étant donné que très peu de gens osent s'opposer à lui. Ce qu'il n'obtient pas par la force que lui confèrent son titre et son patrimoine, il a appris à l'acquérir par le charme. Peut-être que si j'avais d'autres fils, je ne m'inquiéterais pas autant. Mais je n'ai personne d'autre à qui le comparer, voyez-vous.

Bella hocha la tête, en espérant que cette diversion allait les conduire vers d'autres eaux, moins dangereuses. Mais les digressions de Lady Deverill ne l'empêchèrent pas de retrouver son chemin principal, car elle insista :

— Alors, souffre-t-il d'*hybris*, Bella ?

Bella se frotta les mains pour faire tomber des aiguilles de sapin.

— Je... je ne connais pas bien votre fils, Lady... Anne. C'est vrai qu'il peut parfois avoir des opinions très arrêtées, et quand il croit à quelque chose, il est prêt à tout pour atteindre son but. Mais l'*hybris* implique que l'on soit imbu de sa personne au point d'en oublier de voir les autres. D'après ce que j'ai pu observer chez Lord Deverill depuis mon arrivée, ce n'est pas du tout le cas. Il fait preuve d'une grande bonté, vis-à-vis des benjamins de la famille notamment. Et ce n'est pas juste de la gentillesse... Il s'intéresse sincèrement à eux et ils le sentent, et c'est pour cette raison qu'ils sont si attachés à lui. Je ne pense pas que quelqu'un qui soit prétentieux, orgueilleux ou qui souffre d'*hybris* serait capable d'un tel effort d'attention.

Lady Deverill sourit et poussa un petit soupir.

— Oui, c'est vrai. De la même façon, il s'est toujours montré très doux avec les animaux. Quand je me faisais du souci à son sujet, j'y pensais et cela me réconfortait.

— Vous vous faisiez du souci à son sujet ? demanda Bella, succombant à la curiosité.

— Pas quand il était enfant. Il était toujours heureux et affectueux, bien qu'ayant hérité du côté sérieux de son papa. Mais quand il avait à peu près l'âge de Rupert, il s'est passé quelque chose. Quelque chose qui l'a mené à certaines extrémités. Il a quitté la maison et est parti en voyage, contre notre volonté, période durant laquelle il a mené une vie des plus dissipées. C'est en tout cas ce qui s'est raconté, et comme vous le savez, ce qui se raconte est toujours exagéré par la distance.

Elle soupira et reprit :

— Je le reconnais, Barnaby et moi n'avons pas réussi à surmonter notre inquiétude et notre déception. Nous n'avons fait qu'empirer les choses et le braquer davantage en lui envoyant des lettres moralisatrices où nous lui enjoignions de rentrer à Hadley Hall. Il a fini par rentrer, mais depuis – et bien que mon cher Barnaby nous ait quittés depuis plus de trois années – il n'a jamais donné l'impression de vouloir se stabiliser et fonder une famille à son tour. C'est presque comme s'il considérait que les questions sentimentales ne le concernaient pas...

Elle soupira de nouveau et inséra le bout d'une branche dans la guirlande.

— ... Ou qu'il était au-dessus de tout cela.

Bella avait très envie de demander ce qui était précisément arrivé à Lord Deverill dans sa jeunesse pour qu'un tel changement se soit opéré. Mais peut-être que cela aussi c'était une histoire, une légende forgée par une mère pour excuser la froideur foncière de son fils. Une semaine plus tôt, Bella aurait été certaine que c'était le cas. Mais maintenant... En l'affaire de quelques jours, sa boussole intérieure, qui jadis indiquait toujours le nord sans faillir, oscillait comme un porcelet ivre.

— Pourquoi m'avez-vous raconté tout cela ? Je suis à peu près certaine que Nicho... que votre fils n'approuverait pas que vous m'ayez fait ces confidences.

— Vous n'avez pas tort sur ce point, Miss Ingram, fit une voix dans le dos de Bella.

Elle se figea, les doigts serrés sur les chutes de ruban qu'elle tenait dans les mains. Elle n'avait même pas entendu la porte du bureau s'ouvrir.

— À quel jeu jouez-vous, mère ?

Lord Deverill s'était adressé à cette dernière sur un ton si glacial que Bella en fut heurtée.

— Votre mère ne faisait rien d'autre que me faire la conversation, Lord Deverill.

— Oui, un bavardage poli, rétorqua-t-il, narquois.

Sa mère claqua la langue.

— Tu es bien trop susceptible, Nicholas. Je t'en prie, ne parle pas mal à cette chère Bella. Elle s'est montrée d'une grande aide, et elle sait très bien écouter. Deux qualités très rares de nos jours chez les jeunes gens.

— Merci, mère. Avez-vous d'autres critiques à formuler ?

— Oh ! rien d'autre pour le moment, mon très cher Nicholas. Maintenant si vous voulez bien m'excuser, il est l'heure de...

Bella n'entendit pas quelle heure il était. Lady Deverill disparut à l'étage et Bella se retrouva seule face à un Lord Deverill très différent de celui qu'elle venait de quitter. Elle se dirigea d'un pas prudent vers l'escalier, mais il s'empressa de la rattraper avant qu'elle ne puisse s'enfuir.

— Un instant, Miss Ingram. J'ignore ce que ma mère a décidé de vous divulguer, mais que les choses soient bien claires : je n'apprécierais pas que ces imprudentes confidences franchissent ces murs.

— Oh ! comme c'est dommage. Moi qui m'apprêtais à monter dans ma chambre pour rédiger un rapide compte rendu destiné aux chroniques mondaines des journaux. Vous êtes, comme toujours, bien imbu de votre personne, milord. Ce que votre mère m'a dit ne tiendrait qu'en deux lignes, qui trouveraient sans doute leur place sous les réclames. Et encore...

— J'ai entendu ce qu'elle a dit à propos de la déception que j'ai infligée à mes parents.

Bella se sentit tout à coup moins vindicative. Sous la colère, il y avait une blessure et... de l'incompréhension.

— Ce qu'elle m'a décrit ressemblait davantage à de l'inquiétude qu'à de la déception. Elle n'a rien dit de blessant, je vous le promets. J'ignore tout à fait pourquoi elle s'est confiée à moi, mais parfois l'on ressent le besoin de parler à quelqu'un… d'extérieur. Peut-être que le fait que ce soit Noël, et que votre père ne soit plus là…

Elle ne termina pas sa phrase. Il ne dit rien et elle se rapprocha un peu de l'escalier.

— Il faut vraiment que j'y aille… Je suis censée retrouver vos sœurs à 16 heures pour préparer les costumes des *mummers*… D'après Philomena, les domestiques ont descendu dans la serre plusieurs malles remplies de déguisements.

Elle était arrivée au pied de l'escalier et il n'avait pas bougé. Il avait toujours les mains au fond des poches, mais son expression avait perdu de son mordant. Il y avait même une pointe d'amusement dans ses yeux, sans doute causée par ses tentatives tout sauf subtiles pour prendre la fuite.

— À 16 heures, dites-vous ?

Elle acquiesça.

— Dans la serre ?

— Oui, pourquoi ?

— Je pense que je vais venir moi aussi. Je voudrais vraiment retrouver ce costume de dragon pour vous. Si je dois être Belzébuth, j'aurai besoin d'un allié secret de votre acabit. Vous me serez très utile pour espionner mes ennemis et me répéter ce qu'ils disent de moi, puisque vous semblez attirer les confidences.

Elle tourna le dos à cet agaçant personnage et monta l'escalier. Elle sentait son regard posé sur elle. Sans aucun doute se régalait-il de son embarras.

10

Grand spectacle de *mummers*
Hadley Hall, réveillon du 31 décembre 1818
Entrée libre et ouverte à tous

Voici ce que disait, en grosses lettres rouges, l'affiche réalisée par Emily et les jumeaux accrochée sur le mur de la serre, juste derrière la scène de fortune. Bella avait été chargée de trier et de préparer les costumes tirés de trois grosses malles en bois.

Elles étaient remplies à ras bord de déguisements de carnaval, mais aussi de vêtements venus d'une autre époque, parmi lesquels vestes et gilets de brocart, perruques, fraises et une paire de chaussures roses à talons pour homme que même une demi-mondaine n'aurait jamais osé porter. Et un costume de diable qui fut aussitôt attribué à Nicholas.

— Je vous l'avais bien dit, murmura Bella, non sans une certaine satisfaction.

— Vous êtes un vilain petit hérisson, marmonna-t-il en inspectant la longue cape noire que sa mère lui avait tendue. J'espérais quelque chose d'un peu plus… diabolique. Avec ceci je vais ressembler à un méchant dans une pièce à deux sous de Covent Garden.

Elle repéra un trou de mite dans la cape et y glissa un doigt.

— À *un* sou, vous voulez dire.

— Je porterai ce costume à condition que vous acceptiez de jouer le dragon. Le diable a le privilège de choisir ses alliés.

— Cela tombe bien que tu en parles, Nicholas, intervint sa mère. Regardez ce que j'ai trouvé. Il est déjà trop petit pour les jumeaux et encore trop grand pour Emily. Bella, vous ferez un merveilleux dragon, ou plutôt une merveilleuse… dragonne ? Comment appelle-t-on la femelle de cette espèce, Nicholas ?

— *Dangereuse*, mère. On l'appelle dangereuse. Mais montrez-nous donc ce costume. Je veux voir à quoi va ressembler mon serviteur.

Lady Deverill brandit fièrement une étoffe miroitante, vert et doré. Bella contempla, émerveillée, la longue cape presque transparente en fine gaze verte brodée de sequins dorés, et bordée d'une frange elle aussi dorée. Lady Deverill la lui confia et se remit à fouiller parmi les piles de tissu, pour en émerger en lançant un « ah, ah ! » triomphal. Cette fois, elle tenait entre les mains un pantalon de soie verte et un chemisier en dentelle avec de longues manches en pointe.

— Je ne peux pas porter une chose pareille ! s'exclama Bella, profondément choquée.

— Bien sûr que si, ma chère. Cela fait partie du rôle. Et réfléchissez un peu, je vous prie : ce n'est pas tous les jours que l'on a un prétexte pour porter un pantalon. Je vous envie, je l'avoue. Mais je suis censée jouer la reine de l'hiver, et elle aurait une allure vraiment très particulière en pantalon.

Lady Deverill n'attendit pas sa réponse et l'entraîna vers le salon qui avait été transformé en vestiaires pour que les femmes essayent leurs costumes. Comme la porte se refermait, elle entendit les rires de Nicholas la poursuivre.

Nicholas souriait encore quand la porte s'ouvrit de nouveau et que sa mère entraîna Bella dans la serre. Ses sœurs poussèrent de grands « ouh » et de grands « ah », et Emily exprima sa joie en faisant tourner sa robe de princesse, avant de demander à Bella de prendre bien soin de son costume, car elle avait l'intention de le porter dès qu'il serait à sa taille.

Nicholas resta immobile, comme terrassé par ce corps qui, une fois de plus, venait sournoisement de le trahir. Le pantalon que portait Bella était en soie légère. Il était très près du corps et, dès qu'elle bougeait, le tissu émettait un petit crissement qui agissait sur toutes les terminaisons nerveuses de Nicholas.

Le haut était moulant lui aussi, et il semblait légèrement trop serré au niveau du buste, ce qui était compréhensible étant donné que le costume, à l'origine, avait été conçu pour les jumeaux. Bella apparaissait donc dans toute sa splendeur et, bien qu'elle ne soit pas très grande, il put se rendre compte que ses proportions étaient… parfaites.

Les seules parties de son corps qui étaient correctement couvertes par le tissu étaient ses mains, car les manches se prolongeaient pour imiter des griffes. Cela n'aida pas du tout Nicholas à se ressaisir. Le plus troublant et fascinant était en effet les cheveux de Bella, que sa mère avait pris l'initiative de détacher. Un bandeau orné de broderies dorées lui ceignait le front, tandis que sa longue chevelure auburn retombait en vagues sur ses épaules.

— On dirait la crinière d'un dragon, ne trouves-tu pas ? demanda Lady Deverill, qui avait l'air très satisfaite de son œuvre.

Nicholas ne répondit pas qu'a priori les dragons n'étaient pas censés avoir de crinière. Il était beaucoup trop occupé par Bella. Elle se tenait rigoureusement immobile alors que les femmes de la famille l'examinaient en s'exclamant. Elle avait les joues en feu et les yeux grands ouverts. Puis, comme s'il l'avait forcée à le faire, elle se tourna vers lui et le regarda. Alors, de nouveau, son estomac se contracta, tout son corps se tendit, tandis que son cœur battait la chamade.

Dans un recoin de son esprit qu'il avait oublié depuis bien longtemps, il se souvint avoir réagi de la même manière presque quinze ans auparavant. À l'époque, il était un jeune homme stupide et aveugle qui avait confondu sa première grosse poussée de désir avec de l'amour. Depuis, le désir et lui avaient appris à faire plus ample connaissance.

Et ceci, ce n'était pas du désir. Enfin, si, mais de la même façon qu'un verre d'eau et un océan étaient de l'eau. Un verre d'eau restait un volume maîtrisable, que l'on pouvait boire, avant de passer à autre chose. Ceci – quoi que cela soit – ne possédait aucune limite maîtrisable, aucune forme discernable, et semblait s'étendre au-delà de tout horizon connu.

Quatre jours plus tôt, il pensait détester cette femme. Deux jours plus tôt, il avait compris qu'il avait envie de lui faire l'amour. Et à présent un simple regard éperdu de sa part lui disait à quel point il était déjà attaché à elle.

Il ne voulait pas qu'elle se sente perdue, ni blessée. Il avait envie de chasser sa famille pourtant bien intentionnée, de lui prendre les mains, de la regarder dans les yeux et de lui dire que tout allait bien se passer.

Il naviguait sur des mers inexplorées, et s'aventurait bien au-delà du monde cartographié.

11

D'après tous les occupants de Hadley Hall, hormis la tante Agatha, la pièce fut un succès retentissant.

Ce fut aussi un désastre total. Presque tout le monde oublia son texte, s'emmêla dans les consignes de mise en scène données par Lady Deverill, se prit les pieds dans son costume ou fut saisi de crises de fou rire aux moments les plus dramatiques.

Ce fut tout simplement merveilleux.

Bella ne se souvenait pas de s'être déjà autant amusée. Les jours qu'elle avait passés entre Noël et le réveillon de la Saint-Sylvestre avaient filé bien trop vite, et pourtant ils avaient été plus riches et plus denses que tous ceux qu'elle avait vécus depuis qu'elle avait quitté le presbytère de Lower Ottington.

Même dans les moments de grande gêne – et Dieu sait si elle en avait connu – elle s'était sentie merveilleusement bien. Vivante. Elle ne savait plus très bien qui était Bella Ingram, mais cette dernière était assurément une personne bien plus heureuse que celle qui avait vécu à Bath durant toutes ces années.

Une fois le choc en découvrant son costume passé, Bella trouva qu'elle faisait un dragon très fringant. Le pantalon était un peu serré et elle réussit l'exploit de marcher deux fois sur sa cape à franges pendant qu'elle tentait de vaincre le saint Georges campé par Rupert, mais elle adora le contact de la soie sur sa peau et sa façon de frotter entre ses jambes. Porter un pantalon procurait une grisante sensation de liberté.

Le seul moment qui ne fut pas une partie de plaisir fut celui où, vers la fin de la pièce, le dragon devait jurer fidélité à Belzébuth, joué par Lord Deverill. Selon les indications de mise en scène de Lady Deverill, changées à la dernière minute, elle devait poser un genou à terre devant le seigneur des ténèbres pour se rallier à sa cause.

Quand elle s'était retrouvée à genoux, le regard à hauteur des bottes cirées du démon, elle avait ressenti le besoin de lever les yeux pour prononcer son serment, qui était la seule partie de son rôle qu'elle avait réussi à apprendre par cœur.

Il lui fallut un temps infini pour y parvenir : ses yeux s'attardèrent sur les cuisses musclées de Nicholas, sur sa chemise ample qui ne faisait rien pour dissimuler son torse large et ferme, sur sa mâchoire volontaire... Puis elle se retrouva aspirée par la noirceur stygienne de ses yeux qui crépitaient dans la lumière des bougies et qui la fixaient.

Elle oublia tout : son texte, son public, elle-même. Elle ne voyait que Nicholas. Lord Devil. Venu prendre possession d'elle.

Sauf qu'elle était déjà tout à lui. Il était inutile de continuer à nier l'évidence. Cet homme avait mis son monde et son cœur sens dessus dessous. Elle avait lutté contre lui et contre l'attirance qu'il lui inspirait en se persuadant qu'il était égoïste et cruel, mais depuis qu'il l'avait conduite à Hadley Hall elle était obligée d'abandonner ces confortables mensonges. Pour la première fois de sa vie, elle avait l'impression que quelqu'un voyait clair en elle, et qu'il percevait le bon comme le mauvais. C'était un sentiment dévastateur, et il avait totalement séduit son esprit de la même façon que son corps avait été séduit par le contact de celui de Nicholas.

Ce qui était pire encore, c'était qu'elle se souciait de lui et de son bien-être. Le voir heureux la faisait fondre de l'intérieur et elle se mettait à sourire sans même s'en rendre compte. Et quand parfois elle le surprenait en proie à un accès de mélancolie, comme l'autre jour dans son bureau, elle aurait aimé être autorisée à lui prendre la main.

Elle avait senti tout cela la travailler durant ces quelques longues, très longues journées, mais elle s'était refusée à admettre la vérité. Jusqu'à maintenant.

Elle le regarda et laissa tomber les armes.

C'était donc de l'amour.

Peut-être avait-il cru qu'elle avait oublié son texte comme les autres acteurs. Il tendit la main, et quand il la porta brièvement à sa tête, elle sentit ses doigts doux dans ses cheveux lâchés.

— Je vous jure fidélité pour l'éternité, murmura-t-il.

En elle, quelque chose se fissura, et de cette brèche s'échappa un feu liquide qui lui inonda les veines. Oui, il s'agissait bien des mots que chantait son cœur. Elle déglutit non sans peine et, sans trop savoir par quel miracle, parvint à les prononcer à son tour.

— Je vous jure fidélité… pour l'éternité, milord.

Il était censé sourire triomphalement. C'était en tout cas ce que prévoyait la mise en scène. Mais il n'en fit rien. Il tendit la main et elle y plaça la sienne. Il l'aida à se relever lentement et elle resta un moment immobile devant lui, comme frappée de torpeur. Elle remarqua à peine qu'Emily déguisée en princesse était entrée en scène en faisant virevolter derrière elle des mètres et de mètres de tulle rose et qu'elle implorait saint Georges, d'une voix gazouillante, de venir la sauver des forces du mal.

Ce ne fut que quand sa traîne en tulle s'emmêla dans l'épée en bois de saint Georges, et qu'Emily et Rupert chutèrent ensemble dans un fracas de fausse armure que Bella sortit de sa léthargie. Le reste de la pièce se déroula dans un joyeux chaos jusqu'à ce que Lady Deverill ne les presse en désignant l'horloge. La grande aiguille indiquait en effet qu'il ne restait que dix minutes avant minuit.

Dans une frénésie qui confinait presque à la panique, l'on distribua les verres de punch chaud, et tout le monde fut servi juste à temps pour attendre en silence que ne s'égrènent les derniers instants de l'année.

La maison tout entière sembla vibrer avec le premier coup de minuit. Puis une main chaude se referma autour de la sienne. Elle n'eut pas besoin de regarder pour savoir à qui elle appartenait. Elle savait. Personne ne pouvait voir leurs mains soudées sous les replis noirs et verts de leurs capes. D'autres personnes se tenaient par la main ou par le bras, et Bella s'enjoignit de ne pas se faire de fausses idées et de garder son calme. Après tout, il pouvait très bien ne s'agir que d'une tradition familiale, puisque les Hadley étaient des gens particulièrement chaleureux et expansifs.

Pour l'instant, tout ce qui importait, c'était que l'homme qu'elle aimait lui tienne la main lors du passage à la nouvelle année. En ce moment précis son cœur débordait de joie et elle se sentait entière pour la première fois depuis très longtemps. Quoi qu'il se passe ensuite, quoi que cette nouvelle année lui apporte, rien ne pourrait jamais lui reprendre ce merveilleux cadeau.

Quand les douze coups eurent retenti, la famille, les invités et les domestiques se mirent à échanger leurs vœux. Bella voulut retirer sa main, mais il la retint un instant par le poignet, et prononça à voix basse des mots qui se perdirent presque dans ce joyeux brouhaha.

— Bella Ingram, je vous souhaite tout le bonheur que vous méritez.

12

Le coup à la porte retentit tel un tocsin au milieu des réjouissances du nouvel an. Tout le monde se tut. Après trois tics et deux tacs de l'horloge, le coup se répéta. Emily poussa un cri de joie.

— Minuit vient tout juste de sonner, et le *first-footer*[1] est là !

— Impossible ! s'exclama Lady Deverill. La neige...

Mais Emily se précipitait déjà vers le vestibule d'entrée. Le reste de la famille suivit, en emportant Bella dans sa cavalcade enthousiaste. Cette tradition n'était pas tellement respectée à Lower Ottington, mais Bella savait que pour ceux qui y croyaient, si la première personne de l'année à franchir le seuil d'une maison était un homme brun apportant des cadeaux, cela était censé porter chance à tous ses occupants pendant les douze mois à venir.

Le spectacle qui s'offrit à leurs yeux quand Porter ouvrit la porte fut particulièrement saisissant. Un homme à la carrure d'un ours se tenait sur la plus haute marche du

1. La tradition du « first-footer » (ou « premier visiteur ») est respectée principalement en Écosse, sur l'île de Man et dans le nord de l'Angleterre. Elle est liée à la croyance selon laquelle, pour que la chance sourie à une famille durant toute la nouvelle année, il faut que la première personne à franchir le seuil de la maison soit un homme brun apportant des cadeaux. Cette tradition remonterait à la période des invasions vikings. (En effet, à l'époque, si la première personne qui franchissait le seuil d'une maison était un homme blond qui n'apportait pas de cadeaux, il fallait s'attendre au pire...)

perron, sa silhouette se découpant dans la lueur d'une torche. La mémoire de Bella la ramena une semaine en arrière, lorsqu'au milieu des flocons elle avait aperçu Nicholas devant la porte de l'auberge, alors qu'elle descendait de voiture. Il s'était passé tant de choses depuis.

— Bonne année à vous tous ! lança l'homme d'une voix tonitruante, en tendant un panier en osier recouvert d'un linge d'où dépassaient une bouteille et une miche de pain.

— Samuel Plunkett ! s'exclama Lady Deverill, ravie. Nous sommes plus qu'enchantés de vous voir, mais vous auriez dû savoir qu'avec ce temps nous ne nous attendions pas à voir qui que ce soit cette nuit. C'est extrêmement gentil de votre part de vous être risqué dehors, Mrs Plunkett va m'en vouloir.

Le rire de M. Plunkett retentit dans tout le vestibule alors que Porter, tout sourire, s'empressait de lui tendre un verre de punch chaud.

— C'est elle-même qui a préparé le panier, milady. Et la neige a bien fondu aujourd'hui. Encore un jour ou deux et tout le monde aura oublié la raison de tout ce tohu-bohu. Et tous mes meilleurs vœux pour la nouvelle année, milord.

Nicholas lui serra la main avec chaleur et M. Plunkett fut conduit au salon pour participer à la suite des réjouissances. Bella resta légèrement en retrait. Elle se sentait curieusement oppressée tandis que les mots prononcés par le visiteur résonnaient encore dans sa tête.

« Encore un jour ou deux et tout le monde aura oublié la raison de tout ce tohu-bohu. »

Alors que le son du piano et des chants s'élevaient dans le salon, Bella recula, de plus en plus. Sans qu'elle réfléchisse, ses pas la ramenèrent vers la serre. Celle-ci aurait été plongée dans la pénombre la plus complète si un chandelier n'avait pas été encore allumé. Autour de la scène le sol était jonché de costumes et d'accessoires abandonnés là. Bella se dirigea vers le trône du diable qui brillait légèrement.

Encore un jour ou deux...

Dix ans plus tôt, sa vie avait changé en l'espace de quelques jours. Il lui avait semblé que cette semaine de maladie puis de deuil avait duré une éternité, mais en réalité, elle n'avait été qu'une toute petite fraction de son existence.

À présent, en une semaine, sa vie avait de nouveau changé.

Elle ne pouvait pas rentrer à Bath pour reprendre le cours de son existence comme si de rien n'était. Non, c'était impossible.

Elle ne savait pas où elle irait, ni comment, mais elle savait qu'elle ne pouvait pas revenir en arrière. Violet était une adulte, et non plus sa petite cousine qu'elle avait essayé par tous les moyens d'entourer d'amour et de soins pour remercier sa tante de l'avoir accueillie chez elle. Violet n'avait pas vraiment besoin d'elle. Personne n'avait besoin d'elle.

Elle prit une grande inspiration en posant la main sur son cœur.

Le mal d'amour était donc une réalité.

La musique du salon parvenait jusqu'à elle. Bella ferma les yeux et essaya de se remémorer tout ce qui lui était arrivé cette semaine, de le fixer dans son esprit afin de pouvoir l'emporter avec elle et le garder à jamais auprès d'elle.

Au début, lorsqu'une main se posa sur son bras, elle ne trouva pas cela étrange : cela semblait faire partie de ses souvenirs.

— Venez danser, murmura Nicholas.

Elle hocha la tête et il la fit se tourner vers lui en posant la main sur sa taille. Elle ouvrit les yeux. Les bougies étaient toutes consumées. Il n'y avait que le scintillement du clair de lune sur la neige et un rai de lumière dorée qui dessinait un éventail sous la porte close. Nicholas était une ombre dans l'ombre, et ses yeux brillaient telles des obsidiennes polies.

Elle posa la main sur son épaule et le laissa la guider. Ces derniers jours, elle n'avait cessé d'espérer qu'il profite du gui suspendu dans la maison, mais il ne l'avait touchée que pendant la pièce de théâtre. Cela n'était pas grave, néanmoins. Son corps le connaissait. Il connaissait son odeur, le frottement de ses jambes contre les siennes, la ferme chaleur de ses muscles sous sa main. Mais elle voulait plus que cela. Beaucoup plus. Elle voulait le toucher. Sentir sa peau sous la sienne, se confondre avec lui tout en s'abandonnant, sentir ses larges mains dans ses cheveux, sur ses hanches...

Elle ferma les yeux sur ses rêveries. *Estime-toi heureuse. Tu danses avec l'homme que tu aimes. Tu fabriques un autre souvenir à emporter avec toi.*

Elle sourit et il marqua un temps d'hésitation. Son bras se crispa légèrement autour d'elle.

— Bonne année, Bella.

— Bonne année, Nicholas. Et merci.

— Pour quoi ?

— Pour cette semaine. La plus belle de ma vie.

Tout à coup, la douleur fut trop violente. Elle la transperçait, comme une longue épée. Comment allait-elle pouvoir partir ?

— D'après M. Plunkett, les routes vont rouvrir. Cela signifie que je devrais partir.

Nicholas ne répondit pas et ils continuèrent de danser à pas lents et doux. À chaque tour, leurs corps se rapprochaient un peu plus. Puis il s'arrêta, la main dans le bas de son dos. Son souffle chaud lui caressait la tempe.

— Vraiment ?

Quand elle hocha la tête, ses cheveux se prirent dans les poils très courts de sa barbe. Elle leva la tête et, avec une audace qui ne lui ressemblait pas, elle effleura sa joue de ses lèvres. Et ferma les yeux.

Comment pourrait-elle partir ?

— Mère fête aussi l'Épiphanie, vous savez. De quoi prolonger tout cela d'une semaine.

Prolonger *tout cela* d'une semaine.

Tout à coup, elle eut envie de pleurer.

— Cela ne se fait pas. Je n'ai aucune excuse pour rester.

Elle s'agrippa au revers de sa veste.

— Et je ne rentre pas à Bath. Je vais à Londres.

Il marqua un temps d'arrêt.

— À Londres ?

— Oui. Je ne peux pas rentrer chez ma tante. J'irai tenter ma chance à Londres. Comme Dick Whittington[1].

Il la souleva doucement en la prenant par la taille et la déposa sur la table du diable où le dragon avait signé son serment de fidélité.

— Dans ce cas, il vous faudra un chat, murmura-t-il, en jouant avec une longue mèche de ses cheveux.

— Il me faudra surtout un travail. Je me demande si je ne pourrais pas essayer de devenir comédienne… J'ai beaucoup aimé ces premiers pas sur scène.

Il ne disait rien, mais ses mains parlaient pour lui. Elles suivirent les contours de son visage dans le noir, parcourant la ligne de ses mâchoires, le creux sous ses pommettes, s'attardant sur la peau sensible derrière ses oreilles. Puis il se pencha et posa sa bouche sur la sienne.

Elle avait envie de pleurer. Aucun souvenir ne pourrait suffire. Elle en voulait *davantage*.

— Nous pourrions nous voir, Nicholas, murmura-t-elle tout contre ses lèvres. Si vous le souhaitiez. Quelque part en ville. Personne n'aurait besoin de le savoir.

La bouche de Nicholas s'immobilisa sur la sienne. Il

1. Simple commerçant devenu riche marchand, puis banquier, puis lord-maire de Londres au Moyen Âge. La légende dit qu'il devait sa fortune à son chat, avec lequel il est toujours représenté.

semblait vibrer, comme une corde tendue. Puis il recula, très lentement.

— Nous voir ? Pour des rendez-vous galants ? demanda-t-il.

Alors qu'elle hochait la tête, il ajouta :

— Ai-je bien compris, Bella ? Êtes-vous en train de me proposer de devenir ma maîtresse ?

Elle baissa les épaules.

— Oui.

Il ne répondit qu'après un long moment.

— C'est d'accord. Mais à certaines conditions.

Elle prit une grande inspiration saccadée et se retint de répondre qu'elle était prête à accepter toutes les conditions qu'il imposerait.

— Lesquelles ? demanda-t-elle à la place.

— Par exemple, je veux que vous restiez ici jusqu'à l'Épiphanie, que vous retourniez patiner avec moi avant que la glace de l'étang ne se brise, que vous dansiez avec moi dans le noir... que vous m'embrassiez... Cette condition est particulièrement importante, Bella.

Soulagée, elle émit un son entre le soupir et le sanglot, et passa les bras autour de son cou, pour l'embrasser sans aucune retenue.

Les mains posées sur ses fesses, il l'attira à lui, en écartant ses jambes pour se faire une place. Alors qu'il la serrait contre lui, elle perçut la chaleur rigide de son érection et elle inclina le bassin afin de la sentir davantage. Oui, c'était exactement cela qu'elle voulait.

Elle sortit sa chemise de son pantalon pour glisser les mains dans son dos. Sa peau était douce et chaude. Il frémit sous ses paumes et enfouit le visage dans son cou, qu'il mordilla avant de l'aspirer doucement, faisant naître en elle une autre bouffée de désir.

— Il y a une autre condition, ma douce.

Sa voix était presque sèche, autoritaire.

— Tout… tout ce que vous voudrez, bredouilla-t-elle, trop désespérée pour négocier.

— Tout ?

Ce n'était pas une question, c'était une exigence, et elle y répondit sans hésitation.

— Tout.

Il finit par l'embrasser à son tour. Il ne fut ni prévenant, ni doux, ni tendre. Ce baiser, c'étaient des semaines de rage, de frustration, de désir, de sentiments confus et incompris. Elle s'abandonna tout entière à cette étreinte, sans s'inquiéter de l'avenir et sans même y penser un seul instant. Elle embrassa Nicholas avec tout l'amour qu'elle avait découvert en elle et qui s'était libéré d'un coup comme par magie. Elle s'arrêta juste avant de prononcer les mots fatidiques, de peur qu'ils ne réveillent la conscience de Nicholas et ne le fassent fuir. Mais tout le reste, elle le donna.

Ils finirent par se séparer, le souffle court et la respiration irrégulière. Ils restèrent un long moment dans l'obscurité, silencieux, puis avec une infinie tendresse il la recoiffa, replaça le bandeau doré sur son front, la fit descendre de la table et la reconduisit au salon, pour retrouver les autres. Personne ne sembla davantage remarquer leur retour que leur brève absence.

Le reste de la soirée se passa dans un chaud brouillard. Plus tard, Bella se rappela avoir dansé avec le *first-footer* et ri pendant qu'il la faisait tournoyer, et ensuite avec Rupert et Lord Carruthers et enfin, pour son plus grand bonheur, avec Nicholas.

Et après que la musique eut cessé, elle aida Lady Deverill à resservir du punch, puis joua avec Emily et les jumeaux au mikado sur le tapis jusqu'à ce que la petite s'endorme la tête sur ses genoux. Ils finirent par tous aller se coucher, en chancelant presque dans l'escalier, à l'aube. Sa dernière pensée, avant que le sommeil ne l'emporte, fut pour Nicholas. Costumé en Belzébuth, il la regardait pendant qu'elle lui jurait fidélité pour l'éternité.

13

Épiphanie

— La neige fond vite, dit Bella d'une voix mélancolique.

Elle fit tomber un paquet de neige mouillée d'une branche de sapin. La neige s'écrasa dans l'allée et éclaboussa ses bottes, avant d'être avalée par une flaque entre les dalles sombres. Nicholas la regardait, en se délectant du contraste entre les couleurs vives de ses cheveux et de son manteau et les tons neutres des arbres nus. Elle portait la même cape lie-de-vin que quand ils étaient allés patiner et qu'elle l'avait fait tomber à la renverse, au sens propre autant qu'au figuré. Une image s'imprima dans son esprit : Bella étendue dans la neige, la tache fauve de ses cheveux et de son manteau se répandant sur l'étendue blanche. Bella n'attendant que lui...

C'était une belle image, mais avec la fonte rapide de la neige elle n'était plus vraiment d'actualité.

Il leva les yeux au ciel, d'un bleu tristement resplendissant. L'Épiphanie était arrivée bien trop vite à son goût. Ces derniers jours avaient été les plus heureux de sa vie, en grande partie parce que Bella était heureuse. Depuis qu'il avait accepté sa proposition de devenir sa maîtresse, elle s'était montrée bien plus libre et gaie. Elle s'était montrée sous son vrai jour.

Ils n'en avaient pas reparlé mais il savait qu'elle pensait aussi souvent que lui à leur accord, ce qui le mettait d'autant plus mal à l'aise de lui avoir menti. Car très bientôt il allait devoir lui avouer qu'il n'avait aucune intention d'avoir une liaison avec elle. Il avait en tête un « arrangement » bien plus permanent.

Elle s'éloigna de l'arbre et vint vers lui.

— Nicholas, puis-je vous poser une question ?

— Bien sûr.

Elle ouvrit la bouche, la referma, et secoua la tête.

— Non, vous allez vous mettre en colère quand vous entendrez ma question.

Il fit un pas vers elle.

— Et si je promets de ne pas me mettre en colère ?

— Vous étiez contrarié quand votre mère en a parlé.

— Parlé de quoi ? Je ne vois pas ce à quoi vous faites allusion.

— Au pied de l'escalier, quand je l'aidais à...

— *Ah !* Je me souviens.

— Vous voyez ? Vous êtes déjà en colère.

— Non. Je me méfie. Que voulez-vous savoir ? S'il y avait du vrai dans les rumeurs me concernant ?

— Je me moque bien des rumeurs. Non, je me demandais ce qui s'était passé pour que vous ayez pris la décision de quitter Hadley Hall alors que c'est un endroit que vous adorez.

La méfiance de Nicholas s'évanouit d'un coup. Il y avait de l'inquiétude dans sa voix, comme si ce qui était arrivé au jeune homme qu'il avait été lui importait vraiment. S'il y avait bien quelque chose qu'il avait appris ces derniers jours, c'était que le cœur de Bella était aussi tendre que son écorce était dure. Et plus elle fendait l'écorce, plus la sienne se fendait à son tour, et plus se révélait une tendresse qu'il ne pensait pas posséder. Si au début de ce miracle de Noël il avait ressenti une peur panique à l'idée d'éprouver des émotions trop violentes, à présent sa seule peur, c'était que Bella ne partage pas ses sentiments.

Il lui offrit son bras, non pas parce que l'allée humide était dangereusement glissante, mais parce qu'il saisissait tous les prétextes qui s'offraient à lui pour être le plus près d'elle possible. Elle posa la main sur son bras sans hésiter, comme si c'était la chose la plus naturelle du monde, et la douleur dans sa poitrine s'intensifia jusqu'au plaisir. Se rendait-elle seulement compte de la confiance qu'elle lui faisait ? Parfois il avait l'impression qu'elle avait tout à fait conscience d'être devenue si importante pour lui, et d'autres fois elle semblait avoir la naïveté d'une enfant. Il était dommage qu'il doive faire preuve de tant de retenue alors qu'il avait de plus en plus envie de prendre la parole à table devant tout le monde et d'annoncer qu'il...

Il prit une grande inspiration, l'agrippa plus fort et répondit à sa question.

— Je me suis enfui car j'étais jeune et bête, et je me croyais amoureux d'une jeune femme qui n'en avait qu'après mon argent et mon titre.

Elle s'arrêta net, les yeux écarquillés.

— Oh.

— Comme vous dites : oh.

— C'est donc pour cela que l'histoire entre Rupert et Violet vous a à ce point contrarié. Moi qui pensais que...

Elle s'interrompit et soupira.

— Que j'exagérais et réagissais de façon disproportionnée ? dit-il. C'est possible. C'est probable, même. Cela a fait resurgir des souvenirs très gênants.

— Qui... ? Êtes-vous toujours amoureux d'elle ?

— Seigneur, non. C'était il y a quinze ans et ma passion de jeunesse n'a duré que le temps de le dire. Ma mortification et ma colère ont duré bien plus longtemps, néanmoins. Je n'ai plus fait confiance à mon jugement pendant des années.

Comme Rupert, je pensais qu'elle était la femme parfaite doublée d'un parangon de vertu. Et cela n'a rien arrangé que sa mère ait été une bonne amie de la mienne, une femme que j'avais toujours tenue en grande estime. Cela m'a fait presque autant de peine de découvrir que celle-ci avait pris une part active dans la duperie dont j'ai été victime.

— Oh ! mais cela a dû être *horrible* pour vous.

— N'exagérons rien, mais c'est vrai que ce n'était pas très agréable. L'aspect positif, c'est que cela m'a rendu moins bête et naïf, et que cela m'a donné une grande leçon. Et fort heureusement j'ai découvert la vérité avant de l'avoir demandée en mariage, sinon j'aurais été encore plus malheureux. Voilà, vous savez tout sur mon grand secret. Pas très passionnant, n'est-ce pas ? Vous espériez peut-être quelque chose de plus spectaculaire...

— Non, pas du tout, et vous ne devez pas sous-estimer la violence de ce que vous avez vécu. Je comprends à présent pourquoi vous vous méfiez des histoires sentimentales et pourquoi vous nourrissiez une telle haine vis-à-vis de Violet et moi. Je suppose que vous pensiez que j'étais comme la mère de cette idiote, et que je manœuvrais dans l'ombre pour que Rupert tombe dans les filets de ma cousine.

Il secoua la tête, sans trop savoir quoi répondre. Il savait ce qu'il avait envie de dire, cependant. Il avait envie de dire qu'il ne pensait plus du tout que l'amour était un non-sens absolu ou bien du désir qui n'osait pas dire son nom. Qu'il savait que l'amour existait et qu'il n'existait rien de plus fort ni de plus tenace.

L'amour l'avait changé d'une manière qu'il n'aurait jamais pu imaginer. Les sentiments, la dépendance, la confiance : rien de tout cela ne lui faisait plus peur. C'était Bella qui avait accompli ce miracle en l'amenant à ouvrir son cœur. Et à présent son cœur était grand ouvert sur la lumière, sur l'air, sur la vie.

Maintenant qu'il connaissait la nature de ce qui le tourmentait, il comprenait pourquoi son désir pour Bella était infiniment plus ardent que celui qu'il avait pu éprouver durant ses folles escapades de jeunesse. Tout cela prenait racine dans la confiance que Bella lui inspirait, et cette essence magique nourrissait les flammes qui le dévoraient.

Parfois, comme c'était le cas en cet instant précis, quand elle le regardait avec cette sollicitude sincère, il se disait qu'elle devait tenir à lui. Que ce qu'il ressentait pour elle était partagé. Mais alors la blessure infligée au jeune homme stupide qu'il avait été se rouvrait et il se souvenait qu'il était toujours possible d'être dupé. Il ne pensait pas que Bella puisse essayer de le manipuler, non, mais au moins trente fois par jour il se répétait qu'elle ne pouvait pas tenir à lui autant qu'il tenait à elle.

— Je ne voulais pas me montrer indiscrète, dit-elle, comme déstabilisée par son silence. Je suis désolée, Nicholas.

Il secoua la tête.

— Non, non, ne soyez pas désolée. Je suis heureux de vous en avoir parlé. C'est moi qui devrais m'excuser. Je sais que je me suis très mal comporté à Bath. Si je pouvais revenir en arrière...

Elle lui serra le bras.

— Je me suis très mal comportée moi aussi. Comme la vipère pour laquelle vous me preniez.

— Je vous prenais pour un hérisson, non pas pour une vipère. Et pour tout vous avouer, même si sur le moment j'étais trop bête pour le reconnaître, au fond de moi je pense que j'adorais croiser le fer avec vous. Sinon je n'explique pas pourquoi je retournais au combat même en perdant bataille sur bataille.

— Allons, vous n'avez pas perdu toutes les batailles, protesta-t-elle, alors que ses joues se teintaient légèrement de rose.

— Si, toutes, sans exception. Et cela m'a tellement affecté que j'ai abandonné tout amour-propre. Si vous êtes si contrite que vous le prétendez, vous devriez faire amende honorable.

Elle sourit et ses délicieuses fossettes apparurent.

— Je n'ai pas spécialement l'impression que vous ayez abandonné tout amour-propre, mais soit. Que puis-je faire pour réparer le tort que je vous ai causé ?

— Je crois que ce qu'il faut à mon pauvre amour-propre, c'est un baiser par-ci, un compliment par-là. En fait, un baiser, ici et maintenant, serait un bon début, je pense.

Elle entrouvrit la bouche, et sa langue effleura le renflement de sa lèvre supérieure dans un mouvement aussi involontaire qu'ensorcelant. Cela lui donna envie de tomber à genoux et de se ridiculiser devant elle. Seigneur, comme il la désirait...

— Ici... ? demanda-t-elle d'une voix un peu rauque.

— Oui, ici, n'importe où, partout. Tout le temps.

Il fit appel à ce qui lui restait de calme et de bon sens, et hocha la tête.

— Oui, ici, répéta-t-il. Personne ne peut nous voir depuis la maison. Je vous proposerais bien de trouver un peu de gui pour l'accrocher aux branches au-dessus de nous, mais ma blessure d'amour-propre s'aggrave de minute en minute, et sans des soins adéquats et immédiats, je ne suis pas sûr d'avoir la force de me traîner jusqu'à la maison. Je pourrais tout aussi bien succomber et finir mes jours, là, sur un banc recouvert de neige.

Les fossettes de Bella se creusèrent davantage.

— Vous laisser mourir serait une bien méchante manière de vous remercier pour votre hospitalité, Lord Deverill. Je vais imaginer que des bouquets de gui pendent à ces branches, alors.

Elle approcha et posa la main sur son torse. Elle baissa les cils un instant, et quand elle les releva, ses yeux brillaient de désir. Sans réfléchir, il passa les bras autour d'elle et l'attira tout contre lui. Quoi qu'elle puisse éprouver pour lui, elle ressentait cette chaleur qui les dévorait tous les deux. Il ne pouvait pas se tromper sur ce point. Même si ce n'était pas suffisant, c'était un bon début.

Elle recula légèrement et, à sa grande surprise, elle retira ses gants. Puis elle posa ses mains nues sur son torse puis sur ses épaules. Elle glissa même une main contre son cou, sous le col de sa veste, et passa ses doigts froids sur sa peau échauffée. Il sentit qu'il allait avoir le plus grand mal à contenir le gémissement que ce contact pourtant innocent avait fait naître. De son autre main, elle lui toucha la joue. Il émit bien un son, mais il fut étouffé quand elle se hissa sur la pointe des pieds et posa sa bouche sur la sienne.

Pendant un moment, ils restèrent immobiles, telle des statues de glace, alors qu'il n'y avait rien de glacé chez eux. Son pouls cognait, son érection pressait contre son bassin, leurs souffles irréguliers se mêlaient alors qu'ils se tenaient au bord du précipice, prêts à sauter dans le vide. Puis elle poussa un gémissement long et presque déchirant, et l'embrassa jusqu'à ce qu'il en perde la raison.

Il glissa une main sous sa cape, regrettant que ce ne soit pas l'été et qu'ils ne soient pas seuls au monde, car si cela avait été le cas, il l'aurait déshabillée, l'aurait allongée sur sa cape et il aurait couvert son corps nu de baisers. Un jour... Un jour prochain... Un jour prochain, elle serait sienne et il se donnerait à elle.

Après leur baiser, ils demeurèrent soudés l'un à l'autre, comme paralysés par la frustration. Dans le silence qui régnait autour d'eux, le bruit de leur respiration était presque assourdissant. Puis il plaça un doux baiser sur sa joue et s'y attarda un moment.

— Je sens une très nette amélioration de mon état. Mais je pense que cela ne durera qu'un temps et qu'il faudra m'administrer une nouvelle dose de ce remède bientôt. En attendant, nous ferions mieux de rentrer. Il est l'heure de se préparer pour *le* grand moment de ces fêtes de Noël.

— Il y a déjà eu tant de grands moments, murmura-t-elle. Je ne vois pas ce qui pourrait venir les surpasser.

Il rit et lui prit le bras pour qu'ils cheminent côte à côte dans l'allée. Quand ils furent arrivés à la porte du jardin, il s'arrêta.

— Vous vous souvenez quand j'ai dit que j'avais encore une condition, Bella ? Le soir de la Saint-Sylvestre ?

Elle hocha la tête d'un air méfiant.

— Quelle est-elle ?

— Je vous le dirai. Ce soir. Maintenant, venez, il faut que vous rassembliez vos forces pour la surprise du dessert.

— Vous me faites un peu peur, Nicholas. Qu'est-ce que « la surprise du dessert » ? Et pourquoi dois-je rassembler mes forces ?

— C'est cela, la surprise !

Bella mit plus d'application que d'habitude à se préparer pour le dîner. Elle savait que cette période magique était sur le point de se terminer, mais elle avait l'intention d'en profiter pleinement jusqu'au dernier instant.

Depuis qu'elle s'était avoué à elle-même qu'elle aimait Nicholas, les journées passées à Hadley Hall étaient devenues encore plus précieuses. Depuis le dégel, la famille Hadley semblait déterminée à rattraper le temps perdu coûte que coûte, et toutes les nuits, avant de s'endormir, Bella tentait de se remémorer tout ce qui s'était passé dans la journée afin de se constituer une collection de merveilleux souvenirs pour les années à venir.

Les distributions de tourtes, de sacs de blé et de vêtements aux villageois et aux nécessiteux. Les diverses actions de bienfaisance qui s'étaient succédé entre le premier de l'an et l'Épiphanie. La visite des *mummers* qui, finalement, avait pu avoir lieu. Les choristes qui s'étaient rassemblés dans la cour sous le soleil hivernal commençant à décliner lentement.

Le matin même, la famille Hadley s'était rendue à l'église du village pour la célébration de l'Épiphanie. Pendant qu'elle aidait Lady Deverill à distribuer des cadeaux aux enfants, Bella avait regardé l'homme qu'elle aimait converser avec le *yeoman*[1], les fermiers, les commerçants, autour de trois énormes saladiers en argent remplis de vin chaud. Cela lui fit tant penser à Lower Ottington qu'elle eut l'impression que son passé perdu et son précieux présent s'étaient rejoints et entremêlés.

La seule chose qui lui échappait, c'était son futur, et toutes les nuits avant de s'endormir elle s'accordait un moment afin d'imaginer à quoi ressemblerait sa vie quand elle aurait quitté Hadley Hall et qu'elle serait devenue la maîtresse de Nicholas. Elle ne doutait plus que c'était ce qui allait se produire. Il n'essayait pas de cacher le désir qu'il éprouvait pour elle et, même si elle en était fort surprise, cela lui procurait la joie et la force nécessaires pour affronter toutes les épreuves de la vie.

Elle avait même trouvé le courage de lui poser la question qui la taraudait depuis des jours et des jours, et le courage de l'embrasser avec tout l'amour dont elle débordait. Elle était si heureuse qu'elle en avait le vertige, ce qui lui ressemblait peu. Elle savait qu'un jour viendrait où Nicholas se lasserait d'elle, mais pour l'instant il faisait partie de sa vie et l'idée d'écrire bientôt une nouvelle page de son existence l'emplissait d'espoir.

Ce fut avec cette même sensation de vertige qu'elle alla rejoindre les autres convives pour le dîner. À la fin du repas,

1. En Angleterre, paysan propriétaire de la terre qu'il cultivait. Il faisait partie de l'élite villageoise.

on leur servit du punch, ainsi que le traditionnel gâteau de la Douzième Nuit[1], spécialité de la cuisinière. Emily poussa un cri de joie quand sa part fut placée devant elle et s'appliqua aussitôt à la réduire méthodiquement en miettes.

— Rien ! gémit-elle. Qui a le haricot ?

Les autres se mirent à disséquer leur gâteau à leur tour. En riant, Bella les imita, en espérant que la pauvre cuisinière ne voie pas le sort réservé à sa magnifique création. Il y eut un petit bruit et tout le monde se tourna vers Nicholas qui avait fait tinter sa fourchette contre son verre à vin. Il montra à tous un simple petit haricot brun.

Emily grommela.

— Ce n'est pas juste ! Vous êtes déjà le roi, oncle Nick, et vous pouvez vous offrir des cadeaux tous les jours si vous le souhaitez. Moi je voulais demander une nouvelle selle.

— Tais-toi maintenant, Emily, dit sa maman, tout en partageant le reste de sa part entre ses deux fils, à l'appétit insatiable. Laisse Nick nous dire ce qui lui ferait plaisir.

— Tu l'auras, ta nouvelle selle, mon chou, promit-il à Emily. Mais en ce qui me concerne, je ne vais pas demander de cadeau. À la place, je préfère invoquer la vieille tradition.

— Qu'est-ce que la vieille tradition ? demanda Bella, amusée par cette nouvelle fantaisie des Hadley, qui n'avaient pas leur pareil pour remettre au goût du jour les us et coutumes à demi oubliés.

Emily bondit sur sa chaise et s'exclama, rose de plaisir :

— Oncle Nick va choisir une reine !

Un silence étrange se fit et, comme au ralenti, tous les visages se tournèrent vers Bella.

Elle se figea.

1. Le gâteau de la Douzième Nuit de Noël, traditionnellement servi à l'Épiphanie, est une pâtisserie à base de fruits confits et d'épices. Il contient un haricot sec (pour le roi) et parfois un petit pois (pour la reine).

Quand Nicholas reprit la parole, il semblait s'exprimer comme un oracle.

— C'est mon ultime condition, Bella.

— Comment ? demanda-t-elle d'une voix suraiguë.

— Vous avez accepté, vous souvenez-vous ? Une ultime condition. La voici. Je veux que vous soyez ma reine, ou plutôt… ma comtesse. Ce n'est pas aussi prestigieux, mais c'est tout ce que je peux vous offrir, malheureusement.

Elle secoua la tête, perdue, terrifiée, tentant de résister à l'avalanche d'espoir et de chaleur qui voulait l'emporter. *Il ne pouvait pas être sérieux*. Elle lui avait proposé de devenir sa maîtresse et n'espérait rien de plus. Pourquoi ferait-il une chose pareille ? Devant toute sa famille réunie ? Il devait avoir perdu la raison.

— Bella…

Quelque chose, dans la voix de Nicholas, parvint à transpercer la cacophonie qui faisait rage en elle. Un manque d'assurance ? De la crainte ? De la *peur ?*

Elle ne comprenait pas ce qui était en train de se passer, mais elle ne voulait surtout pas entendre cela dans sa voix. Elle tendit la main et il la prit en poussant un long soupir qui fut noyé sous les vivats fusant tout autour de la table. Il l'aida à se lever alors que les autres quittaient déjà leurs chaises pour venir les féliciter. Bella sourit, et la part en elle qui n'était pas sous le choc s'abandonna entièrement à ce qui semblait être le plus fou des rêves ou une hallucination induite par un abus de punch.

Ce ne fut que quand Lady Deverill la serra dans ses bras, l'enveloppant dans une suave odeur de lavande et de lys, que quelque chose se fissura en elle. Nicholas dut sentir sa main trembler dans la sienne, ou sa respiration se modifier. Il dit à sa famille quelque chose qu'elle n'entendit pas vraiment et la conduisit dans son bureau. Quand il referma la porte, elle se dirigea sans réfléchir vers le centre de la pièce et s'immobilisa, attendant que l'illusion se dissipe.

— Je n'aurais pas dû faire cela, n'est-ce pas ? demanda-t-il abruptement. Pas de cette façon. J'ai pensé... Il m'a semblé... Bella. Dites quelque chose, au moins.

— Pourquoi avez-vous fait cela ? réussit-elle à dire, toujours sous le choc. Savez-vous ce qu'ils doivent penser ?

— Bien sûr que je sais ce qu'ils pensent. Ils pensent que je viens de vous demander en mariage. Ce que je ne sais pas, en revanche, c'est ce que *vous* pensez.

Elle secoua la tête.

— Je ne comprends pas. J'ai proposé d'être votre maîtresse. Vous avez dit que vous étiez d'accord.

— Oui. Et je ne mentais pas. Je veux que vous soyez ma maîtresse. Mon amoureuse. Mon épouse. Ma compagne. Et également, l'éternelle épine dans mon pied.

Il lui jeta ces mots tels des bris de glace.

— Je pensais... J'espérais que c'était ce que vous vouliez vous aussi. L'autre nuit, dans la serre... Et aujourd'hui... Je pensais... Je me suis dit que vous ne vous seriez pas offerte à moi si vous ne teniez pas un peu à moi. Que vous n'auriez pas pu m'embrasser comme vous l'avez fait si ce n'était pas le cas... Apparemment, je me trompais.

— Mais vous devez savoir que je ne peux pas vous épouser, Nicholas.

Le visage de ce dernier était à présent froid et figé comme du marbre, mais elle poursuivit.

— Même si... même si vous souhaitiez vraiment m'épouser, ce que, au passage, j'ai du mal à comprendre... cela ne serait pas... bien. Vous refusiez de laisser Rupert épouser ma cousine, alors que son père était de plus haute naissance que le mien. Les membres de votre famille pensent que je suis une lointaine parente de votre père, mais la vérité éclatera bientôt. Ils vont être furieux et... et votre mère sera triste.

Je ne peux pas leur faire une chose pareille, pas alors qu'ils ont été si gentils et accueillants. Je ne comprends même pas pourquoi vous pensez vouloir m'épouser. Je vous ai dit que je serais votre maîtresse jusqu'à ce que vous vous lassiez de moi. Vous n'avez pas du tout besoin de m'épouser...

Lorsque son flot de paroles finit par se tarir, il prit une grande inspiration.

— Je ne suis pas d'accord. Au contraire, c'est précisément ce que j'ai *besoin* de faire. Ces deux semaines ont été les plus heureuses de ma vie. J'ai souffert le martyre de ne pas pouvoir vous toucher, mais j'ai été heureux, merveilleusement heureux. Vous prendre pour maîtresse, voler des moments furtifs, devoir vous cacher à ma famille et au reste du monde... Ce n'est pas ce que je veux. Je vous veux ici, à mes côtés. Je veux que vous vouliez être ici à mes côtés, Bella.

Il fit un pas vers elle, et elle recula d'un pas.

— Non. Cela n'a aucun sens. Vous n'y auriez même pas songé si ce n'était pas vous qui aviez trouvé la fève.

Il poussa un éclat de rire bref, tranchant et tout sauf amusé.

— Vous pensez vraiment que j'aurais confié une affaire si importante au hasard ? Je me suis arrangé avec la cuisinière.

— Oh.

— Comme vous dites, « oh ». C'était une idée stupide. Je m'en rends compte à présent. Lâche, aussi, mais j'espérais... Je sais que vous êtes inquiète à propos de ma famille, mais je pensais que si vous voyiez à quel point elle s'est prise d'affection pour vous... À quel point votre place est ici... J'aurais dû attendre, non pas vous prendre en traître et tout gâcher. Ma seule excuse, c'est qu'au cours des deux mois qui viennent de s'écouler, Bella, vous m'avez fait perdre tout sens commun. Depuis que je vous connais, j'ai perdu tout contrôle sur mon esprit, mon corps et mon cœur. Vous êtes ma boîte de Pandore.

Curieusement, ses mots amers rendirent le sol un peu

plus stable sous les pieds de Bella et dissipèrent légèrement la brume de confusion dans laquelle elle baignait. Elle ne savait toujours pas quoi faire, mais elle savait qu'elle aimait Nicholas. Et, ô miracle, il semblait sincèrement épris d'elle lui aussi.

Son cœur bondissait et dégringolait en même temps. La joie, une joie radieuse et porteuse d'espoir, pétillait en elle, telles de petites bulles friponnes. Mais un sentiment nouveau fit également son apparition en elle. Désormais, elle était aussi responsable de Nicholas. S'il se pensait amoureux d'elle, c'était à elle de faire en sorte qu'il ne commette pas une erreur qu'il regretterait par la suite.

— Bon sang, Bella, dites quelque chose, explosa-t-il, avant de faire un autre pas vers elle.

Elle tendit la main pour l'arrêter dans son élan.

— Il faut que je parle avec votre mère.

Il la fixa un long moment sans rien dire, avant de partir dans un grand éclat de rire.

— Ma mère ? Quel âge pensez-vous que j'aie ?

— L'âge de commettre encore des erreurs. Vous vous êtes trompé sur mon compte une fois ; vous pourriez vous tromper une seconde fois.

— Et vous entretenir avec ma mère permettrait de clarifier certaines choses ?

Cela semblait ridicule, en effet, mais c'était plus fort qu'elle. Elle hocha la tête. Il se dirigea vers la porte et l'ouvrit, en riant encore.

— Allez-y, alors. Je serai même assez adulte pour ne pas écouter à la porte, bien que cette conversation s'annonce fascinante. Je vous accorde, disons… une demi-heure. Est-ce que cela vous va ?

Elle ne releva aucune de ses piques. Elle ne réagit pas davantage lorsque, quand elle passa à côté de lui, il lui effleura les fesses comme si c'était son droit le plus strict.

14

Alors que Bella se dirigeait vers le salon la mort dans l'âme, elle aurait dû savoir qu'une conversation avec Lady Deverill ne pourrait jamais se révéler dramatique. La voyant arriver, son hôtesse tapota le canapé, juste à côté d'elle, l'invitant en silence à s'asseoir avec une douceur qui serra la gorge de Bella.

Elle approcha mais ne s'assit pas. Elle s'en sentait incapable.

— Je dois vous avouer quelque chose, Lady Deverill. Je suis ici sous un prétexte. Je ne suis pas une parente éloignée de votre défunt mari.

Lady Deverill haussa un sourcil, mais sourit avec bienveillance.

— Asseyez-vous, je vous en prie, chère Bella, et racontez-moi cela.

Bella prit place à l'autre bout du canapé, mais Lady Deverill tendit le bras pour tapoter ses mains jointes. À ce contact, les mots se mirent à jaillir. Elle lui dit tout. Elle lui parla de Violet et Rupert, de l'affrontement entre Lord Deverill et elle, de la fugue amoureuse avortée, de sa condition modeste… C'était comme si une force supérieure avait pris le contrôle de sa parole. Quand elle eut terminé, elle se cala contre le dossier, hors d'haleine et aussi rouge qu'une baie de houx.

— Eh bien, déclara Lady Deverill, quelle confession ! Aussi spectaculaire qu'inutile.

— Inutile ?

— Ma chère enfant, quand mon fils a tenté de m'expliquer les raisons de votre présence parmi nous, j'ai tout de suite deviné qu'il se tramait quelque chose de sérieux. Je connais également par cœur l'arbre généalogique de feu mon époux. Un arbre bien maigrelet, puisqu'il était l'enfant unique d'un enfant unique, lui-même enfant unique d'un enfant unique. Que Nicholas nous amène pour Noël une cousine inconnue qu'il aurait trouvée comme par enchantement au beau milieu d'une tempête de neige… Comment dire ?

Bella hésitait entre la mortification contrite et la crise de fou rire nerveux. La comtesse hocha la tête et poursuivit :

— Et puis il y a eu cette dispute qu'il a eue avec Agatha, ma sœur. J'ai peut-être l'air d'être ailleurs, parfois…

Bella secoua la tête vigoureusement pour protester, mais Lady Deverill l'arrêta d'un geste de la main.

— C'est très gentil de votre part, ma chère, mais c'est la vérité. Quoi qu'il en soit, même si j'ai parfois l'air d'être ailleurs, rien de ce qui concerne mes enfants ne m'échappe. Le lendemain, j'ai pris Nicholas à part et je l'ai obligé à me révéler toute la vérité.

Bella ne put s'empêcher de sourire. Elle aurait aimé être une petite souris ce jour-là.

— Exactement, dit Lady Deverill en hochant la tête. Durant cette conversation très instructive, j'ai aussi pu me rendre compte que l'opinion qu'il avait de vous était pour le moins… mitigée. Je me suis alors demandé comment une jeune femme pouvait posséder les talents de Machiavel, Napoléon, Richelieu et Circé réunis.

— La guirlande près de l'escalier…, dit Bella, ce qui fit sourire la comtesse.

— En effet. Une fois que j'ai été convaincue que mon fils vous avait mal jugée, je me suis demandé pourquoi. Qu'il se trompe à ce point sur quelqu'un… Cela m'a semblé très curieux. Et quand Emily m'a raconté « l'incident » près de l'étang...

— Elle vous a raconté *cela* ? demanda Bella d'une voix étranglée, alors qu'elle sentait ses joues en feu.

— Bien entendu. Emily me raconte tout. C'est le privilège d'être grand-mère. Alors la dernière pièce de mon puzzle a trouvé sa place. Après cela, tout ce qui s'est passé n'a fait que confirmer que mon fils, à son corps défendant, était vraiment tombé amoureux pour la première fois de sa vie. Vous observer tous les deux m'a procuré une immense joie, Bella.

Le cœur de Bella cognait si fort qu'elle craignait qu'il ne casse quelque chose. Elle porta la main à sa poitrine. Pourquoi la conclusion de Lady Deverill était-elle si importante pour elle ? Elle l'ignorait, mais c'était un fait indéniable.

— Mais je sais que je ne peux pas être ce que vous voulez pour lui, Lady Deverill. Vous voulez sans doute qu'il épouse une femme plus...

— Plus quoi ?

— Plus accomplie, plus noble, plus belle... Plus *tout* !

Lady Deverill lui tapota la main.

— Vous êtes exactement ce que je veux pour lui. Vous êtes intelligente et forte et, le plus important, vous le voyez *lui*, en tant qu'homme, et pas son titre ni même sa seule beauté. Il a besoin d'une femme qui sache rester ferme, mais qui puisse aussi être douce. Je n'aurais pas pu imaginer un meilleur parti pour mon fils. Allons, allons, ne pleurez pas, ma chère. Ou plutôt si, pleurez. Venez ici et pleurez une bonne fois pour toutes. Vous en avez le droit.

Elle passa ses bras autour de Bella qui obéit et ne chercha pas à retenir ses larmes. Une fois la tempête passée, elles sonnèrent pour se faire servir un thé et parlèrent de tout et de rien jusqu'à ce que la gouvernante vienne frapper à la porte pour discuter des menus de la semaine.

Bella monta dans sa chambre et, après avoir fait de son mieux pour effacer les traces de son effondrement, elle alla trouver Nicholas.

Malgré la gentillesse de Lady Deverill, elle était inquiète. C'était une chose d'être acceptée par cette famille aimante, mais ils étaient si habitués au bonheur qu'ils n'anticipaient peut-être pas la vague de rejet que pourrait susciter dans la haute société une telle mésalliance.

Elle lui avouerait qu'elle l'aimait, c'était décidé. Néanmoins, n'étant pas persuadée qu'il était dans l'intérêt de sa famille ni même dans son intérêt à lui de l'épouser, elle voulait l'inciter à réfléchir aux conséquences de sa décision.

C'était le mieux qu'elle avait à faire. Elle ne voulait pas qu'il regrette toute sa vie ce moment de folie hivernale.

Il était assis dans sa bibliothèque, les mains posées sur son bureau, mais il ne semblait pas travailler. Il se leva, mais resta immobile. Son regard était méfiant.

— Vous êtes partie affreusement longtemps. En règle générale, cela n'augure rien de bon. Je commençais à me dire que vous vous étiez peut-être enfuie.

Sa voix était mécanique, froide et dure, mais depuis qu'elle était tombée amoureuse de lui, elle savait ce que cela pouvait cacher. L'inquiétude, le besoin, le manque d'assurance.

Elle ferma la porte et s'y appuya.

— Je vous aime tant, Nicholas.

Elle se plaqua une main sur la bouche. Ce n'était pas du tout ce qu'elle avait prévu de dire en premier. Il plissa les yeux et fit le tour de son bureau. Elle tendit les mains.

— Bien sûr, c'est la vérité, mais ce que je voulais dire, c'est que vous devriez prendre votre temps, et ne pas vous précipiter…

Il l'avait désormais rejointe, et il posa une main sur la porte à côté d'elle. Elle crispa les poings, pour essayer de rassembler sa détermination qui semblait vouloir lui faire défaut.

— Je ne supporterais pas que vous le regrettiez, Nicholas. Je préférerais partir que vous voir vous mettre à me détester.

Il la regarda en silence un moment.

— Vous rendez-vous compte à quel point tout cela est vain, mon amour ? Vous êtes *déjà* liée à moi.

— Non, pas encore. J'ai dit que j'y réfléchirais...

— Non. Vous avez mis un genou à terre et vous m'avez juré fidélité pour l'éternité.

Elle déglutit avec peine en repensant à ce moment. Il la hanterait sans doute toute sa vie.

— Je... Ce n'était qu'une ligne de dialogue. Dans une pièce.

— Non, vous étiez sincère. Et moi aussi.

— Vous... vous n'avez fait que me souffler mon texte.

Il secoua la tête.

— Non. Vous le connaissiez sur le bout des doigts. Vous aviez peur de le déclamer. Alors j'ai parlé le premier. Je ne pense pas être un dramaturge très talentueux, mais je suis plutôt fier de cette scène, ma douce.

Son cœur eut un soubresaut.

— Comment ? Que dites-vous ?

— Vous n'aviez pas deviné ? Mère était très heureuse que je l'aide à écrire cette pièce idiote et moi j'étais très heureux quand vous m'avez suggéré de jouer Belzébuth pendant que vous incarneriez le dragon. Ma version était assez éloignée de l'original, mais j'avais un projet supérieur, voyez-vous. J'avais cette image dans mon esprit. Vous, à genoux devant moi, déclarant solennellement m'appartenir. Primaire, je l'avoue, mais très...

Du bout du doigt, il traça une ligne partant de son cou et longeant son flanc, ce qui lui donna la chair de poule.

— ... séduisant.

— Nicholas…, souffla-t-elle, incapable de dire quoi que ce soit d'autre.

Il semblait aussi tendu qu'elle, car l'ombre sous ses pommettes se creusa davantage.

— Et ensuite quand vous m'avez regardé, j'ai su que ces mots étaient bien plus qu'une tirade. Ils étaient sincères. C'est pour cela que je les ai prononcés le premier. Je pensais ce que j'ai dit. Je suis à vous, Bella. À tout jamais. Si vous partez, malheureusement, je n'aurai d'autre choix que de vous suivre et je deviendrai une vraie nuisance pour vous, car je n'aurai de cesse de vous rappeler que vous aussi vous vous êtes vouée à moi. Quand vous avez prononcé ce serment, j'ai senti que vous pensiez chaque mot que vous disiez. Je me suis senti… aimé. Je me suis peut-être trompé, mais je ne crois pas. Je ne peux pas croire qu'il ne se soit agi que de mots vides de sens, ma douce. Je ne le veux pas.

Elle pensait s'être déchargée de toutes ses larmes, mais elle se trompait. Elle les essuya et il lui embrassa la joue avec une infinie tendresse.

— Vous êtes si courageuse quand il s'agit des autres. Faites-vous confiance et soyez courageuse quand il s'agit de vous, mon amour.

— C'est ce que je veux, sanglota-t-elle. J'étais sincère, oui. Je pense que j'étais déjà amoureuse de vous bien avant d'arriver ici, folle que je suis.

Il rit et l'attira à lui.

— Vous êtes ma folle à moi. Et je suis votre fou à vous. Vous voyez ? Nous avons besoin l'un de l'autre pour que nos deux folies s'équilibrent. Je pensais vous haïr. Personne ne m'a autant fait enrager que vous. Et j'étais trop stupide pour me demander pourquoi. Mais pas stupide au point de ne pas saisir la chance qui m'était donnée de vous amener ici et de vous garder près de moi. Je surveillais mon baromètre comme une mère couve son nouveau-né du regard, et à chaque fois il m'annonçait de nouvelles chutes de neige… Autant dire que je n'ai jamais été aussi heureux de me retrouver bloqué par les intempéries en compagnie de ma très agaçante famille. Les dieux de l'hiver en personne ont conspiré avec moi, mon amour. Vous ne pouvez pas ignorer ce miracle de Noël. Manque de chance, vous savez. Il se peut que l'étang ne regèle plus jamais ainsi.

— Ce… ce serait dommage.

— N'est-ce pas ? Parce que, clairement, vous avez besoin d'un peu d'entraînement.

— Je me débrouille très bien pour quelqu'un qui n'a pas patiné depuis dix ans.

— Je ne parlais pas de patinage. Ce que je pense, c'est que vous devriez vous entraîner à me faire tomber à la renverse dans la neige. C'est tout un art, et si vous avez fait preuve d'aptitudes prometteuses, vous pouvez encore vous améliorer. Par exemple…

Tout en parlant, il laissait ses mains courir sur le corps de Bella, comme s'il entendait les accords d'une valse ou comme s'ils patinaient. De lents et languides mouvements de ses doigts sur ses hanches, puis sur sa taille et enfin sur ses seins, avant de laisser ses mains redescendre. Il parlait peut-être de neige, mais tout ce qu'elle sentait, c'était le feu.

— Par exemple ? demanda-t-elle, en s'abandonnant à ses plus bas instincts et en laissant ses propres mains se promener sur son corps ferme et tendu.

— Par exemple, vous pourriez lâcher vos magnifiques cheveux afin qu'ils coulent comme du miel chaud et fassent fondre la neige. Vous pourriez écarter les jambes afin de me faire une place d'où je ne voudrais plus jamais bouger. Alors je resterais gentiment au chaud contre vous, vous sentiriez mon désir et vous m'embrasseriez comme vous m'avez embrassé à la Saint-Sylvestre, comme vous m'avez embrassé cet après-midi et comme vous allez m'embrasser tout de suite. Sans peur, sans inquiétude, sans arrière-pensée. Avec tout votre cœur.

Bella regarda l'homme qu'elle aimait et se fit un plaisir de lui obéir.

JOANNA JOHNSON

Le baiser du bal d'hiver

Traduction française de
MARIE PASCAL

Les Historiques

HARLEQUIN

Titre original :
A KISS AT THE WINTER BALL

Pour toutes celles (et ceux) qui aimeraient
trouver un vicomte sous le sapin cette année.
Joyeux Noël !

1

Resserrant son manteau, Maria Bartlett leva de nouveau les yeux vers les gros nuages amoncelés au-dessus de sa tête. Ils l'avaient suivie depuis l'auberge qu'elle avait quittée à la hâte ce matin-là, et pour la première fois depuis le début de son escapade, un soupçon de doute venait entamer sa détermination demeurée jusque-là inébranlable.

On dirait que la neige s'annonce. Si elle se met vraiment à tomber, il nous faudra beaucoup plus de temps que prévu pour arriver à Atherby.

Maria serra la mâchoire, même si ses compagnes de voyage ne s'émouvaient pas spécialement de ces rudes conditions hivernales. Contentes de leur sort, elles allaient là où on les faisait aller et la crainte de manquer un rendez-vous important ne semblait pas leur avoir traversé l'esprit, puisqu'elles avançaient avec placidité sans se soucier des retards causés par les événements des jours précédents.

Rien de surprenant. Les dindes ne sont pas réputées pour leur respect des délais impartis.

Elles n'étaient plus que vingt sur les trois cents qui avaient quitté le Norfolk en septembre. Les autres avaient déjà été confiées à leurs nouveaux propriétaires. Assurer le transport des volailles à pied depuis Thetford jusqu'à Londres n'était pas une sinécure, mais c'était en cette période de Noël que la quasi-totalité des profits de l'année était réalisée, l'exploitation paternelle devenant un peu plus prospère à chaque voyage. Cela faisait dix ans que le frère aîné de Maria, Carew, menait l'expédition en direction du sud, et dix ans qu'elle l'enviait.

Malgré ses supplications, son père n'avait jamais consenti à la laisser partir. En tant que fille de gentleman-farmer, sa place était à la maison, où elle était censée cultiver ses talents de femme d'intérieur, jouer du piano, broder des boutonnières. Mais tout cela l'ennuyait à mourir. Depuis l'enfance, elle, le garçon manqué, ne rêvait que d'aider à diriger l'élevage et le domaine comme les hommes. Un rêve qui ne s'était jamais réalisé.

Écouter les conversations entre son père et Carew, et lire en cachette les nouvelles consacrées au monde agricole, étaient les seules choses qui lui permettaient de s'en approcher. Loin de se décourager, Maria saisissait toute opportunité d'en apprendre davantage, en attendant avec impatience le jour où elle pourrait prouver qu'elle était capable de bien plus que d'être un joli ornement dans un salon. Les années s'étaient succédé, néanmoins, sans que rien ne modifie la morne et répétitive existence à laquelle elle était condamnée. Jusqu'à ce que le destin ne s'en mêle.

— En rang, je te prie.

Maria tenait un long bâton dans une main et s'en servait présentement pour tenter de faire revenir à la raison un capricieux volatile. Le vent sifflait à ses oreilles et faisait voler autour d'elle les boucles auburn qui s'échappaient de son chapeau. La dinde et ses cheveux étaient pareillement récalcitrants et se rebellaient contre toute tentative de domptage. Mais Maria ne s'en formalisa pas outre mesure : elle avait l'esprit ailleurs. Pour tout dire, elle se sentait légèrement coupable.

J'espère que Carew va vite se rétablir… et que M. Cartwright n'aura pas d'ennuis à cause de moi, qui ai réussi à lui échapper.

Son père ne l'avait autorisée qu'à prendre en charge les derniers miles du convoi, à condition que l'un de ses hommes de confiance la suive et ne la quitte pas d'une seule semelle. C'était à cause d'une cheville foulée que Carew avait dû interrompre son voyage et rester à l'auberge de la Couronne, située à deux jours de marche de Londres. Il n'avait pas semblé particulièrement content de voir sa sœur cadette arriver pour le remplacer. Selon lui, les routes n'étaient pas faites pour les jeunes femmes, même escortées, mais la lettre que leur père lui avait envoyée du Norfolk avait apaisé ses craintes.

Maria ne courrait aucun danger avec Cartwright à ses côtés, leur père en était certain, et cette petite aventure signerait à coup sûr la fin de ses envies ridicules de mener une vie d'homme. Dès qu'elle ferait l'expérience de la dure réalité de ce travail, elle irait aussitôt se réfugier dans un cocon féminin protecteur et réconfortant, là où se trouvait sa place. En tout cas, cela mettrait un terme à ses incessantes requêtes pour participer à un monde qu'une femme ne pouvait pas comprendre. Un choc salutaire, aussi bref que violent, voilà ce que s'imaginait son père.

Eh bien, il se trompait ! La lettre de ce dernier, qu'elle avait parcourue alors que son frère l'avait laissée traîner sur son bureau, n'avait fait qu'affermir sa détermination et précipiter sa décision.

Clairement, si je veux être respectée, il faut que je prouve que je le mérite. Et pour cela, il n'y a qu'un seul moyen...

Les nuages étaient de plus en plus menaçants. Le soleil allait bientôt commencer à décliner, observa-t-elle avec une pointe d'anxiété. Et ensuite la lumière déjà faible disparaîtrait, la laissant longer ces champs qu'elle ne connaissait pas sans rien pour la guider.

— Nous n'aurions dû mettre qu'une journée pour atteindre Atherby, confia-t-elle à l'oiseau le plus proche. Je n'ai jamais eu l'intention de marcher de nuit, surtout si la neige s'annonce. Je pensais que nous serions déjà arrivées à cette heure-ci et que je serais confortablement installée dans une chambre d'auberge, en train d'attendre que Cartwright et les autres nous rejoignent et voient comme je m'étais bien débrouillée.

C'était le seul moyen qu'elle avait trouvé pour que son père cesse de croire qu'elle était une faible créature, et malgré son angoisse grandissante Maria ne regrettait pas sa décision. Si elle pouvait ne serait-ce que lui montrer qu'elle était tout aussi capable que Carew d'agir et de travailler durement, alors leur père la ferait sans doute participer un peu plus à la vie de la ferme, au lieu de la forcer à assumer le rôle dans lequel la société voulait la cantonner. Si certaines femmes aimaient mener une existence oisive, eh bien tant mieux pour elles, mais ce n'était pas son cas, et ce fut avec une détermination retrouvée qu'elle franchit une petite porte en pierre, suivie par ses compagnes de voyage.

De l'autre côté, un bosquet bouchait partiellement la vue et Maria s'arrêta un instant pour réfléchir. Atherby se trouvait dans cette direction et, si elle coupait par le petit bois, elle y arriverait peut-être plus rapidement que si elle suivait le sentier. Il y avait peut-être même une chance pour qu'elle puisse atteindre le village avant qu'il ne fasse nuit noire, et l'idée de dormir dans un lit confortable plutôt que dans une haie en bordure de chemin l'aida à faire son choix.

— Venez. Par ici.

Les dindes obéirent et Maria marcha derrière elles. Le vent glacé ne s'était pas calmé. Il agitait les branches nues des arbres et faisait voler ses cheveux, mais elle baissa la tête et continua son chemin, imperturbable – jusqu'à ce qu'une voix, dans son dos, ne lui fasse faire un bond.

— Êtes-vous perdue ?

Elle se retourna, le cœur battant. Un homme se tenait

quelques pas derrière elle, en partie dissimulé sous un manteau vert. Il leva une main.

— Désolé, je ne voulais pas vous faire sursauter.

— Ah non ? Pourtant, vous y êtes parvenu.

Maria posa une main sur sa poitrine. Son cœur battait fort, mais la peur qu'elle avait pu ressentir avait très vite laissé la place à une sensation inédite née de la rencontre avec cet inconnu.

Il était beau, mais c'était autant son expression avenante que la délicatesse de ses traits qui donnait cette impression. Son regard bleu et son visage ouvert respiraient la franchise, et sa bouche semblait faite pour sourire. Sous son chapeau de très belle facture, ses cheveux étaient noirs, et à la coupe et à la qualité de ses vêtements, l'on pouvait deviner qu'il n'était en aucun cas un paysan.

Il était probablement gentleman-farmer, comme son père, et ce sentiment de familiarité acheva de la rassurer.

— Je me demande d'ailleurs ce que vous pouvez bien faire ici, à part profiter de l'obscurité complice de ce bosquet pour surprendre et effrayer les passants, dit-elle.

L'inconnu fronça les sourcils un instant, mais ne se départit pas de son sourire, qui au contraire sembla s'accentuer légèrement.

— Détrompez-vous, miss. J'essayais juste d'échapper à M. Goddard. Il vient de passer par ici, et si je pouvais éviter d'avoir à lui parler, j'aimerais autant. Tout comme j'imagine que vous préféreriez ne pas être surprise par lui en train de vous introduire sur des terres qui ne sont pas les vôtres.

— M. *qui* ?

— Goddard. Le régisseur du domaine de Milbrooke.

— C'est donc là que je me trouve ? Sur le domaine de Milbrooke ?

— En effet. Vous ne le saviez pas ?

— Non.

— Ah, ah ! Donc vous êtes bien perdue.

L'inquiétude la saisit quand elle se rendit compte qu'il avait raison. À un moment ou un autre, après son départ en catimini et précipité de l'auberge de la Couronne, elle avait dû se tromper de route. Que faire à présent ? Elle ne voulait pas rebrousser chemin, mais elle ne savait pas dans quelle direction continuer.

— Puis-je vous aider ? demanda l'inconnu en s'approchant. Où allez-vous ?

— À Atherby. Normalement je devrais déjà être arrivée, mais...

D'un geste impuissant, elle désigna l'obscurité grandissante qui les enveloppait. Une pointe d'angoisse la saisit. Non pas parce qu'elle était perdue, ce qui aurait pourtant dû l'inquiéter. C'était de se retrouver seule avec un inconnu. Néanmoins la présence de ce dernier lui semblait plus apaisante que menaçante. C'était peut-être sa voix grave et posée, ou sa façon d'approcher avec retenue et respect, en faisant attention à maintenir une distance rassurante entre eux. Clairement, si le cœur de Maria battait un peu plus vite qu'à l'accoutumée, ce n'était pas à cause d'une quelconque appréhension.

Fascinée, elle regarda sa bouche si joliment dessinée. Le sourire qu'il avait affiché jusque-là disparut, cependant.

— Atherby ? Vous n'y arriverez pas avant la nuit, j'en ai peur. Le village se trouve encore à plusieurs miles d'ici, de l'autre côté de la propriété.

Maria serra les dents pour étouffer un gémissement consterné. Elle avait vraiment dû manquer une bifurcation, et elle était très en colère contre elle-même. Elle se serait volontiers laissée aller à la mauvaise humeur si elle ne s'était pas curieusement sentie intimidée par la paire d'yeux saphir posée sur elle.

— Ce n'est vraiment pas de chance, répondit-elle, en

essayant d'afficher un sourire résigné. Y aurait-il un endroit où je pourrais trouver refuge pour la nuit, en attendant de me remettre en route, à la première heure demain matin ?

L'homme la considéra attentivement. Ce n'était pas un regard impoli, mais intrigué, comme s'il essayait de lire quelque chose sur son visage, et Maria se sentit rougir.

— Je suis certain que Milbrooke Hall ne fermerait jamais ses portes à une demoiselle en détresse. Le propriétaire des lieux a la réputation d'être plus cordial que son régisseur.

Toujours déstabilisée par le regard intense de son interlocuteur, Maria hésita.

— Milbrooke Hall ? Le nom suffit à m'impressionner. Franchement, je ne peux pas m'imposer dans pareil endroit.

— Je ne pense pas que le vicomte s'en formaliserait. Ce qui le dérangerait, c'est qu'une femme seule doive passer la nuit dehors.

L'homme semblait sûr de lui. De toute évidence, il connaissait bien le vicomte en question, ce qui confirmait son intuition selon laquelle il était gentleman-farmer, tout comme son père. Cela l'aida à se décider. Cela, et la morsure du froid sur ses chevilles.

— Venez, insista-t-il. Je peux vous y conduire, vous et...

Il s'interrompit pour jeter un regard amusé aux dindes qui grattaient le sol autour de ses bottes.

— ... Et vos *amies*.

Maria déglutit avec peine. Elle n'avait pas vraiment le choix. C'était soit suivre un inconnu, soit risquer de perdre ses volailles dans la nuit. Ce n'était pas le moment de se montrer timide. Il lui fallait au contraire faire preuve de courage. Par ailleurs...

Cet homme était vraiment beau. Et son regard bleu dégageait une telle gentillesse...

Maria s'empressa néanmoins de chasser cette pensée malvenue.

— Êtes-vous sûr ? Je ne voudrais pas vous causer une quelconque gêne.

— Ne vous inquiétez pas. Cela me fait plaisir, au contraire.

Alex observait du coin de l'œil la jeune femme qui marchait à côté de lui. Drapée dans une grande cape bleu marine, elle semblait comme avalée par l'obscurité croissante, jusqu'à devenir une ombre elle-même.

Eh bien, ce n'était pas ainsi que j'imaginais ma soirée.

Elle conduisait ses volailles devant elle avec habileté et maîtrise, en s'aidant d'un bâton. Sans ses vêtements de prix, il aurait pu la prendre pour une simple gardienne de dindons, et c'était précisément le contraste entre son apparence et son comportement qui l'intriguait tant. Qui était-elle ?

Avec son teint frais et vif, et ses cheveux rebelles, elle lui avait tout d'abord fait l'impression d'une dryade, une créature belle et sauvage vivant dans une forêt enchantée. C'était une idée ridiculement romantique et il s'était empressé de la chasser. Néanmoins, une impression diffuse persistait. Se promener le soir n'était pas une occupation habituelle pour les élégantes jeunes femmes, surtout pas en compagnie d'un troupeau de dindons, l'escorte la plus saugrenue qu'on puisse imaginer.

Augusta, c'est certain, ne se comporterait jamais *de façon si téméraire...*

L'idée que sa promise si raffinée puisse se trouver dans une situation similaire était grotesque à en rire. La gracieuse et respectable Miss Augusta DeVere ne se serait jamais abaissée à laisser traîner ses coûteuses robes dans la boue. En tant que fille de chevalier, elle connaissait son rôle et le tenait à la perfection, tout comme Alex avait conscience des devoirs inhérents à son rang.

Ce n'était pas qu'ils aient grand-chose en commun à part ce sens des obligations, songea-t-il en essayant d'ignorer la facilité avec laquelle l'inconnue se calait sur son pas rapide. Il se montrait agréable vis-à-vis d'Augusta et elle faisait preuve de politesse en retour, mais ils savaient tous les deux qu'il n'était pas question d'amour entre eux. Il n'avait néanmoins jamais remis en question l'idée de cette union. Un homme de son rang avait besoin d'une femme pour perpétuer la lignée et, dans ce genre d'arrangement, les sentiments n'avaient pas leur place.

C'était ainsi que ses parents s'étaient retrouvés mariés et, après trente ans et trois enfants, ils éprouvaient l'un pour l'autre une réelle affection. De la même façon, il se montrerait toujours bon envers Augusta et s'efforcerait d'être un époux agréable. Cependant, cela aurait été mentir que d'affirmer que la perspective de vivre toute sa vie avec elle le transportait de joie. Il ne se faisait pas non plus la moindre illusion : Augusta devait penser la même chose à son sujet.

Tout ceci n'était pas très gai, et Alex fronça brièvement les sourcils. Leurs fiançailles devaient être officiellement annoncées d'ici à quatre jours, lors d'un bal de Noël organisé par ses parents pour l'occasion. Une fois l'événement passé, il serait impossible de faire machine arrière. La chose n'était pas envisageable de toute façon. Augusta et lui seraient mariés et leur fils perpétuerait le nom de sa famille. Il n'y avait rien à ajouter à cela, même si l'inconnue qui marchait à ses côtés captivait son imagination comme jamais ne l'avait fait la très sage Miss DeVere. Oui, son regard vert et franc, son menton volontaire l'attiraient bien malgré lui.

Le vent souleva le bord de sa cape et laissa entrevoir l'étoffe précieuse de sa robe. Comment se faisait-il qu'elle soit si bien habillée et qu'en même temps elle mène les bêtes comme une campagnarde aguerrie ? Cela n'avait aucun sens, songea Alex de plus en plus intrigué.

— Veuillez excuser mon franc-parler, mais vous n'avez pas l'air d'une fille de ferme. Comment se fait-il que vous vous retrouviez à mener un troupeau de dindons à travers la campagne sans personne pour vous aider ?

Elle ne répondit pas tout de suite. Peut-être ne le jugeait-elle pas digne de recevoir une réponse ? Il ne s'était pas trompé en supposant qu'elle ne savait pas qui il était. Et pour l'instant, il n'avait pas l'intention de lui révéler son identité, car dès qu'elle saurait elle se murerait dans le silence respectueux que tout le monde observait en sa présence.

Elle finit néanmoins par répondre.

— Je ne voudrais pas vous offenser, sir, alors que vous vous montrez si obligeant envers moi, mais j'ai le sentiment qu'en tant qu'homme vous ne comprendriez pas.

— J'ai beau n'être qu'un homme, je veux bien essayer.

— Si vous insistez.

Elle s'interrompit pour remettre une dinde égarée sur le droit chemin.

— J'essaye de convaincre mon père de me laisser travailler avec lui et mon frère dans notre propriété familiale. Il pense qu'une jeune femme comme moi ne peut pas – et surtout ne *doit* pas – s'occuper de cela. Il veut que je reste bêtement enfermée à la maison, pendant que les hommes gèrent le domaine. J'ai pensé que si je réussissais à conduire ces dindes de Noël jusqu'à leurs nouveaux propriétaires depuis notre ferme du Norfolk, il se rendrait compte que je peux tout de même être utile à quelque chose.

Alex haussa les sourcils. Il s'attendait à tout sauf à cela.

— Vous voulez être *fermière* ?

— En quelque sorte. Mais surtout, je veux être utile. Servir à quelque chose, quelque chose de concret.

Elle semblait si déterminée qu'Alex ressentit le besoin

de scruter son visage. Derrière cette jolie façade se cachait forcément autre chose, quelque chose qu'il n'avait jamais vu chez les jeunes femmes appartenant à son cercle de connaissances.

— Mais pourquoi êtes-vous seule ? Votre tâche aurait sans doute été plus facile si quelqu'un vous avait aidée.

— Je ne voulais pas qu'elle soit facile. Je voulais prouver que j'étais tout aussi capable que mon frère. Il s'est foulé la cheville et a dû rester dans une auberge. Il a prévenu notre père qu'il ne pourrait pas aller jusqu'au bout du voyage. J'ai supplié ce dernier pour qu'il me laisse me charger des derniers miles, et il a fini par accepter, à condition que je sois accompagnée.

À chaque mot, la curiosité d'Alex grandissait.

— Donc vous avez pris la poudre d'escampette, toute seule ?

— Juste avant l'aube, ce matin. Mais je ne suis pas tout à fait inconsciente : j'ai laissé un mot expliquant où j'allais et pourquoi. J'avais l'intention d'aller jusqu'à Atherby et d'attendre les employés de mon père là-bas, mais j'ai dû prendre un mauvais embranchement... Je suppose que cela explique pourquoi personne ne m'a encore rattrapée.

Elle se tut, et Alex n'essaya pas de la faire parler davantage. Alors qu'ils continuaient leur chemin, le silence qui s'était installé semblait naturel. D'ailleurs, remarqua-t-il, c'était incroyable qu'il se sente à ce point à l'aise en sa compagnie. Sa façon directe de s'adresser à lui était rafraîchissante, à mille lieues de la déférence compassée qu'il semblait inspirer d'habitude à ses interlocuteurs. Quant aux espoirs d'avenir de son interlocutrice...

Une femme singulière, assurément.

Les champs étaient à présent plongés dans l'obscurité la plus complète, la lune étant masquée par de gros nuages. Il ne savait pas s'il devait se réjouir d'être presque arrivé à destination. D'un côté, il serait agréable de se retrouver au chaud et de se reposer un peu. De l'autre, c'était... compliqué. L'inconnue à ses côtés était un fascinant mystère, un mystère qu'il avait de plus en plus envie de percer. Son visage et sa mince silhouette semblaient d'ailleurs tout aussi fascinants que ses surprenantes ambitions.

Calme tes ardeurs.

Une voix sévère se fit entendre dans son esprit, et elle avait raison. Il était fiancé – ou presque – et il devait à Augusta de se comporter avec honneur et de se préserver de toute tentation.

Il s'éclaircit la gorge, en espérant réussir à parler de façon naturelle et détachée.

— C'était une stratégie risquée, étant donné que les choses auraient pu très mal tourner.

Elle lui adressa un regard méfiant, comme si elle le soupçonnait de vouloir lui faire la morale, ce qui, bien sûr, n'était pas du tout le cas, puis, à son grand soulagement, elle finit par sourire.

— Peut-être. C'est un risque qui valait la peine d'être pris, néanmoins, s'il me permet de vivre la vie dont j'ai toujours rêvé. Parfois, il faut savoir prendre son destin en main.

Il sourit à son tour. Dans les yeux de la jeune femme brillait une lueur déterminée qui le réchauffa de l'intérieur. Au fond de lui, il comprenait ce qu'elle voulait dire. Son rang et ses privilèges étaient aussi une cage, et il était contraint à mener une vie qu'il n'avait pas choisie lui-même. Elle voulait se libérer de ses propres entraves et il respectait cela, tout en sachant que c'était beaucoup plus facile à dire qu'à faire.

— Et vous ? demanda-t-elle. Je suppose que vous devez vivre quelque part sur ces terres.

Il acquiesça.

— En effet, dit-il.

— Et vous connaissez bien le vicomte, semble-t-il. Est-ce quelqu'un d'aimable ?

— Cela dépend des moments.

— Ah... Eh bien, j'espère qu'il ne sera pas trop contrarié par mon arrivée imprévue. J'enfreins peut-être certaines règles, mais je n'aurais pas l'outrecuidance de lui imposer ma présence, alors que je ne suis rien par rapport à lui. Je sais comment fonctionne le monde. Ma famille n'a été que récemment anoblie, et j'imagine mal un pair du royaume accueillir une petite-fille de commerçant à sa table. Il faudra que vous me présentiez à lui avant que j'ose lui demander l'hospitalité.

Ils étaient arrivés à une grille et, au lieu de répondre, Alex passa devant pour l'ouvrir. Ils se retrouvèrent alors dans la grande allée qui menait à la demeure, dont on devinait l'imposante silhouette dans l'obscurité. Des bougies allumées à chaque fenêtre jetaient une lueur orangée sur un gazon parfaitement entretenu et faisaient ressortir la chaude teinte brique des murs. Au pied de la façade principale, une volée de marches en marbre menait à la porte d'entrée qui semblait n'attendre qu'eux. C'était un spectacle qu'Alex avait vu maintes et maintes fois, mais sa compagne s'arrêta, comme pétrifiée, pour contempler les lieux avec émerveillement.

— C'est magnifique. Je ne suis pas certaine d'oser m'approcher davantage.

Elle marqua un temps d'hésitation, et les flammes dansantes éclairèrent son profil ciselé comme celui d'une statue. Alex serra la mâchoire.

Ne sois pas ridicule. Reprends-toi.

En se forçant à rire, il la précéda en direction du grand escalier.

— Je ne vous crois pas. Je vous pense capable de tout oser, au contraire.

Elle lui sourit de nouveau.

— Je vais prendre cela comme un compliment. Auriez-vous l'obligeance de frapper à la porte pour moi ? Je ne peux pas laisser mes volailles seules dehors...

Tout à coup, son visage changea d'expression.

— Ah, mais je viens de me rendre compte que je ne sais même pas comment vous vous appelez. J'étais si distraite quand nous nous sommes rencontrés que j'en ai oublié de me présenter en bonne et due forme.

Elle exécuta une petite révérence d'une grâce exquise.

— Je m'appelle Miss Maria Bartlett et je vous prie de bien vouloir excuser mes très mauvaises manières.

Alex s'immobilisa sur une marche. Il n'avait plus guère le choix. Le moment était venu de révéler son identité.

— Je pardonne vos manières si vous pardonnez les miennes.

Il la regarda. Elle le fixait de ses grands yeux verts, bien trop beaux pour qu'il se sente tout à fait à l'aise. Il serait vraiment dommage qu'elle se retranche derrière l'étiquette une fois qu'elle saurait qui il était. Étant donné la liberté qu'elle semblait parfois prendre avec les convenances, néanmoins, il y avait peut-être une chance pour qu'elle conserve tout son naturel et sa spontanéité.

Il s'inclina à son tour.

— Je m'appelle Alexander, Miss Bartlett. Alexander, vicomte de Stanford. Et ceci est ma maison.

2

Debout devant la fenêtre de la somptueuse chambre à coucher où elle avait passé la nuit, Maria contemplait avec désespoir la vue qui s'offrait à elle.

Étincelant sous le soleil matinal, un épais manteau d'un blanc immaculé s'étendait à perte de vue. Certes, le spectacle était magnifique, mais Maria s'en détourna, consternée. Comment allait-elle faire ? Il ne fallait pas qu'elle songe un seul instant à faire marcher les volailles dans toute cette neige. Pourtant, elle ne pouvait rester ici plus longtemps. Pas après ce qui s'était passé le jour précédent.

Au souvenir des événements de la veille, une sensation de brûlure lui envahit les joues.

Quelle gêne quand elle s'était rendu compte que, depuis le début, elle était en présence du vicomte en personne... Quelle honte d'avoir dû accepter son hospitalité dans des circonstances aussi ridicules... Et ensuite, se retrouver dans l'obligation d'emprunter une chemise de nuit, étant donné qu'elle n'avait même pas un mouchoir sur elle...

Elle ferma les yeux un instant. Dieu merci, elle avait réussi à masquer l'attirance instinctive qu'elle éprouvait pour Alexander – en tout cas elle l'espérait. À présent qu'elle connaissait la vérité, cette réaction sortie de nulle part lui semblait extrêmement déplacée. Ils n'appartenaient pas au même monde, et elle avait fait irruption de façon inopinée dans celui d'Alexander, où elle n'avait pas sa place. Il était donc nécessaire qu'elle s'en aille d'ici au plus vite.

En regardant de nouveau par la fenêtre, elle ne put s'empêcher de faire la moue. Comment allait-elle procéder pour prendre la fuite ? Avant qu'elle ne puisse creuser la question, un petit coup se fit entendre à la porte.

— Veuillez m'excuser, miss.

La poignée tourna et une femme de chambre apparut. Elle semblait tenir, posée à plat sur son bras, la robe que Maria portait la veille, mais sans les traces de boue qui maculaient le bas de ses jupes. Avec la robe se trouvait un châle épais que Maria ne reconnut pas.

— M. le vicomte m'a demandé de vous aider à vous habiller. Il est sorti pour l'instant, mais il devrait être bientôt de retour et il souhaiterait que vous lui fassiez l'honneur de vous entretenir avec lui après le petit déjeuner.

Maria se raidit. La perspective de revoir Alexander faisait naître des sensations curieuses dans son ventre, mais elle s'efforça de les ignorer.

Évidemment, je ne peux pas m'en aller comme cela. Il a eu la gentillesse de m'accueillir sous son toit, et je dois le remercier. Il faudra juste que j'évite de le regarder dans les yeux.

La femme de chambre l'invita à se tourner avec des gestes empreints de douceur et Maria se laissa faire, tout en réfléchissant. Elle allait descendre prendre son petit déjeuner, puis elle verrait le vicomte, et ensuite elle déciderait des modalités de son départ. Car il fallait qu'elle parte : les dindes n'allaient pas se vendre toutes seules. Elle avait une mission à mener à bien et elle ne flancherait pas, même devant le sourire irrésistible d'Alexander.

Quand elle eut terminé de se restaurer, cependant, Alexander n'était toujours pas de retour. Maria resta un moment assise à table, mais la nervosité qui croissait de minute en minute rendit vite cette attente pénible. Elle se leva brusquement, lassée de rester immobile. Et si elle allait voir comment se portaient ses volailles, plutôt ? Ce serait une distraction bienvenue. À grandes enjambées, elle se dirigea donc vers la sonnette qui se trouvait à côté de la cheminée.

Un laquais fort serviable la conduisit jusqu'au dehors. Heureusement qu'il l'accompagnait car Milbrooke Hall semblait encore plus grand de jour. En traversant toutes ces pièces plus somptueuses les unes que les autres, Maria ne put s'empêcher d'admirer les tableaux, les tapisseries, le mobilier qui n'auraient pas déparé dans un palais.

Dans le hall d'entrée, des branchages avaient été suspendus en guise de décoration de Noël et leur odeur fraîche se mêlait à celle, plus chaude et épicée, des pots-pourris disposés à plusieurs endroits. Quand Maria se retrouva dehors, dans le froid, elle était tout étourdie par cette surabondance de couleurs et de luxe, si bien que la morsure de l'air sur son visage fut presque un soulagement. Elle se drapa dans le châle qu'on lui avait prêté et se dirigea d'un pas légèrement hésitant vers la grange qu'Alexander avait généreusement mise à sa disposition pour que ses volailles y passent la nuit.

À l'intérieur, il faisait relativement bon et il flottait une agréable odeur de paille. Maria sourit en voyant les oiseaux gratter le sol d'un air parfaitement satisfait. En même temps, la scène lui fit tant penser à chez elle qu'un vif sentiment de culpabilité s'empara d'elle.

J'espère que Carew ne s'inquiète pas trop. Je lui écrirai dès que j'aurai retrouvé Cartwright à Atherby.

Son frère ne comprendrait pas, elle en était certaine. Il avait toujours pu aller et venir à sa guise, sans jamais être contraint par qui que ce soit à se plier aux usages en vigueur. Il devait être en ce moment même partagé entre l'inquiétude et la colère, et quand ils se reverraient elle aurait sans doute droit à de sévères remontrances de sa part. Le seul fait d'y penser lui donna envie de soupirer.

Soudain, le bruit de la porte qui s'ouvrit en grinçant légèrement la fit sursauter.

— Désolé. Il faut vraiment que j'arrête de vous faire peur.

Les intonations de cette voix grave firent battre son cœur un peu plus vite, et elle hésita à se tourner vers celui qui venait d'entrer, de peur que son trouble ne soit trop visible. La politesse l'exigeait, cependant.

— Bonjour, monsieur le vicomte.

Elle exécuta une révérence et, en se relevant, put constater que les yeux d'Alexander étaient aussi bleus que dans son souvenir. Ils la fixaient et elle sentit aussitôt ses joues s'embraser. Mais pourquoi était-il si beau ? À ses cheveux décoiffés par le vent, elle comprit qu'il venait juste d'arriver, et elle ne put s'empêcher de se demander d'où il venait. Décidément, tout ce qui le concernait l'intéressait beaucoup trop.

— J'espère que vous avez bien dormi. Vous deviez être exténuée après vos aventures d'hier.

— J'ai très bien dormi, je vous remercie, mentit-elle, car à vrai dire, elle n'avait pratiquement pas fermé l'œil de la nuit. Je me sens tout à fait reposée. Je vais m'en aller bientôt, et ainsi, je ne vous gênerai plus très longtemps.

— Ah. Si tels sont vos plans, alors je crains d'avoir une mauvaise nouvelle à vous annoncer.

Alexander fronça les sourcils, ce qui n'enleva rien à sa beauté.

— Je viens d'aller faire un tour de reconnaissance, et j'ai le regret de vous annoncer que, par endroits, la neige arrive jusqu'*ici*.

Il posa une main sur sa cuisse, et le regard de Maria se retrouva aussitôt aimanté. Son pantalon était mouillé, en effet, mais ce n'était pas pour cela que ses yeux s'attardaient là où ils n'avaient rien à faire. Le spectacle de ses jambes dont le galbe était mis en valeur par le tissu moulant qui les recouvrait était fascinant. Si fascinant qu'il entraînait ses pensées sur une mauvaise pente.

Il est vicomte, Maria. Et même si ce n'était pas le cas, quelles femmes passent leur temps à regarder les jambes des hommes ?

Alexander parlait toujours et au prix d'un immense effort elle parvint à se concentrer sur ce qu'il disait, et uniquement sur cela.

— C'est assez traître, et je suis sûr que vos volailles seraient incapables d'avancer. Si vous pouvez supporter ma compagnie quelques jours de plus, je vous invite à rester ici jusqu'à ce que la neige ait suffisamment fondu.

Son estomac déjà noué se contracta.

— Rester ici ? Jusqu'à la fonte des neiges ? Non, monsieur le vicomte, je ne peux pas vous imposer ma présence si longtemps.

Elle secoua la tête, tout en espérant qu'il comprendrait sans qu'elle ait besoin de lui expliquer pourquoi. Passe encore qu'il l'héberge une nuit alors que la seule alternative consistait à dormir dehors sous la neige, mais plus elle resterait sous son toit, plus sa présence semblerait suspecte à quiconque la découvrirait.

Il était dangereux pour un célibataire d'accueillir chez lui une femme sans mari ni chaperon. Néanmoins, si la neige était aussi épaisse qu'il le disait, il avait raison : les volailles n'arriveraient jamais jusqu'à Atherby. Que faire ? Elle ne pouvait tout de même pas les abandonner ici. Si ses dindes devaient rester à Milbrooke Hall, alors elle aussi. Et par ailleurs... était-elle autorisée à s'opposer à la décision du fils aîné d'un comte ?

Son indécision devait se voir car un sourcil noir, aristocratique et amusé, se leva, bientôt suivi d'un sourire, plus désarmant que jamais.

— Cela fait deux « monsieur le vicomte » en cinq minutes. Je ne suis pas persuadé d'adorer cette soudaine déférence. Vous étiez moins réservée hier.

Maria tressaillit.

— Si j'avais su qui vous étiez, jamais je n'aurais parlé si librement.

Elle entendit un petit rire, presque muet, qui la fit frissonner.

— J'avoue que c'était ce que je recherchais en ne vous dévoilant pas tout de suite mon identité. Souvent les gens se murent dans un silence craintif quand ils découvrent mon titre. C'était agréable d'avoir une conversation franche pour une fois.

— Pour cela, vous pouvez me faire confiance. Cela fait d'ailleurs le désespoir de mon père.

— Cela ne m'étonne pas. Vous m'avez dit que vos désirs et les siens ne s'accordaient pas souvent.

— Il y a tant de choses que j'ai dites hier et que je n'aurais pas dû dire, confessa-t-elle, gênée.

— Pourtant j'aimerais en apprendre davantage sur vous. Ce n'est pas tous les jours que l'on rencontre une jeune femme avec des aspirations comme les vôtres.

Elle leva les yeux vers lui. L'intérêt qu'il prétendait éprouver pour elle ne semblait pas feint. Il la fixait avec curiosité et son visage avenant incitait à la parole. S'il n'avait pas été naturellement beau, remarqua-t-elle au passage, cette bienveillance affichée aurait suffi à faire de lui le plus charmant des hommes.

— Vous n'êtes donc pas choqué ?

— Pourquoi le serais-je ?

— Souvent les hommes ont des idées très arrêtées sur ce que les femmes doivent faire ou ne pas faire, si vous voulez bien excuser mon franc-parler.

Il haussa les épaules.

— En ma présence, vous pouvez dire ce que vous voulez. Comme je l'ai déjà dit, j'ai beaucoup apprécié votre spontanéité hier. Et j'espérais que vous seriez la même aujourd'hui.

Un mélange de surprise et de scepticisme l'empêcha de répondre. Sa mère aurait blêmi en entendant cette conversation. Celle-ci craignait depuis toujours que l'attitude rebelle, les manières peu conventionnelles et le franc-parler de sa dernière-née ne l'empêchent de trouver un mari. Les hommes, en effet, appréciaient assez peu que leurs épouses aient des idées à elles, et encore moins qu'elles les expriment.

Cependant...

Le vicomte prétendait aimer cette spontanéité et cette liberté qui la caractérisaient et qui exaspéraient tant sa famille. Alexander s'adressait à elle comme à son égale, et il semblait attendre d'elle la même chose en retour. Elle à qui l'on avait enseigné le respect et la déférence vis-à-vis des classes supérieures depuis son plus jeune âge se sentait un peu décontenancée. Décontenancée mais agréablement surprise car, de cette façon, la conversation était plus facile et plus détendue. Le seul problème, c'était que le vicomte ne lui apparaissait que plus étrange et séduisant.

Tant que je garde la tête froide, tout se passera bien, songea-t-elle sans y croire vraiment. Après tout, une fois qu'elle serait partie, elle ne le reverrait plus jamais, et elle était si loin de chez elle que cet épisode ne risquait pas d'entacher sa réputation. Dans ces conditions, quel mal y aurait-il à passer quelques jours supplémentaires en cette compagnie si agréable ?

Alex put deviner les pensées qui se bousculaient dans cette jolie tête aux différentes expressions affichées par Maria. Pourquoi guettait-il si anxieusement sa réponse ? En réalité, il avait très peu dormi la nuit passée. Il n'avait pu chasser de son esprit le visage horrifié et mortifié de la jeune femme quand il lui avait révélé son identité. Le désir de se faire pardonner le tour qu'il lui avait joué était fort, bien plus qu'il n'aurait dû l'être. Même s'il le déplorait, il ne pouvait nier qu'elle exerçait sur lui un puissant effet, et il se sentait fasciné et attiré par elle comme un moucheron pourrait l'être par une flamme. En particulier, il trouvait ce mélange de candeur et de détermination farouche irrésistible.

J'étais bien obligé de lui offrir l'hospitalité, tenta-t-il de se justifier auprès de lui-même. Jamais elle n'aurait pu atteindre Atherby avec cette neige, surtout pas en guidant son troupeau de volailles. Et seuls les esprits suspicieux s'offusqueraient qu'elle reste quelques jours de plus à Milbrooke Hall.

L'hésitation de Miss Bartlett était compréhensible, mais d'après Alex le risque qu'un scandale éclate était minime. Ses domestiques tiendraient leur langue, comme toujours, et avec la neige il était hautement improbable que les visiteurs se pressent à sa porte. Si d'aventure quelqu'un posait des questions, il pourrait toujours prétendre qu'une femme de chambre était constamment présente pour jouer les chaperons. Dans de telles conditions, rien ne s'opposait à ce qu'il tende une main charitable à une jeune femme en détresse.

Son argumentation paraissait sensée, néanmoins il n'était pas persuadé d'agir de façon totalement désintéressée. Ses doutes s'accrurent lorsqu'elle leva ses yeux verts vers les siens et qu'il ressentit un curieux embrasement de tout son être.

— Je suis votre obligée, monsieur le vicomte. Si c'est de la franchise que vous demandez en échange de votre geste généreux, alors je vous dirai tout ce que vous voulez savoir.

Le vent qui soufflait sans trêve s'engouffra par un interstice de la porte et Maria croisa les bras tout en attendant ses questions. Certes, il était tenté de céder à la curiosité qui le tenaillait depuis qu'il avait fait sa rencontre, mais il jugea préférable de s'engager dans une direction moins périlleuse.

— Je pensais que vous auriez deviné ma première

question, dit-il en regardant les dindes en train de picorer entre les brins de paille. Tout le monde doit vous la poser. Ont-elles toutes un nom ?

Maria marqua un temps d'hésitation, avant d'émettre un petit éclat de rire évoquant le tintement de délicates clochettes.

— C'est *cela* la question que vous me posez ? Alors que vous auriez pu me demander n'importe quoi d'autre ?

Alex hocha la tête, et elle poursuivit :

— Non. C'est une règle de base que doit connaître tout éleveur qui se respecte. Ne jamais nommer un animal qu'on n'a pas l'intention de garder. Cela encourage les sentiments, qui sont à proscrire dans ce métier.

Elle s'interrompit un instant, puis baissa la voix.

— Par ailleurs... je ne suis pas certaine d'être capable de les distinguer les unes des autres. Je ne le dis pas trop fort, car je ne voudrais pas qu'elles s'en offusquent.

Le regard malicieux de Maria lui donna envie de s'approcher davantage, mais il tint bon et ne bougea pas.

— C'est votre père qui vous a appris cela ?

Il eut l'impression que sa jolie bouche se pinçait d'une moue légèrement dédaigneuse.

— Jamais de la vie. Tout ce que je sais, je l'ai appris *malgré* lui, et non *grâce* à lui. Il serait bien plus heureux si je passais mes journées enfermée à la maison, à coudre gentiment, sous la surveillance de ma mère.

À ces mots, certaines scènes familières vinrent à l'esprit d'Alex.

— Mes parents étaient pareils avec mes sœurs avant qu'elles ne se marient. Elles aussi étaient surveillées de près, mais contrairement à vous, cela n'avait pas l'air de les déranger.

Maria soupira.

— Il m'arrive parfois de regretter d'avoir un caractère

aussi rétif. La plupart de mes amies sont très contentes de leur sort, et j'en suis ravie pour elles… Malheureusement la résignation sereine semble m'être étrangère.

Elle paraissait presque mélancolique et une ombre passa sur son visage. Il ne la comprenait que trop bien. Le décalage entre les attentes vis-à-vis d'une personne et les aspirations de cette dernière pouvait tourner au conflit, et ces derniers temps il se retrouvait souvent pris dans cette bataille harassante.

— Ce n'est pas forcément une mauvaise chose de vous demander si vous ne préféreriez pas autre chose. C'est une question que tout le monde se pose à un moment de son existence.

— Mon père ne serait pas d'accord avec vous. Je pense qu'il aurait préféré avoir une fille plus docile plutôt que cette espèce de garçon manqué aux idées insensées et tellement déplacées.

Elle sourit – un charmant sourire qui fit paraître ses joues plus roses et plus rondes – mais il avait l'impression qu'elle ne plaisantait qu'à moitié.

— Je ne vous reconnais pas du tout dans ce portrait. Votre ambition vous honore et je dois avouer que j'admire chez vous cette force de caractère.

Il n'avait pas prévu de s'épancher à ce point, et il ne pouvait pas reprocher à Maria de détourner le regard d'un air légèrement gêné. Mais apparemment sa bouche avait décidé de mener une existence autonome, car avant qu'il puisse faire quoi que ce soit pour s'y opposer il s'entendit dire :

— Voulez-vous rentrer à présent ? Vous m'avez l'air frigorifiée.

— Je veux bien, merci. Je dois écrire à mon frère pour l'informer de votre généreuse hospitalité. Il a dû craindre le pire quand les hommes de mon père ne m'ont pas retrouvée.

Maria passa devant lui pendant qu'il tenait la porte. Il

l'entendit prendre une grande inspiration sous la morsure du vent. La grange n'était pas loin de la maison, mais la neige était épaisse et il vit qu'elle ne portait qu'une paire de chaussures légères plus adaptées aux sols secs que gelés. Elle pourrait facilement glisser et, après avoir refermé la porte, il lui tendit le bras.

— Si vous me permettez. Je ne voudrais pas que vous perdiez l'équilibre.

Un charmant petit hâle rosé lui colora les joues, mais il s'obligea à ne pas regarder. Avec sa crinière sauvage et son menton décidé, elle aurait fait se damner un saint – sans parler d'un homme ordinaire s'efforçant de penser à son devoir et rien qu'à son devoir. Néanmoins, dès qu'elle posa sa main fine dans le repli de son coude, la seule chose à laquelle Alexander fut capable de penser, ce fut au doux poids de sa paume sur son bras.

Le ravissement qui s'empara de lui était totalement inédit, et il en chancela presque. Il avait dansé avec plus de femmes qu'il n'aurait pu en compter, mais aucune de ces ladies, parmi les plus riches et les plus belles du royaume, n'avait fait battre son cœur comme cette fille de fermier.

Maria marchait prudemment à ses côtés. Son visage rose était à présent dissimulé par ses boucles rabattues sur son visage par le vent. Il aurait voulu poursuivre la conversation, mais il se rendit compte à son grand désarroi qu'il semblait avoir perdu l'usage de la parole.

Augusta ne m'a jamais fait cet effet-là.

Il crispa la mâchoire, contrarié, mais cela ne l'empêcha pas de devoir se rendre à l'évidence. En une seule journée, Maria avait réussi à le troubler plus que de raison, alors que des mois passés à fréquenter sa promise l'avaient laissé de marbre. Il était évident qu'Augusta se trouvait dans la même situation que lui, et cela n'était pas grave puisque leur union n'était pas censée reposer sur les sentiments.

Mais voilà, alors qu'il tenait le bras de Miss Bartlett, les sentiments venaient de faire irruption dans sa vie et il se rendait compte qu'en épousant Augusta comme son devoir l'exigeait il allait peut-être passer à côté de quelque chose d'essentiel.

Sa gorge se serra. Tout ceci était ridicule. Maria n'avait fait son apparition que la veille au soir et déjà son esprit, ensorcelé par un joli visage, s'emballait.

Il avait beau essayer de se raisonner, la sensation de ses doigts lui agrippant le bras le torturait sans répit. Comble du malheur, dans la cour gelée, ils progressaient très lentement. Désespéré, Alex s'accrocha à la première chose qui lui vint à l'esprit, tel un homme tombé à la mer se saisissant d'une bouée.

— Avez-vous le sentiment d'en savoir assez sur le monde agricole ? Assez pour concrétiser vos rêves ?

Heureusement, Maria faisait très attention au sol glissant et elle ne tourna pas son visage vers lui pour lui répondre.

— Je pense. Depuis le moment où j'ai appris à lire, j'ai étudié tous les traités d'agriculture de mon père, tous les rapports, tous les bulletins d'information qui lui étaient adressés. Par ailleurs, tant qu'il m'y a autorisée, je l'ai suivi partout sur nos terres. Je sais tout sur la rotation des cultures, sur l'élevage, et je suis très à l'aise avec les chiffres. Cela non plus n'a jamais été encouragé chez moi. Quel intérêt, puisque ce n'était pas cela qui m'aiderait à trouver un bon mari ?

Elle marqua un temps d'hésitation, regrettant peut-être la pointe d'amertume perceptible dans sa voix.

— Je vous prie de m'excuser, monsieur le vicomte. Je ne devrais pas critiquer ma famille de cette façon. Cela ne se fait pas.

Son air triste le remua au plus profond de lui et, sans réfléchir, il posa sa main sur la sienne dans le but de la réconforter. Cependant, il ne s'attendait pas à sentir son estomac se contracter au contact de ses doigts délicats contre sa paume.

— Cette amertume, si vous l'éprouvez réellement, il ne faut pas la taire. Et s'il vous plaît, cessez avec ces « monsieur le vicomte ». Je préférerais vraiment que vous m'appeliez Alexander.

Dès qu'il eut prononcé ces mots, il sut qu'il n'aurait pas dû, mais c'était comme si sa langue, sous l'effet d'un curieux sortilège lancé par une belle créature aux yeux verts, était douée d'une existence autonome.

— Si vous insistez, répondit-elle. Vous êtes chez vous et c'est vous qui fixez les règles. Mais dans ce cas, il faut aussi que vous m'appeliez Maria, sinon ce n'est pas juste.

Alex baissa le menton. Si ce signe pouvait passer pour une approbation, en réalité, dans son esprit, les choses étaient plus compliquées que cela. Pourquoi avait-il fait tomber la première barrière qui s'élevait entre eux, comme s'il avait le droit de céder à un dangereux caprice ? Il savait ce que signifiait bien se comporter, et pourtant on aurait dit qu'il avait décidé de faire tout le contraire. En fronçant les sourcils, il guida Maria jusqu'à la porte des cuisines.

Quand elle retira la main de son bras, il éprouva une curieuse sensation de perte.

3

Maria tendit le cou vers les portraits qui ornaient les murs de la grande galerie qu'elle traversait. Plusieurs générations lui souriaient et elle scruta avec attention tous les visages, traquant la moindre ressemblance avec Alexander. Les yeux bleu vif semblaient être un héritage familial autant que la résidence de Milbrooke Hall elle-même. Les cheveux noirs semblaient quant à eux être une addition plus récente, peut-être due à la superbe grand-mère d'Alexander à la chevelure de jais qui, sur son portrait, ressemblait à une princesse espagnole. Maria aurait bien dit deux mots à la personne responsable du physique d'Alexander, quelle qu'elle soit, car celle-ci n'avait sans doute pas idée du trouble que pouvait faire naître tant de beauté chez une jeune femme impressionnable. Elle s'empressa d'ailleurs de détourner le regard du portrait de l'actuel vicomte, accroché au bout de la galerie.

Même en peinture, le regard franc et direct d'Alexander lui rappela à quel point il était essentiel qu'elle évite autant que possible de croiser son modèle en chair et en os. C'était très généreux de sa part de lui offrir l'hospitalité, mais les sentiments qu'elle éprouvait allaient bien au-delà de la simple gratitude et, si elle n'y prenait pas garde, la situation pourrait très vite échapper à son contrôle.

C'est la première fois que quelqu'un s'intéresse vraiment à ce que je veux dans la vie.

En repensant une fois de plus à ce moment précieux dans la grange, la veille, Maria s'approcha de la fenêtre de la galerie. Il avait de nouveau neigé dans la nuit, et le domestique d'Alexander avait eu toutes les peines du monde à arriver jusqu'à Atherby pour confier sa lettre à Cartwright. Apparemment, ce dernier avait été soulagé d'apprendre qu'elle était saine et sauve et, en échange de la lettre, il avait remis au serviteur d'Alexander ses quelques affaires. À présent, elle devait attendre que les chemins soient praticables pour pouvoir mener son troupeau à bon port. Dès que la neige aurait fondu, elle partirait, et Alexander ne serait plus que le souvenir flou d'un homme qui, sauf dans ses rêves les plus fous, n'aurait jamais pu être sien.

Il faisait froid près de la fenêtre et elle recula pour échapper aux courants d'air. Ah, si seulement elle avait pu se dérober aussi facilement aux pensées désagréables qui l'assaillaient ! Il ne faisait pas chaud dans cette galerie, pour impressionnante qu'elle soit, et Maria se frotta les bras en se demandant où Alexander pouvait bien cacher sa bibliothèque.

Un livre et une tasse de thé, c'était tout ce qu'il lui fallait pour chasser ses idées moroses.

Son séduisant hôte avait disparu juste après le petit déjeuner et elle ne l'avait pas revu depuis, ce qui était sûrement une bonne chose malgré la déception qu'elle éprouvait. Moins elle passait de temps avec Alexander, mieux c'était. Les sentiments qu'il lui inspirait étaient trop peu dignes d'une lady. Elle repensait encore à ses cuisses moulées dans son pantalon humide et au ravissement qu'elle avait ressenti en plaçant sa main dans le creux de son bras, à ce sentiment de sécurité et de paix que ce simple contact avait fait naître.

En pestant contre sa faiblesse, Maria se mit en quête de

la bibliothèque, l'endroit parfait pour qu'elle retrouve la raison. Malheureusement, Milbrooke Hall était si immense et tentaculaire que la demeure semblait ne pas avoir de limites, et Maria passa de pièce en pièce sans trouver celle qu'elle cherchait. Au milieu de tout ce luxe et de toute cette grandeur, elle se sentait perdue, comme privée de tout repère. Lorsque, après avoir poussé une énième porte, elle se retrouva dans une chambre d'invités complètement vide, sa perplexité se mua en irritation.

Voilà ce qui arrive quand on est attirée par un homme. On perd tout sens de l'orientation...

Maria revint sur le palier et referma la porte derrière elle, peut-être un peu trop brusquement. Pourquoi le premier homme qui semblait vouloir la prendre au sérieux était-il vicomte ? Même s'il n'avait pas été aussi agréable à regarder, la curiosité respectueuse qu'il lui témoignait aurait joué en sa faveur.

Mais il était d'un rang bien supérieur, et il n'y avait rien à ajouter à cela. La meilleure chose à faire, c'était continuer à l'éviter autant que possible, afin de ne pas apporter plus d'eau au moulin.

Sur le palier, il restait une porte qu'elle n'avait pas poussée. Maria était pessimiste, néanmoins : sans doute une autre pièce vide. Par acquit de conscience, elle tourna la poignée et son cœur, qui tressaillit, reconnut la silhouette qui se tenait à l'autre bout de la pièce avant son cerveau.

— Monsieur le vic... Alexander. Excusez-moi. Je ne savais pas que vous étiez ici.

Il redressa le buste aussitôt. Une très belle table de billard les séparait et, de toute évidence, elle l'avait interrompu alors qu'il s'apprêtait à tirer. Il eut d'abord l'air surpris, puis il lui adressa un de ses sourires irrésistibles.

— Ne vous excusez pas. Vous êtes la bienvenue. Entrez, je vous en prie.

Maria hésita sur le seuil. Deux voix rivales lui dictaient à l'oreille leurs instructions : la première exigeait qu'elle tourne les talons, la seconde qu'elle pénètre dans la pièce. Ce fut un bref regard à Alexander, cependant, qui acheva de la décider. Alors, tout en sachant qu'elle aurait dû au moins essayer de résister à l'envie de s'approcher, elle entra.

— Je cherchais la bibliothèque.

— Ah. Elle se trouve à l'autre bout de la maison. Je peux vous y conduire si vous le souhaitez.

Alors qu'Alexander faisait le geste de reposer sa queue de billard, Maria s'empressa de secouer la tête.

— Non, non, je vous en prie, finissez votre partie.

Son cœur déjà palpitant s'emballa quand il se mit à rire.

— En réalité votre interruption est fort bienvenue. J'étais en mauvaise posture, et à présent j'ai une excuse pour recommencer.

Il rassembla toutes les boules au centre du tapis, dans un triangle. En le regardant faire, Maria se rendit compte qu'elle ne pouvait détacher les yeux de ses mains, larges mais très lisses. Très douces aussi, certainement.

— Voulez-vous faire une partie ?

Elle leva les yeux, en espérant qu'il n'avait pas remarqué à quel point elle était fascinée par ses mains.

— Je ne sais pas jouer.

— Ce n'est pas grave. Voulez-vous que je vous apprenne ?

Maria eut aussitôt chaud aux joues. Quelques minutes plus tôt, elle était déterminée à rester le plus loin possible du vicomte de Stanford, et pourtant sa bouche semblait avoir d'autres idées.

— Avec plaisir, répondit-elle, j'adore apprendre de nouvelles choses.

Alexander lui fit signe d'approcher et ses jambes obéirent. Se retrouver si près de lui n'aida pas à calmer les battements de son cœur. Au contraire, ils s'accélèrent quand Alexander lui tendit une queue et que le bout de ses doigts effleura les siens, la faisant frissonner.

— Je vous apprendrai les règles bientôt, mais nous allons commencer par les fondamentaux. Commencez par tenir votre queue de cette façon.

Avec une immense dignité, Alexander lui enseigna la bonne technique. Lorsqu'il se mit en position, elle surprit néanmoins une pointe d'amusement dans son regard. En essayant de ne pas sourire, elle l'imita et se mit dans la même position.

— Comme ceci ?

— Pas tout à fait. Plus comme cela…

Il lui montra de nouveau, et Maria eut l'impression que c'était pourtant exactement ce qu'elle venait de faire. Elle hocha cependant la tête d'un air solennel.

— Ah, oui. Je vois. Cela n'a rien à voir.

— Non, rien. Ensuite, vous visez, comme ceci. Et puis vous tirez.

D'un seul coup habile, il dégagea la boule blanche vers l'extrémité de la table.

— Voilà, c'est aussi simple que cela.

Il se redressa sous le regard admiratif de Maria, et s'inclina humblement quand elle le félicita. Puis il replaça toutes les boules dans le triangle et recula, lui faisant signe d'approcher avec un sourire si encourageant qu'il la fit fondre.

— Maintenant à vous d'essayer.

Même si elle aurait sans doute préféré continuer de le regarder, Maria obéit. Ce qu'il lui avait montré ne paraissait pas si difficile. Néanmoins les apparences pouvaient se révéler trompeuses, découvrit-elle en tirant son premier coup. Non seulement toutes les boules s'éparpillèrent, mais certaines sortirent même des limites du tapis vert pour venir heurter bruyamment la bande.

— « Simple », vous aviez dit ?

Elle se redressa, sous les rires d'Alexander qui dissipèrent tout sentiment de honte. En riant à son tour, elle se demanda comment il s'y prenait pour qu'elle se sente tellement à l'aise en sa compagnie, et ce dans n'importe quelle circonstance.

— Vous pourriez peut-être recommencer avec un tout petit peu moins d'exubérance.

Il reprit son sérieux, mais s'il ne riait plus, son regard restait amusé.

— Votre position peut être améliorée aussi, et cela vous aiderait à mieux maîtriser vos coups.

Maria allait répondre quelque chose – quelque chose de bien trop hardi probablement – quand Alexander fit un pas vers elle. Il n'en fallut pas davantage pour qu'elle oublie ce qu'elle voulait dire.

— Me permettez-vous ? Il serait bien plus simple de vous montrer que de vous expliquer.

Maria se contenta de hocher la tête. À cette distance, elle pouvait voir tous les détails du visage d'Alexander, depuis cette petite cicatrice au-dessus de son œil, jusqu'au moindre duvet que son rasage pourtant méticuleux avait épargné. Il émanait de lui une odeur subtile de fumée de bois et de savon précieux qui étourdit Maria. Puis il se plaça derrière elle et ses jambes devinrent coton quand il toucha avec délicatesse le bas de son dos. À partir de ce moment, elle ne put se concentrer sur rien d'autre que la sensation de ses doigts effleurant sa colonne vertébrale.

— Si vous vous positionnez de façon bien parallèle à la table, plutôt qu'à l'oblique, vous verrez que cela vous facilitera la tâche.

Avec précaution, Alexander l'aida à se pencher et Maria eut l'impression d'être une marionnette dont on aurait coupé les fils. Le contact d'une main d'homme à proximité de sa taille était quelque chose qu'elle avait déjà expérimenté, bien sûr, puisqu'il lui arrivait d'aller au bal, mais ici la sensation était différente, beaucoup plus intense bien qu'Alexander ne fasse que la frôler. Alors qu'elle ne pouvait pas le voir, ses autres sens s'aiguisèrent et chacun de ses nerfs était mobilisé pour guetter et attendre ce qu'il allait faire ensuite.

La question ne resta pas longtemps en suspens.

Il se pencha au-dessus de son épaule et son murmure vint lui caresser le cou.

— Vous pourriez tenir votre queue de façon plus ferme. Vous aurez davantage de maîtrise sur vos coups.

Elle essaya d'obéir, même si son corps semblait avoir décidé d'entamer une grève pour ne se concentrer que sur la façon dont Alexander se tenait. Le torse de ce dernier pressait légèrement contre son dos et sa colonne avait envie de s'arrondir davantage afin d'abolir toute distance entre eux et découvrir quel secret se cachait sous sa chemise. À cette idée, sa respiration déjà difficile devint de plus en plus saccadée. Maria essayait désespérément de reprendre le contrôle alors que de curieux désirs s'emparaient d'elle et menaçaient de lui faire perdre ce qu'il lui restait de raison.

Mais la situation semblait être contre elle. Prise au piège entre Alexander et la table, Maria déglutit péniblement alors qu'il posait ses mains sur les siennes afin de la guider.

— Non, non. Comme ceci.

Tandis que son cœur cognait contre ses côtes, elle le laissa amener son bras vers l'arrière et l'aider à tirer. Elle ne fit même pas attention au résultat de cette deuxième tentative. Le monde entier semblait avoir rétréci pour tenir dans la paume d'Alexander. Sa paume chaude et merveilleuse dans son dos, et si douce malgré sa force que Maria ferma à demi les yeux pour mieux savourer un moment dont elle savait qu'il ne durerait pas.

Que fais-tu ? Reprends-toi tout de suite !

Elle entendit à peine la petite voix qui hurlait pourtant

dans sa tête. D'autant plus qu'Alexander venait d'approcher les lèvres de son oreille.

— Un excellent coup. Bravo, vous apprenez très vite.

Sa voix était grave, et si chargée d'un *quelque chose* impossible à définir que Maria se tourna de façon automatique. Elle se retrouva alors face à face avec lui, et un frisson la parcourut lorsqu'elle vit l'ombre dans les yeux d'Alexander.

Il la regarda, et le vert et le bleu entrèrent en contact dans un crépitement qu'elle ressentit au plus profond de son être. La main d'Alexander avait effleuré sa taille dans le mouvement, et sur sa peau la sensation de brûlure était si intense que Maria s'étonna que le tissu de sa robe ne s'enflamme pas. Alors que quelques minutes plus tôt ils étaient en train de rire ensemble, l'atmosphère s'était chargée d'une tension extrême.

Soit il n'avait pas pensé à reculer, soit il n'avait pas voulu. Quoi qu'il en soit, ils étaient si proches l'un de l'autre que Maria aurait pu l'embrasser sans avoir à avancer. La bouche d'Alexander d'habitude si souriante était sérieuse jusqu'à la crispation. Un nouveau frisson la parcourut quand elle vit son regard bleu d'orage passer de ses yeux à sa bouche, puis de sa bouche à ses yeux, et recommencer. Elle ne frissonna plus et eut soudain très chaud.

Il a envie de m'embrasser. Et s'il essaie, je le laisserai faire.

Jadis, quand il n'était encore qu'un enfant, Alex avait failli tomber dans le puits de l'une des fermes du domaine. Un garçon d'écurie s'était précipité pour le rattraper in extremis, mais il n'avait pas oublié cette sensation de vertige, ce vacillement au bord du précipice, ni cette curieuse impression de ralentissement du temps. De façon étrange il ressentait la même chose en cet instant, alors qu'il regardait le visage de Maria tourné vers le sien et qu'il se demandait – dans le dernier recoin de son esprit qui n'était pas saturé du désir brûlant de l'embrasser – s'il avait la force de se détourner d'elle.

L'une de ses mains était encore dangereusement proche de la taille de Maria et l'envie de passer son bras autour de ces hanches étroites était puissante. Ses beaux yeux verts étaient grands ouverts et ses joues s'étaient colorées, mais elle n'avait pas tenté de se dégager. Il crut déceler sur son visage un reflet de son propre désir, ce qui lui fit penser qu'une manœuvre de rapprochement de sa part ne serait pas forcément mal accueillie… s'il osait saisir la chance qui se présentait à lui.

N'oublie pas que tu n'es pas libre de faire une chose pareille.

La vérité surgit des profondeurs de son esprit embué, aussi indésirable qu'insistante, et éperonna sa conscience. Ce serait mal vis-à-vis d'Augusta s'il cédait à son envie, et mal vis-à-vis de Miss Bartlett, Maria, dont les lèvres entrouvertes étaient une tentation bien au-delà de ce qu'il était capable d'endurer.

Elle ne sait pas que tu es quasiment fiancé. Si tu possédais un soupçon d'honneur, tu ne profiterais pas ainsi d'une respectable jeune femme.

Cette prise de conscience fut comme un éclair qui jeta une lumière crue et implacable sur la situation. Certes, Miss Bartlett lui plaisait et lui faisait ressentir des choses inédites, avec sa personnalité hors du commun et ses cheveux de feu, mais il ne pouvait pas la toucher. Entre eux, rien ne pouvait ni ne devait se produire. C'était ce que, la mort dans l'âme, il avait l'intention de lui expliquer quand la porte s'ouvrit et que Maria se dégagea prestement.

Il se tourna pour voir qui était cet importun, et son irritation s'accrut lorsque M. Goddard pénétra dans la pièce. Le régisseur du domaine n'était pas la personne qu'il aimait le plus au monde et Alex se serait bien passé de le voir en un moment pareil. Quant à Maria, elle faisait semblant d'être absorbée par le contenu d'une bibliothèque, sans doute pour masquer sa gêne.

— Goddard ?

— Monsieur le vicomte.

Le régisseur s'inclina et ses yeux noirs se plissèrent légèrement quand il vit qu'ils n'étaient pas seuls.

— Je m'excuse, je ne savais pas que vous aviez une invitée.

Alex s'efforça de sourire, sans être certain d'y parvenir.

— J'ai une invitée, en effet. Permettez-moi de vous présenter Miss Bartlett.

En entendant son nom, Maria leva les yeux du livre qu'elle avait extrait de son étagère tout en évitant soigneusement de se tourner dans la direction d'Alex.

— Bonjour, Mr… Goddard. Est-ce bien cela ?

— C'est bien cela. Mes hommages, Miss Bartlett.

Du coin de l'œil, Alex vit Maria exécuter une petite révérence, mais il resta concentré sur son régisseur.

— Vous aviez quelque chose à me dire ?

— Juste quelques détails à régler avec vous concernant le bal d'après-demain. Je peux revenir plus tard, cependant, quand vous ne serez plus occupé.

Alex acquiesça avec autant de détachement que possible, même si entendre parler du bal de Noël organisé par ses parents lui fit froid dans le dos. Plus que deux jours avant qu'Augusta et lui ne soient liés l'un à l'autre pour le restant de leurs jours, comme il avait eu l'intention de l'expliquer à Maria juste avant cette fâcheuse interruption. À présent, il allait devoir trouver un autre moment pour lui parler, et le fait de devoir repousser l'inévitable ne faisait que rendre la perspective plus pénible encore.

De toute évidence, Goddard attendait une réponse en bonne et due forme, et Alex essaya pour la millième fois au moins de surmonter l'inimitié instinctive qu'il éprouvait pour son régisseur. Cela faisait dix ans qu'ils travaillaient ensemble et pourtant ils n'avaient jamais réussi à rompre la glace. Malgré tout, à part sa froideur et son inflexibilité, il n'avait rien à lui reprocher, et étant donné que les Goddard étaient régisseurs du domaine de Milbrooke de père en fils depuis des générations, il n'avait d'autre choix que de supporter sa présence au quotidien.

— Oui, voyons-nous un peu plus tard dans l'après-midi. Nous aurons tout loisir de parler du bal.

Penser à Augusta raviva un vague souvenir enfoui dans les tréfonds embrumés de sa mémoire. N'avait-il pas, une fois ou deux, surpris Goddard en train de la regarder avec une animation dont ses yeux sombres n'étaient pas coutumiers ? Mais ce n'était pas un crime de regarder une jolie femme, songea-t-il, en ayant tout à fait conscience que lui-même se serait retrouvé au cachot si cela avait été puni par la loi. *Et surtout au cours de ces deux derniers jours.* D'ailleurs, en ce moment précis, ses yeux se tournèrent d'eux-mêmes vers Maria et il s'abîma tant dans cette contemplation qu'il entendit à peine le bruit de la porte qui se refermait.

Lorsqu'il eut pris conscience qu'ils étaient de nouveau seuls, Alex se mit à ranger les queues de billard presque frénétiquement. Il essayait de gagner du temps, car il se demandait comment il allait bien pouvoir rompre ce silence en passe de devenir pesant. Ce fut Maria qui s'en chargea pour lui, cependant :

— Vous donnez un bal ?

Son ton était poli et agréable, mais très peu naturel, comme celui que l'on se force à adopter face à un vieil oncle. La différence avec l'attitude qui était encore la sienne quelques minutes plus tôt lui donna envie de gémir. Elle semblait si à l'aise *alors*, quand elle avait ri avec lui comme s'ils se connaissaient depuis toujours. Avant qu'il n'aille trop loin et qu'il ne gâche tout.

— Oui. Enfin, ce sont plutôt mes parents qui organisent un bal ici. Il aura lieu après-demain.

— Pour fêter Noël ?

— Oui, mais pas seulement.

La vérité se tenait, hésitante, sur le bout de sa langue. Il fallait qu'il parle maintenant, il n'avait pas le choix. Pourtant, il ne parvenait pas à se lancer.

Mais pourquoi ? Que penses-tu avoir à perdre ?

Cela ne faisait que quelques jours que Maria le connaissait, songea-t-il, mal à l'aise. Une femme comme elle devait attirer l'attention partout où elle allait. Elle ne devait pas manquer d'admirateurs et, dans le fond, il était stupide de penser qu'elle puisse éprouver à son égard des sentiments aussi puissants que ceux qu'elle avait fait naître en lui. Il tenta donc d'ignorer sa gorge qui se nouait et se força à parler.

— C'est aussi pour annoncer mes fiançailles.

Maria resta immobile un long moment, pendant qu'Alex guettait sa réaction avec anxiété. Quelque chose d'indéfinissable passa sur son visage, aussi rapide et mouvant qu'une volute de fumée, puis elle s'approcha et posa sa main sur son bras pendant une demi-seconde qui fut pour lui autant une joie qu'une souffrance.

— Vos fiançailles. Toutes mes félicitations.

— Je vous remercie, répondit-il en inclinant la tête. Elles ont été arrangées alors que je n'étais encore qu'un enfant. Ni moi ni ma future fiancée n'avons réellement eu notre mot à dire dans l'histoire.

Pourquoi avait-il ressenti le besoin d'ajouter cette précision mesquine ? Si Maria trouva cela étrange, elle n'en laissa en tout cas rien paraître.

— Je comprends. Pour un homme de votre rang, le mariage n'est pas une chose à prendre à la légère. Les enjeux sont si importants qu'il est normal que vos parents aient voulu se montrer prudents.

C'était une réponse bien plus charitable qu'il ne le méritait. Il fut pris de honte en songeant à son comportement déshonorant vis-à-vis d'Augusta et de Maria, deux femmes qui n'auraient pas pu être plus différentes l'une de l'autre, par le caractère mais aussi par l'effet qu'elles produisaient sur son cœur. Ah, si seulement il avait pu faire un saut en arrière dans le temps, songea-t-il en tressaillant presque.

D'accord, mais pour revenir à quel moment ? Celui où tu as failli embrasser Maria, ou celui où tu pouvais encore avoir la possibilité d'épouser quelqu'un d'autre que Miss DeVere ?

C'était une question horrible, et pourtant il connaissait la réponse. Son cœur se serra lorsqu'il regarda Maria, avec ses boucles folles qui s'étaient échappées du ruban qui essayait de les contenir pour retomber en cascade dans son dos.

— Je serais très heureux que vous y assistiez.

Elle leva les yeux vers lui.

— Vraiment, je ne puis. Je n'ai pas ma place à une soirée organisée par un comte et une comtesse...

— Ne dites pas cela. Vous êtes mon amie, et en tant que telle, vous figurerez parmi mes invités d'honneur.

Alex déglutit non sans peine, hésitant un instant à poursuivre.

— Si, bien sûr, vous m'autorisez à vous considérer comme une de mes amies.

Maria baissa ses cils blond foncé, soustrayant ainsi son regard olive à son examen attentif. Après un moment qui lui parut interminable, elle finit par le regarder de nouveau.

— Vous avez gagné mon amitié à l'instant même où vous m'avez avertie de la présence de M. Goddard, dans ce champ en lisière de bois. Ce serait un immense privilège pour moi d'assister à ce grand événement.

Elle lui adressa un sourire si charmant qu'il en éclipsa le soleil, mais Alex aurait juré que le geste lui avait coûté un effort certain. Il la soupçonnait de ne pas être aussi heureuse pour lui qu'elle ne voulait le faire croire... mais peut-être prenait-il seulement ses désirs pour des réalités ?

— Mais je m'aperçois qu'il est déjà tard, dit-elle. Je dois aller me changer. Si vous voulez bien m'excuser.

Il s'inclina et elle lui répondit par une petite révérence, avant de disparaître, rapide comme l'éclair, le laissant seul avec son désarroi et le souvenir encore vif de son corps à proximité immédiate du sien.

4

Blottie dans un fauteuil face à la cheminée de sa chambre, Maria essaya une nouvelle fois de se plonger dans son livre. Elle avait choisi le plus gros qu'elle avait pu trouver, espérant qu'il pourrait l'extirper de l'ouragan qui faisait rage en elle, mais ses yeux refusaient de se concentrer. Après avoir parcouru la même page pour la troisième fois, elle dut s'avouer vaincue. Elle ne pouvait penser à rien d'autre qu'à l'image du visage intense d'Alexander la veille, sauf bien sûr à la révélation qu'il lui avait faite ensuite et qui, pendant un instant, avait fait cesser son cœur de battre.

Maria posa le livre et réajusta son châle sur ses épaules. Le fait qu'Alexander soit fiancé ne la regardait pas. Pourtant, son estomac s'était convulsé quand elle avait appris la nouvelle. C'était un miracle si elle avait réussi à masquer sa déception derrière de laborieuses félicitations. Le désir qu'elle avait vu sur son visage quelques minutes auparavant lui avait laissé espérer que quelque chose, peut-être, était en train de naître entre eux. Mais la façon aussi spectaculaire que radicale dont cet espoir avait volé en éclats l'amenait à se demander comment elle avait pu avoir la bêtise d'y croire.

Il était évident qu'un homme comme Alexander ne pouvait être libre. Avec son rang, il n'était pas surprenant que ses parents aient décidé de son mariage avant même qu'il ne sache marcher. Sa future épouse était sans aucun doute féminine, délicate, raffinée, gracieuse, sage… en bref, tout ce que Maria, pour la première fois, avait conscience de ne pas être. Tout ce qu'elle regrettait presque de ne pas être. Peut-être, finalement, aurait-elle dû écouter sa mère, songea-t-elle en tendant le bras pour attraper le tisonnier.

— Cela ne sert à rien de se dire cela, murmura-t-elle en se penchant pour attiser les braises. Même si j'étais un modèle de féminité, une fille de fermier ne pourrait jamais espérer épouser un pair du royaume…

Elle n'était pas en droit d'attendre quoi que ce soit d'Alexander et elle aurait dû s'estimer heureuse qu'il lui ait fait prendre conscience de cela avant qu'elle ne se ridiculise.

Le feu crépita comme pour acquiescer et Maria remit le tisonnier sur son support, avant de se caler dans son fauteuil. De longues ombres dansaient sur le mur face à elle et elle les contempla un moment, perdue dans ses tristes pensées, jusqu'à ce qu'un coup à la porte ne vienne briser le silence.

— Entrez.

La femme de chambre chargée de s'occuper d'elle pour la durée de son séjour apparut sur le seuil et Maria lui sourit.

— Nancy. Vous vouliez me voir ?

— Oui, miss. Plus précisément, c'est M. le vicomte qui m'envoie.

Aussitôt le pouls de Maria s'accéléra.

— M. le vicomte ?

Elle voulut se lever pour aller à la rencontre de la domestique, mais s'immobilisa quand Nancy entra et qu'elle vit ce qu'elle tenait à la main.

— Ce doit être une erreur. Elle ne m'appartient pas.

— Ce n'est pas une erreur, miss, répondit la femme de chambre avec un léger sourire. C'est de la part de M. le vicomte, avec ses compliments. Il m'a dit de vous dire qu'il s'était rendu compte bien trop tard que cela ne se faisait pas d'inviter une lady à un bal en sachant qu'elle n'avait pas de tenue de soirée, et il vous demande de bien vouloir lui pardonner cette erreur.

Maria ne sut que répondre à cela. Elle regarda Nancy déposer sur le lit la robe qui étincelait telle une rivière d'émeraudes. La soie vert foncé qui brillait dans la lumière des flammes l'attira irrésistiblement.

Elle s'approcha du lit et contempla cette beauté. Elle semblait à peu près à sa taille et sa couleur était celle qui, d'après sa mère, lui allait le mieux, car elle s'accordait parfaitement à son teint pâle, à la nuance de ses yeux et à ses cheveux cuivrés.

— Mais...

Elle se tourna vers la femme de chambre, toujours à court de mots.

— Comment... ?

— Elle appartenait à sa plus jeune sœur, miss. Lady Aurelia, maintenant duchesse de Carmodale. Avant son mariage, elle venait souvent séjourner ici, et M. le vicomte avait pris l'habitude de lui faire des cadeaux, en frère aîné attentionné. Je crois qu'il a acheté cette robe sur la demande de Lady Aurelia, mais elle a changé d'avis et n'en a plus voulu, sans l'avoir portée une seule fois.

Doucement, comme si elle avait peur d'être mordue, Maria passa un doigt sur le corsage. Cette soie était la plus fine qu'elle ait jamais touchée, si délicate qu'elle craignait de l'avoir déjà abîmée. Elle retira sa main, subjuguée.

— Jamais je ne pourrai porter une robe pareille. Elle a dû coûter une fortune.

— M. le vicomte semble y tenir beaucoup, pourtant. Il a dit que si vous ne la portiez pas, elle finirait sa vie dans une armoire, à prendre la poussière, et que ce serait grand dommage.

Maria regarda de nouveau les délicates broderies de perles

qui ornaient le col et le bas de la robe et qui, en renvoyant la lumière, semblaient lui adresser des clins d'œil complices.

Était-il convenable d'accepter un tel présent de la part d'un homme qu'elle ne connaissait que depuis quelques jours, et plus encore de porter cette robe pour son bal de fiançailles ? Quelque chose la gênait, même si elle n'avait aucun doute sur l'innocence des intentions d'Alexander.

Il voulait lui épargner la honte d'assister à un bal dans une tenue non appropriée à la grandeur de l'événement. Après tout, ce n'était qu'une nouvelle preuve de sa gentillesse.

— Je pourrais au moins l'essayer, finit-elle par dire. Il n'y a rien de mal à cela.

— Non, rien du tout, miss. Je me ferais un plaisir de vous aider.

Devant le signe de tête hésitant de Maria, Nancy s'avança. Ensemble, elles échangèrent en silence la sage mousseline à fleurs contre le luxe de la soie émeraude. Puis, quand ce fut fait, la femme de chambre recula d'un pas pour observer Maria avec une admiration qui semblait sincère.

— Je ne sais pas si j'ai déjà vu une robe aller aussi bien à une lady. On dirait qu'elle a été conçue pour vous.

Maria lui adressa un petit sourire.

— Vous êtes trop gentille, je pense. J'aimerais un miroir plus grand, néanmoins, pour pouvoir me faire ma propre opinion. Celui qui se trouve dans mon cabinet de toilette ne me permet que de voir mon visage, et je le connais déjà trop bien.

— Il y a un miroir en pied dans la chambre de Lady Aurelia, miss. Je peux vous y conduire si vous le souhaitez.

Dans un délicieux bruissement de soie, elle suivit Nancy jusqu'à l'aile de la maison réservée à la famille. L'une des portes fermées devant lesquelles elles passèrent devait être celle de la chambre du maître des lieux, songea-t-elle. Oui, mais laquelle ? Malgré elle, elle ne put s'empêcher d'imaginer

Alexander assis dans un fauteuil, en bras de chemise, prêt à aller se coucher, ou bien déjà allongé sur son lit…

Tout à coup, elle se ressaisit. Quelles pensées déplacées ! *Il est fiancé, ou presque, et je ne suis pas du genre à voler le promis d'une autre, même s'il me plaît.*

Nancy sembla ralentir. Elles devaient être presque arrivées. Mais tout à coup la femme de chambre s'arrêta.

— Monsieur le vicomte, dit-elle soudain. Je conduisais Miss Bartlett jusqu'à la chambre de Lady Aurelia, afin qu'elle puisse se voir dans le miroir.

Maria observa la coiffe blanche de Nancy se pencher respectueusement. Quant à elle, elle était pour l'instant incapable de lever les yeux vers Alexander. Elle ne l'avait pas revu depuis ce moment à la fois terrible et délicieux dans la salle de billard. Peut-être l'avait-il sciemment évitée de la même façon qu'elle avait essayé de l'éviter. Elle ne pouvait pas lui échapper en ce moment précis, cependant. Maria se sentit frissonner quand son regard saphir se posa sur elle et la détailla de la tête aux pieds.

— Je vois, dit-il.

Le sourire d'Alexander était toujours aussi amical, même si Maria crut déceler une certaine crispation dans ses épaules.

— Merci, Nancy. Je peux accompagner moi-même Miss Bartlett à présent.

Aussitôt la femme de chambre effectua une révérence et tourna les talons. Maria la regarda partir avec le sentiment d'avoir perdu son bouclier. Il n'y avait plus rien entre elle et Alexander. Curieusement, son premier réflexe fut tout de même de s'avancer, mais elle résista et se mit à lisser nerveusement ses jupes sans oser le regarder dans les yeux.

— Alexander. Cette robe… Je ne trouve pas les mots. Votre générosité…

— Taisez-vous donc. J'espère juste ne pas vous avoir vexée.

Du coin de l'œil, elle le vit passer la main dans ses cheveux déjà décoiffés.

— Je me suis rendu compte qu'il était peu probable que vous ayez une robe de bal dans vos bagages. Mon but était de vous éviter de vous sentir gênée. J'espère que mon initiative n'aura pas eu l'effet inverse.

Elle secoua la tête, tout en faisant semblant d'être absorbée par la contemplation des broderies de son col.

— Rassurez-vous, je ne l'ai pas mal pris du tout. En réalité, il ne m'était même pas venu à l'esprit que je n'avais rien à me mettre. J'avais l'esprit ailleurs, il faut croire.

Aussitôt, elle regretta sa dernière phrase. Autant avouer qu'elle venait de passer les dernières vingt-quatre heures à ressasser les événements survenus dans la salle de billard. Elle serait mortifiée si Alexander devinait ce qui l'obsédait, à tel point qu'elle se sentit rougir. Par chance, il ne semblait pas avoir compris ce qui paraissait pourtant évident.

— C'est bien ce que je pensais. Pourquoi songer à quelque chose d'aussi terre à terre qu'un bal quand on a un troupeau de volailles dont il faut s'occuper ?

Sa voix contenait une légère pointe d'humour, mais il aurait été impossible pour elle de s'en offenser.

— Mes suppositions étaient exactes, poursuivit-il, une lady-farmer qui se respecte ne peut pas s'intéresser à quelque chose d'aussi frivole qu'une robe de soirée.

— Je n'en suis pas si certaine.

De nouveau, Maria laissa son regard se promener à sa guise sur l'avant de sa robe. Les broderies, avec leurs fils d'or, étincelaient et s'accordaient parfaitement au vert moiré de la soie. Elle fut encore une fois frappée par la gentillesse d'Alexander. Un tel geste prouvait le respect et l'attention qu'il lui témoignait. Ce n'était pas une attitude à laquelle sa famille l'avait habituée, et un regret féroce s'empara d'elle à l'idée qu'un tel homme ne pourrait jamais être sien.

— N'importe quelle autre robe, peut-être... mais pas celle-ci. Je n'ai jamais rien vu de tel de toute ma vie.

C'est une impression que je partage.

Néanmoins, ce n'était pas la robe en elle-même qui lui avait coupé le souffle dès qu'il avait aperçu le miroitement vert du vêtement dans le couloir. C'était la personne qui la portait et qui, ce faisant, offrait à ses yeux captivés le plus éblouissant des spectacles.

La robe bruissait autour d'elle telle une seconde peau, aussi légère et délicate qu'un voile vaporeux, et seul un homme fait de marbre aurait pu rester insensible à ce contraste parfait entre le vert chatoyant de la soie et le roux flamboyant des cheveux de Maria. La douce lumière provenant de la fenêtre la nimbait d'un éclat quasi céleste et elle semblait si belle et irréelle qu'on aurait dit un tableau animé. Il aurait été difficile de prétendre qu'il ne ressentait rien, alors que son cœur cognait et que ses mains brûlaient de se tendre et la toucher.

Elle passait le doigt sur les perles de son décolleté et Alex contracta la mâchoire. Si elle n'arrêtait pas tout de suite d'attirer son attention vers cet endroit, il allait devenir fou. Il n'avait pas connu un seul moment de paix depuis la scène dans la salle de billard et elle ne faisait rien pour l'aider.

— J'aurais quelques réserves néanmoins, dit-elle.

Maria le regarda. En voyant la pointe d'humour dans son regard, il éprouva un réel soulagement. Il s'était torturé en s'interrogeant sur la façon dont elle allait se comporter vis-à-vis de lui après son comportement impardonnable. À toutes ses qualités, il fallait visiblement ajouter celle de savoir glisser sur les incidents regrettables, puisqu'elle ne semblait pas vouloir lui témoigner le mépris qu'il aurait pourtant mérité. La gratitude d'Alex était si immense qu'il aurait pu l'embrasser.

En même temps, tu aurais pu l'embrasser quoi qu'il se passe, non ?

— Ah oui ? Et quel genre de réserves ?

Elle lui adressa un sourire qui aurait pu faire plier une armée entière.

— Une robe d'une telle beauté mérite d'être portée par une vraie lady. Je vais devoir apprendre à me comporter de façon bien plus sophistiquée et bien moins inconvenante le soir du bal si je veux en être digne.

L'esquisse de petit clin d'œil qu'elle lui adressa fut de trop. Le self-control d'Alex déjà mis à rude épreuve vola complètement en éclats et, alors qu'il n'aurait sans doute pas dû, il répondit avec chaleur et animation :

— Vous en êtes déjà plus que digne, croyez-moi. Chez vous, il n'y a rien à changer et encore moins à améliorer.

Il vit, sur le visage de Maria, l'humour laisser la place à la gêne. Ses joues se colorèrent délicatement en rose, ce qui la rendit encore plus belle. Alex n'eut que le temps de se demander comment, cette fois, il allait réussir à ne pas l'embrasser, avant qu'elle ne recule d'un pas.

— Je... Merci. C'est très gentil de votre part.

Tout en parlant, elle s'éloignait, et Alex dut résister à l'envie de la suivre, au besoin d'être près d'elle. Au terme d'une lutte acharnée, il parvint cependant à rester immobile et extérieurement calme, alors qu'en lui régnait le chaos le plus total.

— Je pense que je ferais mieux de retourner dans ma chambre et de me changer. Cela me peinerait d'abîmer cette merveille avant le bal.

— Bien entendu, dit laborieusement Alex entre ses dents serrées. Je crois que je suis attendu dans le grand hall, de toute façon. Il me semble que Goddard...

Il s'interrompit, tant il avait conscience de n'avoir aucune idée de ce qu'il était en train de dire. Maria semblait prête à partir en courant, et il avait presque envie qu'elle le fasse tellement il avait honte de lui. Elle était sans doute horrifiée qu'un homme fiancé - ou sur le point de l'être - lui ait adressé avec tant de familiarité des compliments qu'il aurait dû réserver à sa promise.

— Aïe !

Entendant la plainte de Maria, Alex se précipita vers elle. Elle avait posé les mains autour de son cou et il ne lui fallut qu'une seconde pour comprendre : ses cheveux magnifiques mais indéniablement rebelles s'étaient pris dans les broderies de perles qui ornaient l'encolure de la robe, sans doute quand elle s'était tournée pour partir, l'obligeant à garder la tête tordue dans une position sans doute très inconfortable. Elle ne pouvait pas baisser les yeux suffisamment pour se libérer toute seule, et il ne sut pas s'il devait prendre cet incident comme un signe du destin ou, au contraire, comme une malédiction.

— Avez-vous besoin de… ?

Elle le regarda très brièvement, avant d'esquisser un hochement de tête. Ses joues n'avaient rien perdu de leur jolie couleur, et Alex prit une grande inspiration avant de s'approcher.

Les yeux de Maria fixaient un point sur le mur, ce qui empêchait Alex de voir ce qui pouvait y passer. Se trouver si près d'elle représentait une tentation à nulle autre pareille et il essaya de se caparaçonner contre l'assaut de ses propres nerfs qui insistaient pour qu'il enroule une boucle cuivrée autour de son doigt afin de savoir si ses cheveux étaient aussi doux qu'il l'imaginait.

Ce qui se produisit ensuite arriva par accident, même si, plus tard, Alex dut reconnaître que cela pouvait sembler difficile à croire. Ses mains étaient beaucoup trop grosses pour un travail si délicat. La bande de perles brodées était si étroite qu'il était inévitable que ses doigts effleurent par inadvertance le cou de Maria. Leurs deux peaux entrèrent en contact pendant un minuscule instant, mais cela suffit à embraser tout son corps. Si cela s'était arrêté là, il aurait peut-être été capable de faire preuve d'assez de volonté pour empêcher ce qui arriva juste après, mais le frisson qui parcourut Maria fut beaucoup trop pur et beaucoup trop excitant pour qu'il puisse l'ignorer.

Ce n'était pas un frisson de dégoût ou de répugnance, loin de là. Alex s'immobilisa en voyant le désir transfigurer son beau visage, avant qu'elle ne se détourne de lui avec détermination, sans doute pour le lui cacher. Mais il était trop tard.

Comme dans un rêve, il tendit la main et suivit le contour de sa mâchoire, avant de tourner son adorable visage vers lui, aussi délicatement que s'il avait été en verre. Il aurait été facile pour elle de se dégager, et il se prépara mentalement à reculer si jamais elle semblait hésitante, mais ce ne fut pas le cas. Au contraire, elle le laissa poser la main sur sa joue et leva enfin les yeux vers lui, pour établir une connexion si puissante qu'elle aspira tout l'air de la pièce.

Même s'il l'avait voulu, il n'aurait pas pu se détacher d'elle : il était tout à coup prisonnier de la brillance inébranlable de ce regard. C'était la même sensation que dans la salle de billard, celle de se noyer dans la perfection olive de ses yeux. La seule différence, c'était que cette fois il n'y avait aucun espoir de pouvoir résister. Alors il pencha la tête et oublia toute raison pour s'abandonner à cet impérieux et insensé besoin.

Ses lèvres qui s'entrouvrirent sous les siennes étaient aussi douces et sucrées que des baies estivales. Maria semblait s'abreuver à son baiser comme la terre asséchée s'abreuvait à la pluie. Il passa les bras autour d'elle et la serra contre lui avec, aussitôt, l'impression que plus jamais il ne pourrait la lâcher. La soie raffinée de son corsage était plaquée contre son torse, mais le seul contact dont il était pleinement conscient, c'était celui de leurs deux bouches.

Il était enivré par l'odeur de ses cheveux et par les petits soupirs qu'elle poussait comme quand, par exemple, il posa sa main bien à plat dans le bas de son dos pour la serrer plus fort. Tout ce qu'il voulait, c'était être avec elle, c'était être tout contre elle. Il frissonna, à la fois surpris et charmé par son audace, quand elle posa la paume sur sa nuque. Aussitôt, il sut qu'elle était la seule femme qu'il aurait pu choisir, s'il en avait eu l'occasion, et cette certitude fut vertigineuse.

Ce fut elle qui revint la première à la raison.

Alex ouvrit les yeux quand elle le repoussa, d'une main tremblante mais néanmoins déterminée.

— Alexander… Cela n'aurait jamais dû se produire.

Elle recula, le souffle court. L'espace d'une seconde, il crut voir sur son visage un mélange de stupeur et de ravissement – exactement ce qu'il éprouvait en ce moment même – mais cela fut vite remplacé par l'expression d'une profonde mortification.

— Je n'aurais pas… *nous* n'aurions pas dû… C'était inexcusable. Je pense… je pense qu'il faut que je m'en aille immédiatement.

Elle recula d'un pas supplémentaire et se passa la main sur le front comme si elle essayait de reprendre ses esprits.

— Je vais faire prévenir Cartwright. Si vous permettez que mes volailles restent quelques jours de plus, il viendra les chercher pour les conduire à Atherby. Je pense que c'est ce qu'il y a de mieux à faire.

Elle lui adressa un unique regard, acéré et désespéré, et le cœur d'Alex se serra quand il prit conscience de l'état de confusion, né d'un mélange de plaisir et de regret, dans lequel elle se trouvait. Il le comprenait d'autant plus qu'il ressentait exactement la même chose. Il se passa la main dans les cheveux, pour essayer de remettre de l'ordre dans ses pensées, mais ce fut peine perdue.

Comment ai-je pu laisser faire une chose pareille ? Comment ai-je pu me laisser aller à ce point ?

Il avait envie d'enfouir son visage entre ses mains, de se cacher, de disparaître. Il avait tellement honte de son comportement si peu digne d'un gentleman. Il n'avait pas été capable de se contenir, et à présent c'était sa faute à lui si elle voulait renoncer à son projet de prouver sa valeur à sa famille. Se dire qu'un instant de folie de sa part pourrait entraîner des conséquences néfastes sur le reste de l'existence de Maria était quelque chose d'intolérable.

— Si c'est ce que vous voulez, alors je ne vous en empêcherai pas, mais réfléchissez bien, je vous en prie. Je sais ce que vous comptiez accomplir, afin de gagner l'approbation de votre père, et je ne veux pas que vous soyez forcée d'y renoncer parce que je n'ai pas réussi à contrôler mes pulsions. Je suis désolé, Maria. Jamais je n'aurais dû...

Elle l'interrompit en secouant la tête.

— Je suis autant à blâmer que vous. Je *voulais* que vous m'embrassiez.

Ses joues étaient en feu, mais elle le regarda dans les yeux, avec la franchise et l'honnêteté qu'il admirait tant chez elle.

— Mais cela ne se produira plus. Vous allez bientôt vous marier et je ne devrais pas admirer un homme d'un rang si supérieur au mien.

Alex, incrédule, la regarda lui tourner le dos. Il aurait voulu l'obliger à se tourner vers lui, mais il ne le pouvait pas. Comment pouvait-elle croire que leur statut social était un frein aux sentiments qui avaient commencé à grandir en lui ?

— Pensez-vous vraiment que j'y accorde une quelconque importance ? Pensez-vous que si j'étais libre de faire mon propre choix, votre milieu m'empêcherait de demander votre main ? La force de vos convictions et votre détermination à vivre selon vos propres termes vous ont valu mon respect dès l'instant où je vous ai vue. Je suis peut-être d'un rang supérieur au vôtre, mais en valeur c'est vous qui me dépassez.

Il la vit écarquiller les yeux et entrouvrir la bouche. Mais elle ne répondit rien finalement, et lui-même se rendit compte qu'il ne savait pas quoi ajouter. Il en avait déjà trop dit, sans doute. Il allait épouser Augusta, et Maria quitterait Milbrooke dès que la neige aurait fondu. Mais pendant ce moment suspendu ils avaient été seuls au monde et il se demanda si c'était son opinion à elle aussi. Cela le poussa, en tout cas, à faire une dernière tentative.

— Restez, je vous en prie. J'aimerais vous aider à montrer à votre père que vous méritez bien mieux que de devenir l'ornement d'un homme.

Elle le regarda, et il vit qu'elle hésitait. Tout de vert vêtue, elle ressemblait plus que jamais à une dryade, davantage dans son élément dans une forêt profonde que dans un manoir anglais. Elle qui était si sauvage et si belle, elle n'était pas faite pour vivre dans la cage où sa famille voulait l'enfermer. S'il la laissait s'en aller maintenant, il était possible qu'elle n'échappe jamais à ce destin et cette idée était pour lui intolérable.

— Je ne tenterai plus rien. Je vous en donne ma parole. Je ne vous importunerai plus, Maria.

5

Debout dans le grand vestibule de Milbrooke Hall, Maria relut avec un profond abattement la lettre qu'elle tenait à la main. Elle n'était longue que de quelques phrases, mais Carew avait réussi à rendre son mécontentement évident dans chacun de ses mots. Pendant un long moment, elle fut trop absorbée pour remarquer la présence derrière elle.

— Pardonnez-moi, miss. Pouvons-nous passer ?

Elle sursauta et s'écarta pour laisser la place à deux hommes qui portaient un énorme bouquet de branches de sapin. Un troisième les suivait, poussant une brouette remplie de houx. Elle les regarda déposer leur fardeau sur un tas déjà important de végétaux. Autour d'eux, les domestiques s'affairaient. Certains enroulaient du lierre autour des gros piliers qui se trouvaient de part et d'autre de l'entrée de la salle de bal, tandis que d'autres attachaient des bouquets de gui aux lustres que l'on avait abaissés. Malgré sa tristesse, Maria ne put s'empêcher d'admirer la splendeur du décor qui se mettait en place en prévision des réjouissances prochaines.

Comme un peu plus tôt, elle était trop distraite pour se rendre compte de l'arrivée d'Alexander. Ce ne fut que lorsqu'il se trouva juste à côté d'elle et qu'un frisson la parcourut qu'elle eut conscience de sa présence. Rien de dangereux ne se produirait, cependant. C'était la résolution qu'elle avait prise au terme d'une nuit sans sommeil.

Comment aurait-elle pu dormir, alors qu'était toujours net le souvenir de la bouche d'Alexander sur la sienne, et toujours vive la sensation de sa main dans son dos ? Elle en tremblait encore. Jamais elle n'avait été aussi proche d'un homme. Jamais le désir n'avait été aussi puissant. Mais plus que le souvenir de leur proximité physique, c'étaient les mots qu'il avait prononcés qui l'avaient empêchée de trouver le repos.

S'il avait été libre de choisir son épouse... Il a sous-entendu qu'il aurait peut-être demandé ma main.

Sous son corsage, le cœur de Maria se mit à battre plus vite et elle lutta pour ne pas montrer l'émotion qui l'étreignait. Dans d'autres circonstances, elle se serait réjouie à l'idée que l'homme dont elle était en train de tomber amoureuse semble partager ses sentiments, mais en réalité tout cela lui apparaissait d'une cruelle ironie. Assister aux préparatifs des fiançailles d'Alexander, c'était comme recevoir un coup de poignard en plein cœur, et la douleur était telle qu'elle eut envie de crier.

Au lieu de cela, elle ferma les yeux un instant pour se calmer. Dans le désespoir silencieux de la nuit, elle avait juré d'ignorer tous les désirs qu'elle savait condamnés à rester inassouvis. C'était cela ou blesser mortellement son cœur.

Incontestablement, il valait mieux que Carew ait insisté pour venir la chercher dès le lendemain. Elle savait qu'il serait très en colère et que le voyage en sa compagnie ne serait pas une partie de plaisir, mais elle n'avait pas d'autre choix et, au fond d'elle-même, elle était prête à endurer n'importe quoi plutôt que de voir Alexander et sa future épouse cheminer main dans la main vers leur radieux futur.

Alexander se tenait toujours à côté d'elle, plus beau et majestueux que jamais, et elle pria pour que sa voix ne la trahisse pas. En désignant les guirlandes et les couronnes végétales qui prenaient forme, elle dit :

— C'est vraiment magnifique.

— N'est-ce pas ? L'on peut dire ce que l'on veut à propos de Goddard, mais il sait être à la hauteur des événements.

Ils regardèrent tous les deux dans la direction du régisseur, qui se tenait les bras croisés et qui supervisait ce chaos d'un regard impénétrable. De temps en temps, il donnait un ordre bref et les femmes de chambre s'empressaient d'obéir.

— Il vous est très dévoué.

— Peut-être. Certainement... Mais ce n'est peut-être pas le mot que je choisirais pour le définir.

— Vous ne l'aimez pas ?

Pour la première fois depuis son arrivée dans le hall, il la regarda, et Maria, tout à coup inquiète, dut faire un effort pour ne pas froncer les sourcils. Il avait l'air fatigué, et son visage était tendu malgré le sourire qu'il affichait toujours. Elle se demanda s'il avait aussi mal dormi qu'elle.

— Pas particulièrement, non. Il est trop obséquieux avec moi et beaucoup trop dur avec les domestiques. Cela fait des générations et des générations que les Goddard sont les régisseurs du domaine, cependant, et cela ne me semblait pas très juste de le renvoyer pour la seule raison que je n'aime pas ses manières.

Il parlait sur un ton assez léger, mais Maria perçut néanmoins dans sa voix la tension qu'il tentait de dissimuler. De toute évidence, Alexander essayait autant qu'elle de se comporter comme si tout était normal. Mais tout à coup son visage changea.

Son regard était attiré par quelque chose derrière elle, quelque chose qui rendit son sourire déjà contraint encore plus crispé. Maria se tourna alors pour voir ce qui pouvait produire un tel effet sur lui.

Dans leur direction s'avançait la plus belle femme qu'elle

ait jamais vue. Grande et élancée, elle semblait glisser sur le parquet lustré. Elle était la personnification de tout ce que la mère de Maria avait essayé de lui enseigner. Sur sa tête, pas un seul cheveu qui ne soit à sa place, et ils brillaient comme de l'or dans la lumière provenant de la porte d'entrée ouverte. Le bleu de porcelaine de ses yeux renforçait cette impression de beauté angélique. Captivée, Maria ne pouvait pas détacher ses yeux d'elle, et la femme lui rendit son regard dans lequel seule fut perceptible une petite pointe d'étonnement, avant d'exécuter une révérence parfaite, digne de celles que l'on devait voir à la cour.

— Bonjour, Alexander.

— Augusta.

Alexander s'inclina avec respect, sous le regard de Maria dont l'estomac se contracta douloureusement. Il devait s'agir de sa promise, c'était évident.

— J'ignorais que vous deviez arriver ce matin.

— Mère a pensé que vous auriez peut-être besoin de notre aide. Sommes-nous arrivées trop tôt ?

— Pas du tout. Vous savez très bien que vous êtes toujours la bienvenue à Milbrooke Hall.

Alexander parlait galamment. Seule une ombre de gêne obscurcit son regard quand il se tourna vers Maria.

— Puis-je vous présenter Miss Bartlett ? Elle est mon invitée à Milbrooke, car les intempéries l'ont forcée à interrompre le voyage qu'elle avait entrepris. Miss Bartlett, je vous présente Miss DeVere.

— C'est un plaisir de faire votre connaissance.

— Ce plaisir est partagé, soyez-en certaine.

Miss DeVere souriait avec une calme civilité qui semblait inaltérable, alors qu'Alexander paraissait beaucoup plus détaché. Ils ne semblaient pas spécialement s'apprécier, remarqua Maria, mal à l'aise, devant la légère réserve qu'ils affichaient tous les deux. Alexander avait laissé entendre qu'il ne s'agissait pas d'un mariage d'amour, et de toute évidence il avait dit vrai. La façade polie derrière laquelle ils se retranchaient ne servait qu'à masquer l'absence de lien réel entre eux. Cela fut flagrant lorsque Alexander demanda à Miss DeVere avec une bonne humeur forcée ce qu'elle pensait des décorations.

Trop concentrée sur ses propres tourments intérieurs pour écouter, Maria détourna le regard, et s'aperçut que le mouvement et l'animation qui régnaient quelques minutes plus tôt à l'autre bout du hall avaient soudainement cessé.

Goddard se tenait debout, figé, les yeux rivés sur Miss DeVere, et Maria faillit pousser une petite exclamation quand elle vit ce qui animait les yeux d'ordinaire si fixes et inexpressifs du régisseur. *C'était le même regard que celui d'Alexander juste avant qu'il ne l'embrasse.* Un regard dans lequel se lisait une passion aussi ardente que désespérée, car se sachant vouée à l'échec.

Il est amoureux d'elle.

Cette prise de conscience la glaça. Alexander était-il au courant des sentiments que son régisseur éprouvait vis-à-vis de celle qui était sur le point de devenir son épouse ? Les hommes n'étaient pas toujours très observateurs, comme le lui répétait souvent sa mère. Si Alexander ne se doutait de rien, il était évident que le plus sage serait de ne rien dire et de ne rien faire – cela ne la regardait pas après tout – puisqu'une fois que Carew serait venu la chercher jamais plus elle ne reverrait Alexander ni son régisseur.

Mais l'idée ne la réconforta pas, et la perspective de quitter Alexander à jamais lui glaça le cœur. Son désespoir grandit quand elle vit Miss DeVere prendre le bras de ce dernier et lui murmurer quelque chose à l'oreille avant de l'entraîner à part, la laissant complètement et désespérément seule.

Au moment où le soir tomba, Alex aurait voulu que la journée soit déjà terminée. Augusta l'avait accaparé une grande partie de la matinée, et le comte et la comtesse, ses parents, arrivés tôt eux aussi, le reste du temps. À la lumière des bougies, les décorations de Noël étaient encore plus impressionnantes, mais Alex les remarqua à peine quand il descendit le grand escalier en se préparant à endurer une soirée qu'il aurait voulu pouvoir éviter.

La chaleur et le bruit étaient écrasants lorsqu'il traversa la salle de bal bondée et passa de groupe en groupe le plus poliment possible. L'orchestre jouait, et les danses avaient commencé avec beaucoup d'entrain. Au bruit assourdissant des voix et des rires s'ajoutait celui des piétinements sur la piste. Ses oreilles bourdonnaient, et il aurait donné n'importe quoi pour un moment de tranquillité. Il décida de se l'accorder, et se dirigea vers le hall d'entrée, plus frais et plus calme. Soulagé, il prit une grande inspiration.

Cela faisait plusieurs heures qu'il n'avait pas vu Maria et il se demanda avec une certaine nervosité où elle pouvait bien se trouver. Il n'aurait pas dû penser à elle, pourtant il était obsédé par l'image de son visage tourné vers le sien, de ses lèvres entrouvertes quand il s'était penché pour l'embrasser. La sensation de sa bouche sur la sienne était encore présente, au point qu'il avait dû faire des efforts surhumains afin d'apparaître à peu près calme quand ils s'étaient revus plus tôt dans la journée. Seule la triste certitude que la situation était désespérée l'empêchait de perdre la tête complètement.

Alex se passa une main lasse sur le visage. L'ironie amère de soupirer après une autre femme durant son propre bal de fiançailles ne lui échappait pas. Il n'aurait dû penser qu'à Augusta, songea-t-il, assailli par un puissant sentiment de culpabilité.

Le seul espoir pour moi de retrouver un peu de tranquillité d'esprit serait que mes parents s'apprêtent à accueillir Maria plutôt qu'Augusta ce soir dans la famille... C'était la seule chose qui aurait pu mettre fin à ses tourments, et pourtant jamais cela ne se produirait.

Un frisson glacé le parcourut alors, malgré le feu qui crépitait dans l'immense cheminée. Imaginer prendre Maria pour fiancée était une idée séduisante. C'était surtout une souffrance indicible, et il fallait vite qu'il chasse cette idée de son esprit car il n'y avait aucun espoir que cela se produise.

Je serais le pire des hommes si je rompais mon engagement auprès d'Augusta et que je la rejetais, alors que nous sommes promis l'un à l'autre depuis toujours.

Elle s'attendait à devenir son épouse, et il se devait d'honorer l'accord passé entre leurs familles, même s'ils savaient tous les deux que la seule chose qui les liait c'était le devoir.

Une douleur lancinante à la main lui fit prendre conscience, avec stupéfaction, qu'il serrait le poing. Il se força à décrisper ses doigts. Son abattement menaçait de devenir incontrôlable et, de nouveau, il tenta de se ressaisir. Alors qu'il essayait de se détendre, il se rendit compte qu'il n'avait pas vu Augusta non plus depuis un long moment.

Peut-être faisait-elle la même chose que lui : elle cherchait un endroit tranquille pour se cacher, espérant échapper à ce qui devait suivre.

Il aurait dû partir à sa recherche, pour qu'ils puissent présenter un front uni aux centaines de paires d'yeux rivées sur eux dès que l'annonce de leurs fiançailles aurait lieu. Peut-être même pourraient-ils se soutenir l'un l'autre. Ils n'avaient choisi cette voie ni l'un ni l'autre, songea-t-il en étant pris d'un élan d'empathie pour la pauvre Augusta. Si elle s'était réfugiée quelque part, son devoir lui commandait de la retrouver et de la réconforter, même si son cœur appartenait irrévocablement à une autre.

En soupirant, il quitta le grand hall. Il ouvrit la porte qui donnait sur le couloir et vit une silhouette qui se déplaçait dans sa direction, si vite qu'elle paraissait presque floue. Alex dut même tendre la main pour empêcher une collision.

— Maria !

Elle s'arrêta net, et la vive inquiétude qui se lisait sur son visage mit aussitôt les sens d'Alex en alerte. Elle avait les joues rouges et le regard fuyant, et elle se tordait les mains.

— Que se passe-t-il ? demanda-t-il, alarmé. Un problème ?

— Non, non. Bien sûr que non.

Maria secouait la tête d'un air peu convaincu. Ses boucles soyeuses brillaient dans la lumière des bougies. Entre le vert forêt de sa robe et ses cheveux cuivrés, elle aurait pu incarner à elle seule l'esprit de Noël, songea-t-il.

— Quelqu'un vous a-t-il offensée ? J'ai vu Lord Stoatley vous parler tout à l'heure. S'il a dit quelque chose qui vous a contrariée...

— Non. Il s'est conduit en parfait gentleman.

— Mais alors quoi ? Pourquoi courir dans ce couloir comme un lapin poursuivi par un renard ?

Elle lui adressa un bref regard, avant de détourner les yeux d'un air si agité que son inquiétude grandit encore.

— S'il vous plaît, Alexander. N'insistez pas. Je ne sais pas si je dois...

Elle n'eut pas le temps de finir sa phrase. La mère d'Alex, dont le port altier faisait toujours forte impression sur son entourage, venait d'apparaître dans le couloir. Elle s'arrêta à une courte distance d'eux et observa Maria, avant de lui adresser un signe de tête que celle-ci lui rendit aussitôt.

— Alexander ? Veux-tu bien retourner dans la salle de bal ? Nos invités se demandent où tu es.

— Oui. J'arrive tout de suite.

Sa mère inclina de nouveau la tête et adressa un sourire poli à Maria, avant de faire demi-tour vers la lumière.

Malgré la brièveté de cette rencontre, cet échange n'avait fait qu'accroître l'inquiétude d'Alexander, car Maria semblait toujours aussi troublée. Suffisamment pour qu'il tente de nouveau de la convaincre de lui parler.

— Que se passe-t-il ? Pourquoi ne voulez-vous pas m'expliquer ?

Il scruta son visage, à la recherche de réponses. Ses yeux verts étaient si bien mis en valeur par la teinte de sa robe qu'il aurait pu se réjouir d'avoir une excuse pour se tenir si près d'elle. Son cœur se mit d'ailleurs à battre plus vite lorsqu'il prit conscience de la facilité avec laquelle il aurait pu lui prendre la main...

— Vous avez entendu notre hôtesse, dit-il en parvenant à sourire. Je dois retourner à la soirée... mais j'aimerais que vous veniez avec moi. Je ne peux pas vous laisser seule dans cet état.

Aussitôt Maria recula d'un pas.

— Je ne peux pas...

— Si. Vous n'êtes pas la seule personne entêtée ici.

Il vit ses lèvres s'entrouvrir, trop fasciné par leur sensualité pour entendre ce qu'elle disait. Il fallait qu'il laisse de côté les sentiments qu'il éprouvait pour elle, sachant qu'ils ne mèneraient jamais à rien. Mais il était un homme fait de chair et d'os, et même un vicomte pouvait succomber à une ultime tentation.

Après ce soir, il devrait la laisser partir. Elle rentrerait dans le Norfolk et il ne la reverrait jamais. Autant dire qu'ils étaient en train de vivre leurs derniers moments ensemble.

— Venez avec moi et accordez-moi la prochaine danse, dit-il dans un élan désespéré. De cette façon vous ne pourrez pas m'échapper, et vous pourrez me raconter ce qui s'est passé.

6

Le cœur de Maria battait si vite qu'elle craignait qu'Alexander ne l'entende malgré la clameur de la salle de bal bondée. Elle regrettait déjà le calme et la fraîcheur du grand hall. Avec réticence, elle prit place sur la piste, dans les lignes de danseurs déjà complètes. Deux jeunes hommes, face à elle, la regardèrent avec un intérêt non dissimulé. Avec appréhension, Maria attendait le moment terrible où l'orchestre se mettrait à jouer et où les bavardages cesseraient.

Alexander lui avait dit qu'elle ne pourrait pas s'échapper, et il avait eu raison, mais peut-être regretterait-il d'avoir insisté quand elle lui dirait la vérité.

La nausée l'avait gagnée. Elle était hantée par la scène qu'elle avait surprise dans le bureau et qui l'avait tant choquée. À présent, elle n'avait pas le choix : elle devait tout raconter à Alexander, ou bien mentir. Cependant le regard saphir de ce dernier était bien trop acéré et intense pour se laisser abuser.

Il le posait sur elle à ce moment précis, alors qu'il venait de s'incliner devant elle et qu'il s'approchait. Une fois devant elle, il lui prit la main et, malgré ses gants, Maria dut serrer les dents pour ne pas s'abandonner au frisson de plaisir qui la parcourut.

Profitant de la musique et du bruit des pas, Alexander

murmura à son oreille, et sentir son souffle sur son cou fut la plus irrésistible des tortures.

— Voilà, maintenant vous ne pouvez plus vous enfuir. Que s'est-il passé pour que je vous voie si agitée ?

Il recula, parfaitement en rythme avec la musique, mais sans la lâcher des yeux. De toute évidence, il était déterminé à obtenir la vérité et elle ne pourrait rien faire pour l'en dissuader. Pourtant un mélange d'appréhension et d'inquiétude l'empêchait de se décider à parler.

Ils se rapprochèrent pour tourner l'un autour de l'autre comme le commandait la danse.

— Je ne suis pas sûre de devoir vous le dire. J'ai vu quelque chose que je n'étais pas censée voir, et si je parle, les mots que j'aurai prononcés ne pourront plus jamais s'effacer.

Il fronça les sourcils, mais elle perçut aussi une pointe d'amusement dans son regard.

— Rien que cela ! Mais une bavarde comme vous, garder un secret, non, je n'y crois pas...

De nouveau, ils se séparèrent, et Maria fut soulagée de lui tourner le dos pendant une ou deux mesures. Mais son répit fut de courte durée, et quand ils se firent de nouveau face, elle vit qu'Alexander n'avait plus du tout l'air amusé et qu'il attendait qu'elle parle. Il ne souriait pas, et murmura à son oreille d'une voix solennelle qui la fit frémir.

— Maria. Je vois que ce que vous gardez pour vous vous fait souffrir. S'il s'est passé quelque chose de grave dans cette maison, je veux vraiment le savoir.

Il la fixait avec intensité et elle sut qu'il ne la laisserait pas en paix tant qu'elle n'aurait pas parlé.

— Vous allez être peiné, je le crains. Et la dernière chose que je veux, c'est être responsable de votre malheur.

— Votre compassion vous honore. Je suis déterminé, néanmoins.

S'arrachant au regard d'Alexander, Maria observa

les danseurs autour d'eux. Personne ne semblait prêter attention à eux et, finalement, il n'y avait peut-être pas de meilleur endroit pour une conversation d'ordre très privé qu'un endroit très public. Le seul problème, c'était qu'elle n'était pas certaine de pouvoir parler avec sa gorge nouée et sa bouche sèche comme de la paille.

Elle prit une grande inspiration et se lança tout de même, hésitante.

— Je m'étais retirée dans le bureau pour me reposer un moment, espérant être seule. Au début, je l'étais... jusqu'à ce que Miss DeVere n'entre, avec M. Goddard. Ils n'ont pas vu que j'étais assise dans un coin et j'allais me manifester quand j'ai vu... quand je les ai vus...

Elle s'interrompit, incapable de continuer. La danse qui l'obligeait à tourner autour d'Alexander lui offrit un moment de réflexion, mais cela ne dura qu'un temps. Elle se sentait oppressée et comme écrasée par un énorme fardeau.

— Oui ? Vous avez vu... ?

Maria déglutit péniblement.

Aidez-moi, mon Dieu. Comment décrire ce qui s'est passé ensuite ?

Dans le bureau, la seule lumière était celle qui provenait du feu moribond subsistant dans le poêle. Malgré tout, il n'y avait eu aucune erreur possible. Depuis sa cachette, elle avait vu deux silhouettes pénétrer dans la pièce plongée dans l'obscurité. Elle avait vu le visage intense que Goddard avait tourné vers Miss DeVere. Elle avait vu cette dernière reculer, comme si elle avait voulu prendre la fuite, avant d'éclater en sanglots et de se jeter dans les bras du régisseur avec un élan passionné semblable à des vagues tempétueuses se fracassant sur une falaise. À son tour, il l'avait serrée avec fièvre, comme s'il voulait ne jamais la lâcher.

C'était une scène beaucoup trop intime pour qu'elle la décrive en détail, surtout devant Alexander, et Maria chercha la façon la plus délicate de formuler quelque chose qui ne l'était pas du tout.

— Je... Je les ai vus s'étreindre.

Par chance, la danse les força à se séparer à ce moment précis. Elle n'eut pas à être témoin de la réaction d'Alexander. Néanmoins elle oublia ses pas et sa tête se mit à tourner lorsqu'il reprit sa main.

— Je vois. Continuez, je vous en prie.

Elle lui adressa un petit regard désespéré et vit que son visage était parfaitement impassible. Elle poursuivit en baissant la voix, en espérant qu'Alexander ne l'entende pas distinctement.

— Miss DeVere pleurait. Pour sa défense, elle semblait vouloir mettre fin à ce qu'il pouvait y avoir eu entre eux, mais M. Goddard ne l'entendait pas de cette oreille. Il a dit que jamais il ne renoncerait à elle, même quand elle serait une femme mariée. Au début elle a essayé de le raisonner, et puis à la fin... À la fin, elle s'est rangée à son avis, je le crains.

Alexander leva la tête brusquement.

— Augusta a accepté de poursuivre sa liaison avec Goddard même *après* qu'elle m'aurait épousé ? Êtes-vous certaine que c'est ce qu'elle a dit ?

Maria acquiesça douloureusement, en regrettant de tout son cœur ne pas être restée dans la salle de bal toute la soirée. Même si le mariage d'Alexander n'était pas fondé sur l'amour, aucun homme n'aurait été heureux d'entendre ce qu'elle venait de lui dire, et elle se sentait coupable d'être l'annonciatrice de cette mauvaise nouvelle autant que d'avoir dévoilé le secret de Miss DeVere.

Elle n'avait pas eu d'autre choix que de parler, pourtant elle se détestait de l'avoir fait. Il était très compliqué de se sentir déchirée entre le besoin de protéger Alexander et la compassion qu'elle éprouvait vis-à-vis d'une femme qui n'avait pas pu choisir sa vie.

— Il n'y a aucune erreur possible, je vous le certifie. Je suis sincèrement désolée. Si je vous ai causé de la peine...

Autour d'eux, les gens s'immobilisèrent et Maria chancela légèrement, trop distraite pour se rendre compte que la danse était terminée. Dans sa maladresse, son talon se prit dans le bas de sa robe. Ce ne fut qu'après s'être libérée qu'elle put lever les yeux vers Alexander. Et ce qu'elle vit sur son visage fit bondir son cœur dans sa poitrine.

Ce sourire qu'elle chérissait tant était revenu, et dans ses yeux brillait une lueur qui aimanta son regard. Il était loin de ressembler à un homme malheureux dont les projets d'avenir auraient été pulvérisés par un incident aussi violent qu'indépendant de sa volonté. Au contraire, il paraissait revigoré, comme débordant d'allant et d'énergie.

Elle n'eut pas le temps de se demander ce que cela signifiait. Avant qu'elle ne puisse esquisser le moindre geste, il serra sa main dans la sienne et, pendant qu'elle peinait à se remettre de ce contact aussi inattendu que grisant, il disparut en affichant une détermination telle qu'elle aurait dû deviner ce qu'il s'apprêtait à faire.

Au bout du compte, la conversation ne dura pas très longtemps. Une quinzaine de minutes à peine s'écoulèrent entre le moment où Alex ouvrit la porte du bureau et celui où il la referma de nouveau derrière lui. Presque incrédule, il s'appuya contre le mur. C'était étonnant la vitesse avec laquelle les choses pouvaient changer.

Moins d'une heure auparavant, son destin était gravé dans le marbre. Alors que désormais...

Il respirait un peu plus vite que d'habitude et peinait encore à prendre toute la mesure de ce qui venait de se produire. Goddard, bien sûr, avait eu l'air stupéfait quand Alex était brusquement entré dans la pièce, mais sa surprise n'avait pas duré longtemps. À son crédit, il n'avait pas essayé de nier quoi que ce soit. Au contraire, il avait avoué son amour pour Miss DeVere avec tant de franchise que les yeux apeurés d'Augusta s'étaient emplis de larmes. C'était au moment où Alex aurait dû le détester le plus que son régisseur avait enfin gagné son respect.

Alex fronça les sourcils en essayant de mettre un peu d'ordre dans ses pensées. Mais celles-ci refusaient de coopérer. Elles étaient trop nombreuses à se bousculer dans sa tête. Pour ajouter à sa confusion, il eut le déplaisir de voir sa mère traverser le couloir et s'approcher de lui pour la deuxième fois de la soirée.

Tentant de surmonter son appréhension, il s'écarta du mur et alla à sa rencontre en se forçant à sourire.

— Vous venez encore me chercher ?

— Je n'y serais pas obligée si tu ne cessais de disparaître.

La comtesse le regarda avec sévérité. Elle était trop bien éduquée pour faire grise mine en public, mais sa désapprobation était évidente.

— Et où se trouve Augusta ? Ton père va bientôt annoncer publiquement vos fiançailles, et vous n'êtes présents ni l'un ni l'autre.

Un poids s'abattit sur les épaules d'Alex. Il n'y avait plus d'échappatoire, songea-t-il, incapable de continuer à sourire. Par chance, sa mère ne remarqua pas son brusque raidissement lorsqu'il la prit par le bras pour la guider vers la salle de bal.

— J'ai besoin de parler de cela avec vous. Et avec père également. Où est-il ?

La comtesse le regarda attentivement, avec, pour la première fois, une pointe de suspicion.

— Coincé quelque part avec les parents d'Augusta, en train d'entendre pour la énième fois la description de leur maison d'été à Bath. Mais qu'y a-t-il à dire de plus ? Pour quelle raison vouloir parler de tes fiançailles alors que tout est enfin en place ?

Alex serra la mâchoire, tout en espérant réussir à masquer la tension qui l'habitait. S'adresser aux deux couples de parents en même temps permettrait d'abréger le supplice, mais cela ne le rendrait pas moins désagréable, loin de là.

— Pour vous le dire, mère, je vais attendre que vous soyez ensemble tous les deux. Je pense que vous serez heureuse de pouvoir être soutenue par père.

La méfiance de sa mère sembla se muer en inquiétude, mais alors qu'ils traversaient la salle de bal, elle se laissa guider sans rien dire. Jamais la comtesse ne ferait de scène devant ses invités, il le savait, et cela jouait en sa faveur. Il s'en réjouissait, car lui-même peinait de plus en plus à dissimuler ses sentiments depuis qu'il venait de voir une silhouette familière, vêtue de vert, émerger de la foule.

Le visage de Maria était l'image même de la confusion. Quand il passa devant elle et lui fit un léger signe de tête, l'invitant en silence à le suivre, elle lui adressa un regard stupéfait. Elle obéit cependant, en marchant d'un pas hésitant à distance respectable derrière eux. À ses sourcils froncés, il était clair qu'elle ne comprenait pas pourquoi il la guidait vers l'alcôve où son père avait été piégé par les DeVere.

Mais elle comprendra vite, et j'espère que sa réaction sera celle que j'attends.

Son cœur battait rapidement sous sa chemise, mais il tenta de l'ignorer et de se préparer à affronter la tempête qui allait se déchaîner. La meilleure façon de procéder, c'était d'éviter les préambules inutiles et d'entrer tout de suite dans le vif du sujet. Il se lança donc, conscient qu'une seule des cinq personnes présentes pouvait s'attendre à ce qu'il allait dire.

— Lord DeVere... Lady DeVere. Père.

Il s'inclina devant chacune des personnes qu'il venait de

nommer, tout en sentant parfaitement bien que sa mère s'agrippait à son bras et que Maria, en périphérie de son champ de vision, était de plus en plus mal à l'aise.

— J'ai le regret de vous informer que les fiançailles entre Augusta et moi n'auront pas lieu. Elle a exprimé sa préférence pour un autre homme et je l'ai donc libérée de tout engagement vis-à-vis de moi, et l'ai assurée que nous resterions bons amis. J'espère que vous pourrez pardonner ce désagrément.

Personne ne bougea. Les doigts de la comtesse restèrent parfaitement immobiles dans le creux de son bras et, pendant un instant, Alex se demanda s'il avait été entendu, jusqu'à ce que Lady DeVere se tourne lentement vers lui.

— J'aimerais comprendre un peu mieux. Ma fille s'est *désengagée* de l'accord passé entre nos deux familles ?

— Nous en sommes venus à cette conclusion ensemble. Elle n'est coupable de rien, et je ne dirai rien qui puisse ternir sa réputation.

Lady DeVere leva vers lui un visage aussi rigide qu'un masque de porcelaine, et il espéra qu'elle se montrerait clémente vis-à-vis de sa fille. Même si Augusta avait eu l'intention de le tromper, il ne souhaitait que son bonheur, d'autant plus qu'il connaissait désormais la force implacable de l'amour, contre lequel rien ni personne ne pouvait s'élever. Quelque part, derrière lui, Maria attendait, et l'envie de se tourner vers elle le tenaillait.

— Je vois. Où se trouve Augusta en ce moment ?

— Dans mon bureau. Je pense qu'elle n'aurait rien contre un peu de soutien.

Lord DeVere fit un pas en avant. Son embarras était clair, mais l'idée de la détresse de sa fille semblait plus forte que tout. Il était de notoriété publique qu'il chérissait particulièrement celle-ci, et dans son empressement il oublia presque de s'incliner. Il prit le bras de sa femme et l'emmena avant qu'elle ne puisse objecter quoi que ce soit.

— Je vous prie de bien vouloir nous excuser, dit-il en partant. Je pense qu'Augusta... Je pense que notre fille va avoir besoin de nous.

Alex inclina la tête avec bienveillance, et les regarda se diriger prestement – mais dignement – vers la porte. Tant qu'Augusta serait soutenue par son père, elle serait à l'abri d'une punition trop sévère, songea-t-il avec soulagement. Néanmoins, il faudrait du temps avant que Lady DeVere ne se fasse à l'idée d'avoir pour beau-fils un roturier plutôt qu'un vicomte. Tout parent aurait du mal à accepter un tel changement de perspective. Sa propre mère, du reste, semblait effarée par la nouvelle qu'elle venait d'apprendre, et s'ils n'avaient pas été en public, il savait qu'elle aurait laissé éclater sa colère.

— *Alexander !*

Sa voix était presque un sifflement, émis par des lèvres raidies par l'outrage.

— Qu'as-tu fait ? Quelle idée de renoncer à un mariage si sensé pour un motif aussi futile que l'inclination d'Augusta pour un autre !

En prenant garde à conserver un visage aussi impassible que possible, Alex se pencha vers sa mère.

— C'est plus qu'une simple inclination. Je n'ai pas voulu le dire devant ses parents, mais il s'agit d'un lien plus profond et intime que cela, et j'ai des raisons de penser que ni elle ni Goddard n'auraient eu l'intention d'y renoncer après le mariage.

La comtesse en resta bouche bée. Pendant un bref instant, elle sembla avoir perdu son indéfectible sens de l'étiquette, mais avec une détermination admirable elle parvint à se ressaisir.

— *Goddard ?* C'est lui l'homme dont il est question ? Et... après le mariage... ?

Elle se mura dans un silence horrifié, tout en regardant son époux comme s'il pouvait l'aider à comprendre l'incompréhensible. Alors que le comte ne disait rien et se contentait de plisser de plus en plus ses yeux gris, Alex secoua la tête.

— Ne leur en veuillez pas. En ce qui me concerne, je ne leur en veux pas. Personne ne peut rien contre l'amour et je ne ferai rien qui puisse exposer Augusta à un scandale.

— Un scandale, répéta sa mère en gémissant presque, pendant qu'elle enfonçait les ongles dans le bras d'Alex. C'est précisément ce que nous allons avoir quand aucune annonce ne sera faite. Presque toutes nos connaissances sont ici, attendant que ton père confirme votre union, et quand il ne le fera pas, ces gens n'hésiteront pas à essayer de deviner pourquoi. Que diront-ils de toi ? Quelle horrible raison vont-ils trouver pour expliquer que personne ne veuille épouser notre fils ? Henry, qu'allons-nous faire ?

Le comte plaça une main apaisante sur l'épaule de son épouse, mais sa gêne était visible. La détresse de ses parents serra le cœur d'Alex. Par bonheur, il avait tout prévu... mais cela ne l'empêchait pas d'être anxieux à l'idée de franchir le dernier pas, celui qui menait à ce qu'il avait imaginé à l'instant même où Maria lui avait révélé le secret d'Augusta.

— Il ne faut pas vous inquiéter à ce sujet. Je pense connaître un moyen d'empêcher les spéculations d'aller bon train.

Sa mère le regarda d'un air dubitatif, et il essaya de paraître confiant quand il se tourna, le cœur battant, vers une certaine personne de l'assemblée.

— Miss Bartlett ? Pourriez-vous approcher, s'il vous plaît ?

Maria s'avança aussitôt.

— Bien sûr, monsieur le vicomte. Est-ce que tout va bien ?

Elle scrutait son visage d'un air inquiet, ce qui ne fit qu'accélérer encore les battements de son cœur. Jamais il ne se lasserait de ces yeux verts si bienveillants et attentifs, se dit-il avec certitude.

— En ce moment même, la situation est un peu délicate, mais les choses pourraient aller tout à fait bien si vous acceptiez de nous venir en aide.

Il sentit le regard anxieux de sa mère le suivre alors qu'il emmenait Maria à l'écart. Non loin de là, une autre alcôve était inoccupée et il s'y dirigea.

Maria ne dit pas un mot. Elle devait ressentir l'énergie nerveuse qu'il essayait de réprimer. Une fois qu'ils furent au calme et à l'abri des regards, elle tourna vers lui un visage si marqué par l'appréhension qu'il aurait pu l'embrasser là, tout de suite.

Il prit une grande inspiration, en priant pour que la sécheresse de sa gorge ne l'empêche pas de parler. Plus il attendrait, plus il serait mal à l'aise, se dit-il pour se décider.

— Vous avez peut-être entendu ce qui vient de se passer entre mes parents et moi. L'accord entre Miss DeVere et moi-même est caduc et cela entraîne certaines complications concernant les événements de la soirée.

Il vit le visage de Maria se modifier, mais si légèrement que personne d'autre que lui ne l'aurait sans doute remarqué. Une tension supplémentaire crispait ses traits, mais il refusa de se demander ce que cela pouvait vouloir dire.

— Pour parler un peu brutalement, si aucune annonce n'est faite, ma mère craint que toute l'aristocratie anglaise ne se mette à penser qu'il y a quelque chose qui ne va pas chez moi.

À son grand soulagement, Maria hocha la tête.

— Je comprends. La réputation d'une famille aussi importante que la vôtre repose lourdement sur l'image de son héritier.

— Exactement.

Il essaya de sourire, mais la rigidité de ses lèvres l'en

empêcha. Là encore, mieux valait aller droit au but que tourner autour du pot.

— Pour que les apparences soient sauves, j'ai besoin que quelqu'un prenne la place d'Augusta pour la soirée, et c'est là que j'espérais pouvoir compter sur votre gentillesse.

Il avait beau avoir terminé sa phrase, l'énormité de ce qu'il demandait ne lui échappait pas. Il se retrouvait totalement à la merci de Maria, mais c'était la seule solution à laquelle il avait pensé pour éviter les désagréments que sa mère avait raison de craindre. Une fois que la rumeur se serait mise en marche, le nom de sa famille serait irrémédiablement sali. C'était un déshonneur qu'il voulait absolument éviter à ses parents.

Si Maria acceptait de l'aider à sauver la face, cela ferait taire les bavardages avant qu'ils ne commencent. Pendant qu'il attendait la réponse de celle-ci, néanmoins, il savait très bien que ses motivations profondes étaient à chercher ailleurs.

Si elle acceptait de fausses fiançailles… y aurait-il une possibilité pour qu'elle soit d'accord pour de *vraies* fiançailles ?

Il réfréna aussitôt cette pensée, même si la question passait et repassait dans sa tête. À vrai dire, depuis qu'il avait compris qu'il était libéré de tout engagement vis-à-vis d'Augusta, il ne pouvait penser à rien d'autre.

— Vous voulez que je fasse comme si j'étais… votre fiancée ?

Il hocha la tête.

— J'ai bien conscience que c'est beaucoup vous demander, mais ce serait bref et je vous en serais éternellement reconnaissant.

Elle le regarda en clignant des yeux et il aurait presque pu entendre son cerveau tourner à toute allure. De toute évidence, elle était en train de réfléchir, mais à part son visage étonné, rien chez elle ne permettait de deviner ce qu'elle était en train de penser. Jusqu'à ce qu'elle demande, avec un curieux mélange d'hésitation et de détermination :

— Concrètement, que devrais-je faire ?

— Pas grand-chose. Vous tenir à mes côtés pendant que mon père fait son annonce, et ensuite supporter ma compagnie pendant le reste de la soirée, si possible en ayant l'air de l'apprécier. Ma mère s'occupera de tout le reste.

Maria écoutait, les yeux rivés sur les broderies de son col. Quand enfin elle leva la tête, elle ne le regarda pas directement, mais fixa un point au-dessus de ses épaules qui semblait bien plus intéressant que son visage.

— Cela ne semble pas trop contraignant. C'est juste que... Ce n'est pas du tout ainsi que j'avais imaginé cette soirée.

Elle lui adressa un regard furtif, les joues légèrement colorées, et Alex eut la sensation d'être transpercé par une pointe. Il lui en avait peut-être trop demandé, poussé par des sentiments qui l'amenaient à se comporter de façon plus directe qu'il ne l'aurait dû. Ce n'était pas parce que lui avait été touché au cœur qu'elle partageait forcément son inclination.

Maria avait des projets d'avenir qui ne l'incluaient pas, se rendit-il compte tristement. Sa détermination à diriger l'exploitation familiale aux côtés de son père et de son frère était précisément ce qui avait rendu leur rencontre possible. Rien de ce qu'il pourrait lui dire ne lui donnerait envie de rester à Milbrooke Hall plus longtemps que nécessaire, et leur attirance mutuelle n'était peut-être pour elle qu'une agréable distraction en attendant de pouvoir s'enfuir. Même si elle lui accordait cette faveur et tenait le rôle d'Augusta pour la soirée, cela ne signifiait pas pour autant qu'elle allait réellement vouloir de lui, car sa priorité était sans doute que son père la prenne enfin au sérieux.

Sa gorge se serra, rendant la déglutition très difficile. Il essaya de forcer un sourire qui ne voulut pas venir.

— C'est vraiment stupide de ma part. Vous devez être en train de penser à ce que vos parents diraient d'une manœuvre aussi osée.

Ses belles boucles rebelles se mirent à briller alors qu'elle secouait la tête.

— Pas du tout. Si nos fiançailles ne doivent durer qu'un soir, alors ce sera de l'histoire ancienne quand je serai arrivée chez moi. Il se peut même que ma mère se réjouisse à l'idée que j'aie pu attirer un homme dans mes filets, et un vicomte qui plus est, alors qu'elle semble me considérer comme un cas désespéré. Je ne sais pas si elle sera horrifiée que j'aie finalement renoncé à vous ou fière que j'aie su capter votre attention.

Alex haussa les sourcils.

— Donc… vous acceptez de réfléchir à ma requête ? Je sais que c'est beaucoup vous demander et je comprendrais que vous préfériez ne pas…

Un jeune couple passa près de leur alcôve. La femme tenait le bras de son cher et tendre comme si sa vie en dépendait, et Alex regarda Maria tourner la tête pour les suivre du regard. Il devait s'agir de jeunes mariés, à en juger par leur indifférence à tout ce qui se passait dans la pièce. Ils étaient deux mais semblaient ne faire qu'un. Il y avait quelque chose de pur et de touchant dans leur adoration, et ce fut peut-être ce qui aida Maria à se décider.

Elle regarda ses gants, les mains serrées devant elle.

— Étant donné la gentillesse et la générosité dont vous avez fait preuve à mon égard durant mon séjour, j'accède à votre requête.

Maria craignait que son faible sourire ne s'évanouisse complètement pendant qu'elle suivait Alexander jusqu'au centre de la piste. Les autres couples participant à la valse semblaient bien plus intéressés par elle que par la danse qui était sur le point de commencer. De toutes les directions, les yeux étaient rivés sur elle, et elle se serait volontiers enfuie si Alexander n'avait pas saisi sa main à ce moment précis, pour l'attirer à lui avec tant d'autorité qu'elle oublia toute velléité de fuite.

— Tout le monde me regarde.

— Vous venez d'être présentée comme ma future vicomtesse. Demain à la même heure, tout Londres ne parlera que de votre beauté, et peu de temps après, tout le monde sera désolé pour moi quand ils apprendront que nous avons rompu nos fiançailles.

La voix d'Alexander était douce et elle ne put s'empêcher de frissonner en sentant son souffle chaud sur sa peau. Elle était toujours perdue, ne s'étant pas remise du choc de sa requête, même si dès qu'il lui avait demandé son aide, elle avait su qu'elle la lui accorderait sans hésiter.

Comment aurait-il pu en être autrement ? En réalité, il n'y avait rien qu'elle puisse lui refuser. Il s'était montré si généreux que cela lui semblait être la moindre des choses. Néanmoins, pour être honnête, elle devait admettre que ce n'était pas la seule raison qui l'avait fait accepter de tenir le rôle de sa fiancée.

Un prétexte pour faire comme si.

Quand Alexander lui avait fait cette demande, avec une hésitation si adorable qu'elle aurait pu dire oui à tout, elle s'était demandé si elle n'était pas en train de rêver. Bien sûr, tout ceci n'était qu'un jeu, mais pour elle, c'était presque suffisant, et si proche de ce qu'elle voulait vraiment que, si elle avait refusé, elle aurait eu l'impression de passer à côté de la chance de sa vie.

À présent, alors qu'ils prenaient place sur la piste, elle s'autorisa un regard à la dérobée vers son visage. Elle avait imaginé qu'il semblerait plus à l'aise, puisque la crise avait été évitée, et pourtant quelque chose d'inhabituel demeurait dans son attitude. Une légère crispation de sa mâchoire, une tension dans ses épaules.

— J'avoue que je ne vois toujours pas bien en quoi cette comédie vaut mieux que le silence.

— Mettre fin de façon digne à une union respectable est quelque chose qui ne choque personne. Organiser un bal pour annoncer des fiançailles pour finalement ne rien dire est quelque chose qui passe très mal, en revanche.

Le violoniste fit sonner son instrument et les autres musiciens suivirent. Les notes d'une valse enlevée s'élevèrent et tous les couples se mirent en mouvement.

— Cela aurait soulevé trop de questions et mes parents craignaient trop que n'éclate un scandale. Que vous ayez accepté de jouer le rôle de ma fiancée ce soir est une bénédiction pour nous.

Maria était sur le point de répondre quand elle sentit un grand embrasement de tout son être. Alexander venait de poser la main dans son dos. La chaleur de sa paume avait enflammé toutes ses terminaisons nerveuses et lorsqu'il entrelaça ses doigts avec les siens, elle ne fut pas certaine de savoir encore bouger.

La musique était forte, mais les battements de son cœur l'étaient plus encore. Alexander était si proche, autant qu'il l'avait été lors de cette fatidique après-midi dans la salle de billard, dont le souvenir la fit chanceler. Elle devait faire attention, cependant : un seul faux pas et elle finirait dans ses bras. Il n'y avait aucun espace entre eux, rien pour l'empêcher de sentir la fermeté de son torse large. Tout ce qui s'était passé depuis le début de la soirée l'avait étourdie, l'enchevêtrement de culpabilité et de plaisir formait un entêtant mélange, et les pensées de Maria virevoltaient dans son esprit tout comme Alexander la faisait virevolter sur la piste. Heureusement, la force avec laquelle il la tenait était la seule chose qui l'ancrait à des événements qui paraissaient trop étranges pour être vrais.

Mais peut-être interprétait-il mal son silence confus. Alors qu'il la regardait, elle le vit en effet marquer un temps d'hésitation.

— Ma mère, en particulier, va se sentir extrêmement redevable vis-à-vis de vous. S'il y a quelque chose qu'elle place au-dessus de la bienséance, c'est le tact, et en l'aidant à éviter de désagréables rumeurs, vous avez gagné une amie dévouée et reconnaissante.

— J'en suis heureuse.

Elle essaya de sourire, mais n'y parvint pas car une grande tristesse s'était tout à coup emparée d'elle. Malgré l'importance de la comtesse, c'était ce que son fils pensait d'elle qui comptait pour Maria, et elle avait bien peur qu'après les événements de la soirée il se soit fait une mauvaise opinion d'elle.

— Et vous ? demanda-t-elle. Êtes-vous toujours mon ami, malgré la déplaisante histoire que je vous ai racontée ce soir ? Si je ne m'étais pas trouvée dans le bureau, vos projets de mariage avec Miss DeVere seraient toujours d'actualité. Je porte une lourde responsabilité dans ce bouleversement.

Le visage d'Alexander s'assombrit aussitôt.

— Vous ne pouvez pas dire une chose pareille, et encore moins la penser.

Il fronça ses sourcils noirs et le regard qu'il lui adressa lui donna la chair de poule.

— En réalité, vous m'avez rendu un fier service. Augusta n'a jamais eu envie de m'épouser et réciproquement. Nous nous étions résignés à notre sort parce que nous pensions que nous n'avions pas le choix. Mais nous nous trompions. Dans la vie, on a toujours la possibilité de faire des choix, du moment qu'on en a le courage.

Maria déglutit pour essayer de faire passer la boule qui

s'était formée dans sa gorge. Il y avait quelque chose d'indéfinissable dans le ton d'Alexander, une note grave qui lui chatouillait délicieusement la nuque au point de la faire frissonner, mais ses tentatives pour comprendre de quoi il s'agissait réellement furent mises à mal par l'intensité soudaine de son regard saphir.

Elle restait la captive consentante de son étreinte et, quand son pouce descendit le long de sa colonne vertébrale, elle se sentit comme poignardée. Ce n'était qu'un effleurement, mais il suffit à l'enflammer, et elle brûlait pour de bon quand il pencha la tête pour venir murmurer à son oreille.

— Et en ce qui concerne vos interrogations… vous n'avez aucun doute à avoir. Je vous tiens toujours en très haute estime, et soyez certaine que rien ne pourra jamais changer cela.

Il recula, et son regard chercha le sien. Ce qu'elle y vit la priva de la parole. Une ombre était tombée sur le bleu saphir, sombre expression d'un désir contenu faisant écho à cette sensation lancinante que Maria commençait à éprouver au creux de son ventre. Les musiciens jouaient toujours et les gens autour d'eux continuaient de se mouvoir avec élégance, mais rien ne parvenait à rompre la connexion indéfinissable qui s'était établie entre eux et qui les isolait de tout le reste. Le monde continuait de tourner, pendant qu'Alexander et elle étaient figés dans un moment qu'ils auraient tous les deux voulu voir durer à jamais.

Elle le vit prendre une inspiration saccadée, ce qui la remua au plus profond de son être. Ils pensaient tous les deux la même chose, elle l'aurait juré. Ils pensaient qu'il aurait été facile de franchir le dernier fossé qui les séparait et de s'abandonner à un baiser tout aussi passionné que le premier, étant donné que la soif qu'ils avaient l'un pour l'autre semblait croître à chaque minute qui passait.

La voix d'Alexander était rauque et Maria trouva la force

de sourire – quoique faiblement – quand elle l'entendit confirmer tout ce qu'elle soupçonnait.

— J'ai dit que je ne tenterais plus rien. Que je ne vous importunerais plus.

— Qui a dit que je vous trouverais importun ?

Elle sentit son audace le faire chanceler malgré sa grande maîtrise de la valse. Néanmoins une curieuse sensation de vide commença à l'envahir lorsqu'elle leva les yeux vers son visage tendu et se rendit compte qu'elle n'avait plus rien à perdre.

Tout ceci n'est pas réel, après tout.

Il n'allait pas *réellement* l'épouser. Leurs fiançailles n'étaient qu'un subterfuge pour éviter une honte infamante au comte et à la comtesse. La comédie cesserait dès que le but recherché serait atteint, et elle rentrerait chez elle, étant donné qu'une fille de fermier n'avait pas sa place aux côtés d'un vicomte.

Elle quitterait Milbrooke Hall dès le lendemain, quand Carew viendrait la chercher. Elle quitterait Alexander, aussi, ce qui signifiait que leur temps ensemble était presque arrivé à son terme. Il fallait donc qu'elle accepte l'idée de cette séparation, même si elle était aussi douloureuse que la blessure d'un poignard. Croire à toute autre chose équivaudrait à croire aux contes de fées, et les contes de fées étaient faits pour les enfants. Pas pour les femmes qui avaient des projets d'avenir très concrets. Telle était la réalité, songea-t-elle.

Néanmoins...

Pourquoi ne pas continuer de rêver tant que c'était encore possible ? Pourquoi ne pas goûter au paradis une dernière fois avant de devoir retourner sur terre ?

Ce fut une décision soudaine, mais le moment était idéal. Tout en tourbillonnant sur la piste, ils passaient en effet devant une grande fenêtre encadrée par de lourds rideaux de velours. Maria n'eut aucune peine à attirer Alexander derrière l'un d'eux, si rapidement que personne dans la pièce ne les vit disparaître.

Il n'y eut pas besoin d'expliquer ce qu'elle voulait.

Alexander tendit les mains vers elle et la prit tout de suite dans ses bras, en la serrant beaucoup plus fort que pendant qu'ils dansaient. Oubliée la respectable valse entre le beau vicomte et sa timide promise. Il n'y avait plus rien de respectable dans le frisson qui parcourut Maria lorsque la bouche d'Alexander s'approcha de la sienne.

Il glissa les doigts dans ses cheveux et l'attira à lui, une main posée sur sa nuque et l'autre sur sa taille. Il la serrait si fort qu'elle avait du mal à respirer, mais elle aurait donné n'importe quoi pour qu'il la serre davantage. Son cœur s'emplit d'allégresse quand elle entendit un gémissement étouffé naître dans la gorge d'Alexander alors qu'elle l'embrassait avec une fièvre grandissante. C'était ce qu'ils attendaient tous les deux et cela semblait absurde de combattre quelque chose de si impérieux, de résister à un désir qui jamais ne se serait éteint de lui-même.

La respiration d'Alexander était hachée et rapide, même si sa langue dansait avec la sienne avec la virtuosité d'une hirondelle dessinant des vrilles dans le ciel. Maria avait l'impression de chuter dans le vide, sans filet pour la rattraper. Ses mains étaient accrochées au revers de la veste d'Alexander, la soie fine de sa robe frottait contre sa chemise, mais ils ne songèrent pas un instant aux plis suspects que leur étreinte passionnée allait laisser sur leurs vêtements. Seuls les guidaient la sensation et le besoin instinctif qu'ils avaient l'un de l'autre, alors qu'ils n'étaient protégés d'un scandale retentissant que par un simple rideau.

Si sa mère avait pu la voir en ce moment précis, cela aurait été un aller simple pour le couvent, songea Maria dans un des seuls recoins de son esprit qui ne soit pas encore pris d'assaut par le plaisir. Mais les lèvres d'Alexander tracèrent alors une ligne brûlante de sa bouche à sa gorge, et tout le reste disparut définitivement.

Son corps tout entier tremblait quand Alexander, subitement, recula. Il passa nerveusement une main dans ses cheveux en désordre.

— Je ne peux pas... je ne peux pas continuer. Un moment de plus et je serais capable de m'oublier complètement. J'ai bien trop de respect pour vous pour vous faire une chose pareille.

Maria prit appui contre le mur pour tenter de se calmer. La signification des paroles prudentes d'Alexander était presque aussi excitante que son baiser. De toute évidence, il brûlait du même feu qu'elle, et ce qui les animait était si sauvage et inacceptable qu'elle en aurait presque eu honte.

Mais cela n'a pas vraiment d'importance. Dans moins de douze heures, je serai partie, et jamais je ne le reverrai.

Une tristesse incommensurable la saisit, mais elle essaya de toutes ses forces de ne rien montrer. Sa poitrine se soulevait et s'abaissait rapidement pendant qu'elle regardait Alexander essayer une nouvelle fois d'aplatir ses cheveux noirs. Si cela devait être leur dernière soirée, alors elle voulait qu'il se souvienne d'elle avec le désir qu'il éprouvait en ce moment, et non comme d'une jeune femme dont les yeux avaient commencé à lui piquer. Au prix d'un effort surhumain, Maria se força à acquiescer.

— Je comprends. Il serait peut-être préférable à présent que nous retournions à vos invités avant que quelqu'un ne se rende compte de notre absence.

Avant qu'Alexander ne puisse répondre, elle se tourna vers le rideau, qu'elle écarta légèrement. Elle observa la salle de bal. Rien ne semblait avoir changé au cours des deux minutes qui lui avaient fait perdre la tête. Après un petit sourire forcé à Alexander, elle sortit de leur cachette, et se fraya un chemin parmi la foule, en gardant la tête baissée afin que personne ne voie les larmes qui menaçaient de couler.

7

Ce fut avec l'impression d'avoir des jambes en plomb que Maria ouvrit en silence la porte de la cuisine et sortit dans la cour glaciale, son petit sac en cuir à la main. Dans la pâle lueur de l'aube, la neige semblait briller de façon beaucoup moins éclatante que la veille, en partie parce que les bottes et les sabots des chevaux l'avaient transformée en gadoue. Il n'y avait en tout cas aucun doute possible : elle avait suffisamment fondu pour que Maria puisse s'en aller.

Dans sa lettre, Carew lui demandait de l'attendre, mais elle ne voulait pas prendre le risque de croiser Alexander. Un regard et elle serait perdue. Un seul sourire et toute sa détermination la déserterait. Il fallait donc qu'elle fuie avant qu'il ne voie sur son visage l'état de souffrance dans lequel leur séparation la précipitait. Si elle rassemblait les dindes dès maintenant, elle pourrait peut-être se mettre en route avant que le soleil ne soit totalement levé et intercepter Carew avant qu'il n'arrive à Milbrooke. Ainsi, elle échapperait au moins à la honte d'essuyer les réprimandes de son frère devant Alexander.

En essayant de ne pas glisser sur les pavés mouillés de la cour, elle pensa une nouvelle fois à ce qu'Alexander avait si gentiment dit d'elle. *Il l'appréciait telle qu'elle était.* Cela lui redonna du courage. Peut-être n'était-elle pas une calamité, finalement. Au contraire, elle était quelqu'un de fort et de capable, et en tant que tel, elle n'accepterait pas sans broncher les remontrances de Carew. Rassérénée, elle parvint même à sourire.

Le temps qu'elle avait passé avec Alexander n'avait fait qu'affermir sa détermination à poursuivre son rêve, et même si elle avait l'impression de laisser une partie de son cœur derrière elle, elle pouvait se consoler en sachant que le souvenir d'Alexander ne la quitterait jamais. Avec l'impression de sentir toujours son baiser sur ses lèvres, elle poussa la porte de la grange.

Il faisait sombre à l'intérieur, et elle regretta de ne pas avoir pensé à prendre une lanterne avec elle. Alors qu'elle marquait un temps d'hésitation, elle entendit un bruit de bottes dans son dos.

— C'est la deuxième fois que je vous trouve ici. Et à moins que je ne me trompe, je dirais que vous ne vouliez pas qu'il y en ait une troisième.

Son cœur se serra alors qu'ils échangeaient un regard. Elle recula vers la cour. Il faisait beaucoup plus froid dans la neige qu'à l'intérieur de la grange, mais Maria sentait à peine la bise glaciale car tous ses sens étaient accaparés par la présence d'Alexander.

Il regarda son sac en fronçant les sourcils.

— Aviez-vous l'intention de partir sans dire au revoir ?

— Je pensais que ce serait plus facile ainsi.

Elle avait du mal à parler. Au milieu du vent qui sifflait et des volailles qui glougloutaient dans la grange, sa voix était presque inaudible. La plus curieuse parmi les dindes voulut s'approcher et Maria essaya de la repousser du pied vers l'intérieur, alors qu'Alexander ne la quittait pas des yeux.

— Depuis quand choisissez-vous la facilité ? La femme dont j'ai pris tant de plaisir à faire la connaissance ne semblait pas être du genre à tourner le dos aux obstacles ni aux défis.

La poitrine de Maria se serra lorsqu'elle perçut dans sa voix grave la tristesse qu'il tentait de masquer derrière son habituel sens de l'humour. Elle avait espéré pouvoir leur éviter à tous les deux ce moment, même si, à présent qu'Alexander se trouvait devant elle, elle ne pouvait s'empêcher d'essayer de graver dans sa mémoire chaque détail de son beau visage. La tentation de tendre la main vers lui pour le toucher était forte, mais elle parvint à y résister.

Il tenait à elle, elle en était certaine, mais cela ne changeait rien aux faits. Alexander restait un vicomte et elle restait une fille de fermier. Ce n'était pas parce que Miss DeVere ne s'interposait plus entre eux que tous les autres obstacles avaient été surmontés. Leur baiser de la veille avait été le plus parfait et le plus déchirant des adieux, et elle dut lutter pour ne pas sombrer dans la mélancolie.

— Je dois m'en aller. Vous avez été d'une gentillesse extrême en m'autorisant à rester sous votre toit si longtemps, mais mon frère est en route pour venir me chercher. Il me ramène à la maison et je dois partir avec lui.

Aussitôt, Alexander secoua la tête.

— Pas si vous ne le voulez pas. Vous pourriez rester ici.

Maria écarquilla les yeux, mais il poursuivit avant qu'elle ne puisse ouvrir la bouche.

— Goddard ne travaille plus pour moi. Il a quitté son travail hier soir, de son plein gré. Cela laisse la place de régisseur du domaine vacante, et je vous la propose.

Les mots avaient jailli avec précipitation, et Maria s'aperçut que les joues d'Alexander se coloraient. C'était si inhabituel de le voir si peu sûr de lui. Elle ignorait à quoi pouvait ressembler sa propre expression, mais elle était trop stupéfaite pour réfléchir. Tout ce dont elle rêvait depuis qu'elle était petite fille s'offrait à elle, à condition qu'elle ait le courage de s'en emparer.

— Ce n'est pas possible, vous ne pouvez pas être sérieux.

— Et pourquoi ne le serais-je pas ? Vous avez dit vous-même que vous aviez les connaissances nécessaires pour administrer un domaine. Vous êtes la personne à qui j'ai le plus envie de confier le mien.

Alexander ne détourna pas le regard, pas même lorsqu'elle recula d'un pas.

— C'est... c'est impossible. Ce ne serait pas correct.

— Qu'y a-t-il d'incorrect là-dedans ?

Il semblait si sincère que Maria dut se détourner.

Elle était à l'agonie, déchirée entre la tentation et la déception de ne pouvoir y succomber. Elle sentit un grand vide la gagner, un gouffre béant avalant tous ses vains espoirs. Alexander aurait dû savoir qu'elle ne pourrait jamais accepter une telle proposition, malgré son envie. Elle ne pouvait tout de même pas s'installer dans l'ancien logement de Goddard, et vivre sous le toit d'Alexander sans être une invitée ni une domestique. Cela ferait tout de suite jaser, et le scandale éclaterait vite, car une femme sans mari n'était pas censée travailler aux côtés d'un homme sans épouse.

Elle ne se rendit compte qu'elle serrait trop fort la poignée de son sac que quand le cuir commença à lui mordre la peau.

— C'est juste... que cela ne se fait pas. Une femme seule...

La fin de sa phrase se perdit dans le vent et Maria ne chercha pas à la rattraper. Elle resta immobile, telle une statue de marbre, froide et raide. Elle mourait d'envie d'aller vers Alexander, même si elle savait que jamais plus elle ne pourrait le toucher.

Ils demeurèrent silencieux pendant un temps indéfini. Un frisson glacé parcourut Maria, mais il n'avait rien à voir avec la bise. Non, c'était simplement le désespoir qui s'était emparé d'elle.

Finalement, Alexander rompit le silence.

— J'ai réfléchi à ce problème.

Maria qui fixait la boue à ses pieds l'entendit toussoter.

Sa voix était bizarrement tendue, mais elle ne leva pas les yeux, trop aveuglée par la tristesse pour le regarder.

— Et si, tout à coup, vous n'étiez plus une femme seule ? Et si vous vous installiez de façon permanente ici, à Milbrooke Hall, en tant que vicomtesse ? Et si vous deveniez… ma femme ?

Alex eut l'impression que son cœur allait exploser pendant qu'il regardait Maria, dont le visage exprimait la surprise la plus totale. Ses yeux étaient écarquillés et ses lèvres entrouvertes comme pour émettre un cri muet. Il eut toutes les peines du monde à ne pas la prendre dans ses bras, tant il était décontenancé par sa réaction.

Toute la nuit, il s'était demandé comment lui faire sa demande en mariage et il avait élaboré toutes les stratégies possibles sans réussir à trouver quoi que ce soit de convaincant. Quand il était allé frapper à sa porte à l'aube et qu'elle n'avait pas répondu, il avait compris qu'il devait faire vite. Le soulagement de la trouver avant qu'elle ne lui file entre les doigts avait été tel qu'il aurait pu tomber à genoux, et cela n'avait fait que renforcer la certitude qu'il avait eue en dansant avec elle la veille. La certitude de ne pouvoir vivre sans elle et de devoir faire tout ce qui était en son pouvoir pour la convaincre de rester.

Elle le fixait à présent comme s'il venait de lui demander une chose aussi impossible que de sauter par-dessus la lune. Il était suspendu à ses lèvres, attendant sa réponse. Qui finit par venir.

— Mais… C'était de la *comédie*. Je l'ai bien compris. Un homme comme vous ne peut pas vraiment épouser une femme comme moi.

— « Ne pas pouvoir » : je pensais cette locution bannie de votre vocabulaire.

Il se passa une main fiévreuse dans les cheveux. Un

puissant sentiment de frustration l'étreignait. Ce n'était pas la faute de Maria si elle se sentait indigne de lui. Ce sens de l'honneur discutable revenait à tous ceux qui avaient reproché à celle-ci ses trop hautes aspirations, à une société qui imposait des règles absurdes concernant les personnes que l'on pouvait aimer, selon le hasard de sa naissance. Des règles dont lui-même avait failli être la victime jusqu'à ce que Maria n'apparaisse dans sa vie et ne lui montre qu'une autre voie était possible.

— Laissez-moi vous dire quelque chose. Tout homme serait chanceux de pouvoir vous épouser. Un fermier, un vicomte, et même un prince... Il n'y a personne en ce bas monde qui soit au-dessus de vous, et si vous n'avez pas encore deviné ce que je ressens pour vous, alors je pense que vous ne le devinerez jamais.

Il s'interrompit, haletant, et son cœur s'emplit de joie quand il vit Maria rougir. C'était l'un des plus beaux spectacles qu'il lui ait été donné de contempler et il ne s'en lasserait jamais. Et le regard qu'elle lui adressa, à la fois délicieusement timide et magnifiquement fier, acheva de lui redonner espoir.

— Je sais ce que vous ressentez. En réalité, je pense que c'est la même chose que ce que je ressens pour vous.

Sa voix était douce. Ces mots merveilleux prononcés tout bas lui donnèrent envie de la prendre dans ses bras. Néanmoins, quand il fit un pas vers elle, elle leva une main légèrement tremblante.

— Mais vos parents, que vont-ils dire ? Vous étiez censé épouser Miss DeVere. Je n'ai ni son rang, ni sa fortune. Je fais une piètre remplaçante. Ne vont-ils pas très mal le prendre ?

— L'opinion de mes parents ne compte pas. Même si je les respecte, j'ai fini par apprendre que la seule personne à même de choisir celle que j'épouserais, c'est moi. J'ai pris ma décision, et je vous affirme que vous n'êtes la remplaçante de personne.

Dans un état d'anxiété extrême, il attendit que Maria parle et lève la tête qu'elle gardait obstinément baissée. Il avait envie d'enfouir les mains dans sa chevelure de feu que la faible lueur du jour n'empêchait pas de briller. Mais il se retint, car il ne voulait surtout pas l'empêcher de réfléchir.

Combien de minutes s'écoulèrent ? Alex n'aurait su le dire. Elles lui semblèrent durer des heures, et il finit par ne plus pouvoir tenir.

— Alors… avez-vous une réponse ?

Sa gorge était sèche et il ne s'était jamais senti aussi tendu.

— Oui, acquiesça-t-elle.

Seigneur, aidez-moi.

— Et quelle est-elle ?

Enfin, elle leva les yeux et murmura une seule syllabe qui embrasa Alex tout entier.

— Oui.

Le vent glacé et la lugubre neige disparurent par enchantement à ce simple mot. Pendant un instant, Alex fut incapable de bouger. Comme enraciné dans le sol, il ne put que fixer la bouche de Maria dont les coins se soulevaient pour dessiner le plus beau des sourires. Ses lèvres délicatement rosées capturaient toute son attention, et le besoin de l'embrasser déferla en lui telle une vague sur une mer en furie.

S'il avait pu bouger, elle aurait déjà été dans ses bras. Finalement, ce fut elle qui fit le premier pas, et il n'en fallut pas davantage pour qu'il se précipite vers elle et abolisse la distance qui les séparait. Une fois devant elle, il la serra contre lui comme si sa survie dépendait de cette proximité.

Il posa la main sur sa joue glacée en savourant le doux contact de sa peau sous sa paume, mais l'élan de sa bouche vers la sienne fut brisé par un doigt qui se tendit devant ses lèvres.

— J'ai une condition.

La voix de Maria était aussi tremblante que son doigt, et pourtant la détermination qui se lisait dans ses yeux verts semblait inébranlable.

— J'ai entrepris ce voyage avec l'intention de vendre mes volailles au plus offrant. Je pensais pouvoir convaincre mon père de me prendre au sérieux en ramenant cet argent chez moi.

Elle le regardait calmement, même si elle retint légèrement son souffle quand il embrassa le doigt posé sur sa bouche.

— Je me souviens très bien.

— Voici ma condition. L'achat de ces vingt dindes – et elle désigna de la tête les volailles en train de gratter le sol gelé de la cour – est le prix de ma main. J'aimerais achever ce que j'ai entrepris, même si cela ne semble plus vraiment nécessaire.

Emporté par la joie qui coulait dans ses veines, Alex eut envie de rire, mais il se retint. Quelques volailles n'étaient pas grand-chose pour lui, mais pour Maria elles représentaient bien davantage. L'indépendance et la réussite, le sentiment d'avoir accompli ce qu'elle avait entrepris, et il aurait préféré qu'on lui coupe la langue plutôt que de se moquer de quelque chose de tellement important pour la femme dont il était tombé si rapidement et éperdument amoureux.

— Telles sont vos conditions ? C'est ce qu'il faut que je fasse pour que vous deveniez mon épouse ?

Il posa une main sur sa taille, et sentit Maria frissonner alors qu'il lui effleurait les côtes du pouce. Son sang se réchauffait à chaque seconde qui passait et Maria sembla le sentir elle aussi.

— Oui.

Alex pencha la tête pour murmurer à son oreille, et

s'enivra au passage du parfum floral de ses cheveux, si délicieux qu'il aurait voulu le mettre en bouteille.

— Dans ce cas, marché conclu.

Maria se tourna vers lui puis, à son grand soulagement, le laissa l'embrasser. Ce fut un baiser plus tendre que la veille au soir, où le spectre de la séparation les avait fait s'accrocher l'un à l'autre comme s'ils se savaient condamnés. À présent, ils n'étaient que joie et espoir pour le futur. Une joie si impérieuse qu'elle l'empêcha de parler lorsque Maria recula pour lui sourire.

Elle était si belle dans son bonheur qu'il fallait qu'il l'embrasse encore. Il prit du plaisir à l'entendre soupirer d'aise, puis au prix d'un effort surhumain il se redressa et se força à arborer un air sévère.

— J'ai une condition à poser moi aussi. Je suis d'accord pour acheter toutes vos dindes, mais elles ne finiront jamais sur ma table de Noël.

Maria fronça les sourcils.

— Mais alors, que...

— Je ne supporterais pas de faire une chose pareille. Je dois tout à ces volailles. Sans elles, je ne vous aurais jamais rencontrée et il serait très ingrat de ma part de les récompenser en les faisant passer à la casserole.

Il les regarda. Leurs plumes soyeuses paraissaient encore plus noires sur la neige. Deux volatiles tournaient autour de ses bottes, et un autre inspectait le sac que Maria avait laissé tomber avec un air si suffisant qu'Alex eut instantanément envie de rire.

— Vous pourrez envoyer l'argent à votre père, mais les dindes vivront parmi nous jusqu'à leur belle mort. Étant donné les circonstances, il me semble que c'est le moins que nous puissions faire.

La future vicomtesse de Stanford se mit à rire. Elle était

toujours blottie contre lui et ses cheveux lui chatouillèrent le cou et le menton de façon exquise.

— Vous êtes beaucoup trop sentimental. Vous ne ferez jamais un bon fermier, je le crains.

— Je sais. Heureusement, j'ai un excellent régisseur pour m'aider. Quand pensez-vous pouvoir commencer ? J'ai urgemment besoin de vous.

Vous avez aimé ce livre ? Découvrez très bientôt la série « La passion contre l'épée » de Michelle Willingham, dans votre collection Les Historiques.